译文纪实

THE AMERICAN WAY OF DEATH REVISITED

Jessica Mitford

[英] 杰西卡·米特福德 著　　李雪顺 译

美国式死亡

上海译文出版社

献给继承了殡葬业鞭挞者衣钵的凯伦·莱昂纳德、丽莎·卡尔森和亨利·瓦西里耶夫斯基神父。

目　录

编辑的话

1995年初，在一次愉快共进的午餐上，我和杰西卡·米特福德——与她相识的每一个人都以“德卡”相称——达成一致，着手对其经典之作《美国式死亡》更新修订。（正如她在本书引言部分所述，我们自1960年代初起便为此书共同努力，并自此维系至交之情，先后历经多家出版机构，及至我们的工作关系画上句号。）自1963年首版问世以来，殡葬业改变良多，而向好者寥寥无几。修订计划，是保留原书中仍然适用的内容，同时按需增加新的章节，如有关蒂布龙会议的新闻报道（“不是售卖”）、新兴国际殡葬业巨头的调查报告（“死者地球村”），以及在主要因应本书首版而出现的新的立法过程中，联邦贸易委员会多次失职的相关介绍。不再具有相关性的某些内容，如关于葬礼用花这个章节（“邮局的威胁”）的大部分文字被删去，尽管我猜想，戴安娜王妃死后的大量献花活动本有可能引发人们重新评论此事。当然，特别是与价格相关的诸多更新显得十分必要。

1996年，在出人意料地（且令人悲悯地仓促）因癌症去世之前，德卡已经完成了本书的大部分内容——包括上述各章，引言和最后一章“对死者的新希望”。其余部分由三人完成。首屈一指的，是她那位聪颖的研究及调查助手凯伦·莱昂纳德——她承担的责任与日俱增，实际上很快便一头扎进了殡葬改革运动。第二位关键人物是丽莎·卡尔森——她也许是那场运动中最有影响力的人物，为本书做出了诸多慷慨贡献，而她在阐述预付费殡葬业固有的复杂现实和种种陷阱的倒数第二章，即“马上付钱——死得更穷”中提供的大量帮助尤为重要。最后一个是德卡的丈夫罗伯特·特鲁哈福特。在她离世之前，这位赫赫有名的劳工和民权律师，且在她的多本著作中曾并肩努力的人做出承诺：放下自己的事业，坚守至本书完成。他做得大义凛然。

几乎直至最后一个星期，德卡还醉心于这项工作，接连给我和其他同事发送传真，兴高采烈地挞伐这个行业里越来越肆无忌惮抑或虚情假意的各种胡作非为。踏上征途的她可能有些无情——甚至冷酷，但她从未停止过嘲笑，这也许就是为什么《美国式死亡》不仅在1963年被当作必要的匡正读物大受欢迎，至今仍深受喜爱。并且，今天读来依然朗朗上口。

恰逢《美国式死亡》初版问世三十五年之际，其修订版得以付梓。不幸的是，一如过去，这本匡正读物仍然不可或缺。幸运的是，它正被付诸实践。

罗伯特·戈特利布

前　言

（作为美国殡葬业长久以来的批评者）通常在此应该说的是："我当然无意提及遵守道义的绝大多数殡葬业者。"但遵守道义的绝大多数殡葬业者确实就是本书的描述对象。所谓遵守"道义"，仅指坚守各种现行的道德准则，就此处而言，它们均由殡葬业者出于自身目的，形成于若干年内。在我看来，与声誉不佳的同行（他们不过是些无足轻重的小丑人物，可见诸任何行业）相比，真正遵从使命准则的殡葬业者所持有的观点显得更加重要。尽管不时地大量出现（如殡葬业者滥用验尸官办公室的名义招揽生意，医院员工私收贿赂而"引导"事件走向，非法重复使用棺材，在福利事件中采用欺诈性重复收费等），但丑闻并不是这个行业的普遍现象，因此也就不是本书的主要话题。

美国现代殡葬业的批评者通常持有的另一个观点是，如果说殡葬事务中存在过度现象，公众本身往往难辞其咎。基于现有证据，我并未发现公众存在任何过错。及至最近，受到责怪的他们才把自己的遭遇摆上了桌面。

我并未涵盖各种非典型葬礼：如某些印第安部落至今仍在实行的怪异死亡习俗，赋予吉卜赛国王和王后的某些礼仪，流行于新奥尔良市的爵士乐葬礼，以及盛行于 1930 年代且现在仍不时出现的大排场电影葬礼和黑帮葬礼。尽管它们同样令人好奇，但我不无遗憾地略去了上述旁支，为的是照顾中间主干，也就是“普通”而“常见”的美国式葬礼习俗，而确定无疑的是，其神秘性绝不亚于源自古代民俗或现代变体的任何一种习俗惯例。

引 言

让我们追溯一下本书的缘起：1950 年代中期至晚期，我丈夫鲍勃·特鲁哈福特因为殡葬话题而怒火中烧。身为劳工律师的他，是多家劳工联合会的代理人。让人感到不安的是，他逐渐发现一个现象：工会家庭的顶梁柱去世后，好不容易争取到手的死亡补助金——通常需要经过艰难斗争，且意在助艰难为生的配偶和孩子们一臂之力——往往落入殡葬师的腰包。“这些人似乎非常清楚，一个仓管工人能拿到多少，一个办公室文员能拿到多少，”他抱怨说，“然后据此设定葬礼价格。”

鲍勃的解决思路，是组织一个非营利团体，通过与当地殡葬师签订协议的方式，以市面通行价格的零头，为自己的会员获取简朴而平价的殡葬服务。湾区殡葬协会（BAFS）由此诞生，会员的大头是唯一神教派教徒、合作社员工、大学教授和其他饱学之士。我抱歉地承认，我揶揄过这些良民百姓，不但称他们是恋尸癖，还取笑过他们的预约等死计划。为什么会选这些令人生厌的殡葬师？我问鲍勃。制药业、汽车业、地主对我们的盘剥难道不是十倍还多吗？

读了他带回家的几本商业杂志后，我发现了关键所在。光是杂志的名称就很吸引眼球：《棺材与向阳》《殡葬管理》，以及令我爱不释手的那本《概念：陵园创意》杂志。一旦入迷，我就将其作为必读书目，而它们也展示了一个我不曾知晓的多彩世界："未来牌寿材，尽显未来潮流……""货真价实伴侣墓穴，夫妻得以永世相伴……"看过一则名为"俄亥俄州哥伦比亚市实用殡葬鞋袜公司"的广告后，我提出了索取样品的要求，结果收到一个包裹，里面装有那双"来世合脚牌浅口便鞋"。说明书写道，这种浅口便鞋历经两年研究，专为有大量尸斑的死者双脚设计。之所以取名"来世合脚牌"，是因为鞋背和鞋尖部位都有鞋带，且鞋底呈下斜状态。（不幸的是，我上高中的儿子本吉穿着它在屋子里走上几圈后，一双鞋就完全散架了。）

湾区殡葬协会，以及赞同回归简朴殡葬的神职人员和其他人士，遭到该行业多本刊物连篇累牍的批驳，因此鲍勃建议我以湾区殡葬协会为题写一篇驳文。我依言而行，写了一篇名为《圣彼得，你不是在呼唤我吗？》的文章，但遭到所有重要期刊的拒稿，理由是话题过于倒人胃口。

文章最终刊登在1958年11月出版的《前哨》（*Frontier*）杂志上，这家寂寂无名的自由月刊位于洛杉矶，发行量2 000本。

在鲍勃的鼓动下，殡葬协会订购了10 000本杂志，广为散发。立竿见影，我受邀参加卡斯帕·温伯格主持的每周电视节目《湾区人物》，代表湾区殡葬协会展开一场辩论，与我和一个唯一神教派牧师对阵的是两位殡葬业者。事实证明，这两个对手不但非常激进，而且十分滑稽。

形势发展迅猛。《旧金山纪事报》的电视专栏作者特伦·奥弗莱厄蒂报道说，受本节目影响，他所在专栏收到的邮件已超过自《坏种》（*The Bad Seed*）在当地一所初级中学播放以来的任何一次公共事件。《星期六晚邮报》的专职作者鲁尔·唐莱在读过奥弗莱厄蒂的专栏文章后，认为殡葬协会对于《晚邮报》来说是个很好的话题。1961年6月，他那篇名为《你死得起吗?》的文章正式出炉。尽管我在殡葬协会是个默默被动的角色，但唐莱把我描述成“一位来自奥克兰的家庭妇女，带领着一支具有反叛精神的突击队，旨在打垮一个个殡葬师或‘棺材大亨’，并颠覆高昂的死亡成本”。

公众的反应完全出人意料。《晚邮报》编辑报道说，涉及唐莱文章的邮件数超过了该刊有史以来的任何一篇文章，因此他认为该文“似已触及敏感神经”。鲍勃接到奥克兰邮政局长打来的电话说：“我们这里有数百封信件，收件信息很简单，只有‘奥克兰市，杰西卡·特鲁哈福特收’，没写街道，也没写门牌号。”（信件都送了过来，其中一个信封上的提示语非常直白：“奥克兰市，平价殡葬公司，杰西卡·特鲁哈福特收。”）

这一摞摞信件表明，公众对该话题有足够的兴趣，由此足以保证能写一本书吗？我给鲁尔·唐莱写了封信，鼓动他把自己的文章扩展成一本书。他回信说，其他任务令他相当繁忙。“干吗不自己写呢?”他向我建议道。

我和鲍勃就可行性做了一番讨论。我说，我可以考虑，除非他愿意帮忙并全职与我合作。事情就这样定了下来。

书稿写到半途，除了写作过程中（至少以我的经验来看）难免出现的常见困难外，一场重大危机眼看就要让我的所有努力付诸东流。从一开始，我就同1960年帮我出版第一部著作《爱人与叛逆者》（在美国的书名是《女儿与叛逆者》）的两家出版社签订了合同。它们分别是英国的维克多·高兰茨和美国的霍顿·米夫林，与我的关系都相当友好。两家公司对这本殡葬著作的梗概和第一章内容一直都很满意。后来，我给它们寄去了更多章节，其中包含对殡葬师在内室活动的详细描述。所谓内室，也就是遗体防腐处理间，严禁普通公众尤其是死者家属进入。我在整段描述时，采用了验尸术语（见第五章“殡葬服务的故事”），希望这个公认的反胃话题带上一点冷幽默。

令我极度沮丧的是，维克多·高兰茨和霍顿·米夫林公司的编辑一致要求我删掉这一段。

霍顿·米夫林指出：“我们认为，你对遗体防腐处理的描写过于冗长，而且细节的阴气太重，这会让书很难卖的。”维克多·高兰茨说：“是这样的，这个玩笑肯定开过头了。我想不出有哪个出版商会需要这样的内容。”

这个消息击倒了我。因为遗体防腐处理几乎是所有美国人的最后归宿，也是殡葬业的经济基础，同时因为这一过程在很大程度上独具美国特色，所以完全无法想象可以删掉这部分描述。我们考虑过就此打住，并将书稿复制后供私下传阅。就在这时，我那位头脑灵光的代理人肯狄达·多纳迪奥介入。她找到了西蒙·舒斯特公司的出版人罗伯特·戈特利布。

从那以后，一帆风顺。三十多岁的戈特利布是出版界的一位奇才，十分喜欢遗体防腐处理这一章，并为整本书贡献良多。

距离《美国式死亡》出版还有几个月时，殡葬业察觉到此事的进展，很快就对我展开了全力讨伐。他们的视野中陡然出现了一道新的威胁：杰西卡·米特福德的威胁。该行业各大刊物的头版头条开始出现：**杰西卡·米特福德谋划出版反殡葬书籍，米特福德末日逼近！**

当《殡葬管理》开始简单地以杰西卡称呼我时，我觉得自己达到了知名度的特别巅峰，一如莎莎、杰基或艾德莱，单凭一个名字就足以表明我的身份。我贪婪地玩味他们送给我的斥责语："臭名昭著的杰西卡·米特福德"，"可怕的坏人"，"惹是生非的家伙"。

在一篇赫然标着《谁怕这本又厚又坏的书?》的文章里，《殡葬管理》的编辑说，没有人会害怕，因为与"本行业"有关的书籍从来都销路不好。他之所以了解这一点，是因为他父亲曾经就殡葬服务写过一本书，尽管在《星期六晚邮报》上发布了广告，但也只卖出了300本。

我和丈夫鲍勃做好了接受他这个预估的打算，除了唯一神教派教徒、殡葬协会会员，以及殡葬改革的其他支持者这一相对渺小的群体，我们没指望有多少其他的读者。鲍勃·戈特利布不这么想。书还有几个月才出版，他打来电话，说首印数是7 500册。几天后，他告诉我们，首印数增加到15 000册。随即他又打来电话：首印数将确定为20 000册。我觉得这多少有些令人担心。"你就不怕我们落得'余数有待观察'的结局?"我问道。我原本无须担心。1963年8月，图书出版的那一天，库存售罄，首印数全部卖出。

反响完全出人意料。令我相当开心的是，书评人非但毫不吝啬地持续大加赞扬，而且领会了那个"玩笑"。于是，《纽约时报》写道："一部相当睿智且记录详实的曝光作品……"《纽约先驱论坛报》："奇异而古怪……一本关于死亡业务的讽刺之作。”《旧金山纪事报》：“爆点十足。引人入胜。幽默随处可见。”《大都会》杂志：“一本绝妙的书……讽刺意味十足，很难把它当成揭黑之作……”《国家卫报》：“文学界最为奇异且逗笑的一本书……惊骇，但超级有趣。”《记者报》：“她以罕有之才，把死亡主题写得引人发笑。”《丹佛星期日邮报》：“理智的观察，诙谐……嘲讽的评说……”

《美国式死亡》在《纽约时报》畅销书榜上飙升至第一，并保持数周。哥伦比亚广播公司以本书为基础，播出了时长一个小时的纪实节目《了不起的美国殡葬》。各大主要报纸（《迈阿密先驱报》《纽约先驱论坛报》《丹佛邮报》《旧金山纪事报》《芝加哥论坛报》《克利夫兰老实人报》）以各自地区的殡葬费用和实践为题，纷纷发表深度报道。一时间，殡葬成了各大电台谈话节目的头号话题，观众打来电话，叙述落入殡葬业者之手后的郁闷经历。沃特·凯利和比尔·莫尔丁以辛迪加卡通漫画[①]的形式，对殡葬业进行了嘲讽。伊莱恩·梅和麦克·尼克尔斯录制了一部名为《上个星期的事》的电视滑稽剧，伊莱恩领衔主演了“你的伤心女士”这个角色。举国上下的电视台和电台都播放了我和殡葬师的各场辩论。各种信仰的神职人员着力强调《美国式死亡》的主题思想，并把故弄玄虚且花费不菲的殡葬仪式斥为异教徒行为。由消费者自行打理的非营利性殡葬和追思团体的会员数，从 17 000 个家庭上升到近 100 万个。

令人感到欣喜的时刻，是我的信箱里被投放了一本名为《散文精华》的大学教材。用编者的话来说，这是一本“从古至今一流散文”

① 向多家报纸或杂志出售稿件供同时发表。——译者

的选集。插在柏拉图和托马斯·布朗爵士之间的，正是差不多被我当作本书写作基础的遗体防腐处理部分。同时，仅在过去四年时间里，几乎有50多本教材的编辑把这一段描述编进了选集。对写作新手而言，在与编辑们打交道的过程中，还有没有什么标准可言？

在我看来，最大的回报莫过于殡葬业本身的反应。几本行业刊物报以恶言谩骂，不惜以大量篇幅，用其中一本的话来说，讲授如何抵御“米特福德综合征”。《殡葬管理》认为：“实际上，殡葬业平衡状态所面临的危险不是书籍本身，而是米特福德女士所涉材料的后续应用……大小报纸，均在评论米特福德的这本著作，从而令其毒害作用在民众中一再传播。”我认为，这一点说得相当到位。

月复一月，殡葬业杂志对“米特福德炸弹”、“米特福德战舞”、“米特福德导弹”、“米特福德大轰炸”和“米特福德风暴”严词怒骂。他们把更平价简朴的殡葬运动污蔑为红色阴谋，并与来自加利福尼亚州圣安娜市的国会议员詹姆斯·乌特结成同盟。他在《国会议事录》上发表了一个长达两页的声明，专门讲述我颠覆性的个人背景。至于写这本书的目的，“相当于她对基督教发起了又一次攻击。她对遗体防腐处理的长篇描述，不过是在表达她的反基督攻击……”声明的结尾部分振聋发聩：“不管活着还是死去，我宁愿把自己的遗体交到美国随便哪位遗体防腐处理者手里，也不愿涉足一个共产国家的土地。”(1970年，乌特先生践行了这一选项。在《纽约时报》上，他的讣告以“攻击过米特福德的著作”作为小标题，表明他在国会的十个任期内，“最有新闻价值的行为是把杰西卡·米特福德称为‘亲共反美’分子”。)《纽约时报》发表社论《如何不读一本书》后，乌特的言论反灼自身。《纽约时报》嘲笑乌特“麦卡锡式攻击行为”的同时，指出这本书“博得了来自天主教、新教和犹太教神职人员，乃至全国各地的书评人和其他评论家的高度赞誉”，并宣布“对乌特的书评人资格可以放心大胆地当作狗屁对待”。

在海外，这一主题同样无人罔顾。德国电视台让我替他们录制一档专题节目。“但我不会说德语。”“没关系，我们可以把文稿发给你学习。”他们还派来了摄制组，于是，我照本宣科地用德语念道：“昂贵的葬礼是一种身份象征，一如豪华轿车，花园里的游泳池，或是在迈阿密海滩以每天 100 泰勒①的价格预订一个周末。”

尽管带着怀旧心情回看《美国式死亡》出版后引发的短时效应令人愉悦，但那个基本问题仍没有改变：它是否给殡葬消费者的境遇带来了根本的改进，或是些许缓解？有一阵子，对此问题似乎有资格做出肯定回答。1977 年，也就是《美国式死亡》出版十四年后，在为新的平装版撰写后记《死后验尸》时，我就遗体防腐处理场景做过一次后续研究。尽管从全国来看，殡葬业者独家的墓地均价从 1963 年的 750 美元上升至 1977 年的 1 650 美元，但两大重要发展为那些愿意接受人少价优的送别仪式的人带来了一线希望。联邦贸易委员会消费者保护局发布过一道“交易规则”，承诺向与殡葬业者打交道的警觉性低的殡葬业务购买者提供进一步的保护。十三年间，火葬几乎翻了一倍。头脑精明的生意人在看到这一趋势带来的潜在赢利可能后，组建了逐利型的直接火化企业“海王星协会”（Neptune Society），企业迅速获利，并很快在全国范围内吸引了一批模仿者。

---

① 德国的旧银币名称。——译者

然而，殡葬业前沿更多的新变化可能会变本加厉，进而消解消费者的满足心情。火化曾是逃避者追求更简朴平价的最佳指望，如今价格正变得越来越昂贵。而且，殡葬业者正在迅速开发新技术，把这一过程升级至全包式葬礼。联邦贸易委员会光打雷不下雨的“交易规则”存在巨大漏洞。最险恶的，莫过于过去十五年间，出现了垄断独立停尸房或墓地至今的现象。

上述变化正是《美国式死亡》版本更新的主要原因。

第一章　不是售卖

当殡葬师们给我发来传真——不仅有传真，而且频率不低——说我在书里对他们态度蛮横时，我敢摸着良心肯定，我对他们的描述绝没有半点无情。实际上，这本书几乎完全是在表述他们的观点。书中充塞着他们的至理名言、观察报告、劝勉激励和哲学反思，要么选自殡葬业的专业期刊，要么来自对殡葬师和官方发言人的访谈内容。

我确实提到，“一如其他功成名就的销售人员，殡葬业的销售人员首先必须信奉自己和他销售的产品”，“他们渴望得到他人的敬重、喜爱和理解，这是最合乎人性的渴望之情……是一群订单极其肮脏的商人，以死者家属的悲痛、懊悔和愧疚为食，还是一群训练有素的专业人员，追求着高标准的道德行为？诚然，殡葬从业者更愿意被划入后一类型”。

数十年来，如果有的话，他们的三观会有多大程度的改变？我一直很难有机会找到代表性样本，以对该行业的执业行为观察研究。就在这时，令我感到既惊又喜的是，《殡葬管理》杂志的编辑罗恩·哈斯特发来邀请，让我于 1995 年 10 月在加利福尼亚州蒂布龙市召开的为期两天的殡葬服务研讨会上做一个专题发言。“这无异于邀请拉尔夫·纳德[①]给通用汽车公司作报告！”一位朋友这样说道。在我看来，这份期待等同于五岁孩童被许诺前往迪士尼游乐园玩耍，或是十岁小孩被许诺将在好莱坞影片中扮演某个配角。

现实状况并不令人失望。蒂布龙市位于马林县，不仅是全国最为富裕的地方之一，火葬比例也是全国平均水平的三倍左右。因此，传闻不绝于耳。一方面，研讨会的话题游刃有余地适用于任何一种行业性会议的日程安排，如“维持有效劳动力”“响应社区发展趋势”“提升公共关系水平”等。与此同时，多场演讲的潜台词均是如何通过火葬榨取最大利润。

我们相聚在蒂布龙小屋酒店的会议厅，低头就能看到一个宽大的游泳池以及一群意趣相投且脾气火爆的人，其中有来自全国各地的四十四位殡葬师，五位棺材公司总裁，数位保险从业人员，迪奈尔气笔系统公司总裁，以及人数不等的配偶。

我们的主人罗恩·哈斯特一边招呼一大群人，一边闷闷不乐地说，我将现身研讨会此事遇到了相当大的抵制，最严重的是，其中一个州立殡葬师联合会的主席发出严重威胁，要自己的会员取消订阅《殡葬管理》杂志。

与会者很快就放下心来，也许是因为第一个作报告的人恰恰来自一个庞大产业：约翰·贝克尔年轻而活泼，是联合航空公司一家有着一千名员工的子公司的前任经理，负责掌管与雇员相关的所有项目。他发言的主题是《如何维持有效的劳动力队伍》，他精神饱满地讲着这个话题，不时辅以平易近人的玩笑和淳朴热情的幽默。他向与会者提出的第一个问题就定下了调子：“当你不在的时候，看店的人是谁?”有人回答说：“老婆呗。”“你敢确定，自己信得过她吗?”一阵笑声。接着：“一定要跟你的顾客多聊天。”“但我们的顾客都不说

---

① 拉尔夫·纳德（Ralph Nader），美国工艺事务组织主席、律师、作家、公民活动家、现代消费者权益之父，曾催生汽车召回制度。——译者

话！”一个棺材制造商满心欢喜地揶揄道。

他发言的其他内容十分平常，说他做过一个动机调查项目，结果发现员工对于岗位中最看重的几样东西。他向我们保证，职业稳定性、薪水和额外福利都排得很靠后。至关重要的是欣赏、包容和团队归属感。“人们渴望接触、被爱和拥抱，”贝克尔先生说道，“感情外露多多益善！你可以买玩具恐龙，99美分三个那种——给最有价值的员工发一个！把他的名字写进公司的内部动态！给他们发放气球——这会让大家感到兴奋不已！邀请他们参加员工聚会……”

接下来的演讲者名叫汤姆·费舍尔，他是一个多面手：《殡葬管理》杂志一贯以来的专栏写手，北达科他州一家殡仪馆的老板兼殡葬师。同时，我们从他的开场白中得知，他在自己的家乡还是一位长期深受爱戴的广播和电视人物。“大家都叫我达科他的汤姆。”他向我们说道。

他声音洪亮，说话带着一股职业使命。他跟我们大肆谈论过去的种种辉煌。“我的殡葬服务职业始于这个行当的黄金时期即将戛然而止时，”他说道，“全国市场的殡葬从业者都不再对殡葬服务、殡葬用品和殡葬设施加以提升、扩充和购买。随着他们的故去，这个行当的休眠期降临了。各自为政，对外部力量的保护性孤立——这正是行业领导人所持的态度。”

一想到是我这样的外部力量造成了这个行当的休眠期，我在座位上颇感难受地动来动去。但达科他的汤姆已然进入正题：他从广播和电视职业中学到的经验教训。“大体上，它给我提供了独一无二的机会。从经验来说，其中的回报数不胜数，因为广播和电视职业让我有机会全面体察媒体具有的形象塑造能力。这一点我想给大家讲一讲。我们作为殡葬服务的主管和提供者，各自面前都存在各种各样的问题，但我此刻要告诉大家的是，最大的问题是因为我们缺乏身份和形象。我们服务的公众——也就是我们需要展开营销的消费者——不愿意购买我们的服务项目。当我们在电视上看到一场高调的葬礼时，我们的心会随之一暖。那样的场景出现的次数还不够多，不足以构建起消费者形象。”

他相信，解决之道是要让殡葬业主管和供应商“弃用低效的现行营销方法”，集约各自的资源，制作十五至三十秒的商业广告，“可由劳埃德·布里奇斯这种受人尊敬且获得公认的代言人录制”。类似的商业广告将“肯定行业个性。它讲述缅怀的意义，这正是美国人提供殡葬服务的缘由。我们终将成为我们所希望并必须成为的专业人士”。投放商业广告的理想电视节目包括《今日》《早安美国》和《瑞杰斯和凯西·李脱口秀》：“我们应该对准十八岁至二十五岁的人群。记住，将来给父母安排后事的正是这些人。我觉得这是一件有感情的事业……”

他在结尾时说道：“殡葬业也许因为招致过度批评而承受着不小的压力。但我觉得除了自己，我们不应该怪罪任何人。我们无需向消费者、批评者或任何人道歉……

“当《美国式死亡》成为一本畅销书时，殡葬业陷入了瘦身状态，至今未能恢复元气。她竭力想要告诉我们，我们应该做一点积极的事情。我们没有什么需要道歉。”

接着，取名精妙的以诺·格拉斯科克[1]谈了他所说的“奥德赛之旅”。他二十三岁毕业于殡葬学校，并在位于圣迭戈市的格林伍德园开始了第一份工作。“也就是圣迭戈森林草坪”，他向我们讲述道，里面有三座焚尸炉。但销售方法错得离谱。人们要求火化——员工间的竞争十分激烈，目的是尽快打发死者家属。有的雇员吹牛说，自己能

① 以诺为《圣经·旧约》中的人物名称，含有“风险”等意。——译者

在十二分钟内搞定！“这是不对的！”格拉斯科克说，“我开始跟死者家属交谈，一一解释他们面对的众多选项。一旦明白各种可能性之后，有些人就会希望死者能接受这样的服务。有些人觉得，购买火葬棺材是有意义的。”

“随着事情取得进展，管理层要我跟所有的火葬家庭进行交谈。我们只有两种骨灰瓮，全都挤在一个架子上。我做了一个骨灰瓮陈列架，还找来一口租赁式棺材。我们在陈列架旁摆了一座漂亮的基督像，以及一个个带潺潺流水的神龛——这些东西十分畅销！我们把这个方法传授给其他员工。死者家属有了选择，我们就能提供服务。不过单纯销售是极其错误的，”格拉斯科克强调说，“我们从事的，是为知情购买提供选择。”

格拉斯科克先生的第二份工作是在洛杉矶的佩尔斯兄弟公司任职。那时，他已是火化行业的行家里手，新雇主就火化市场的发展问计于他。“佩尔斯很少做火化，尽管他们建了洛杉矶的第一家火葬场。他们的经营手法不对。”他的第一步是开展社区调查，受访对象需要回答三个问题：（1）你知道佩尔斯这个名字吗？很多人的回答是“知道”，因为佩尔斯在本地区拥有较高的名称辨识度。（2）你对火葬了解多少——你能接受举行传统葬礼后实行火葬吗？大多数人的回答是“不能”。（3）如何处理骨灰？几乎所有的人都认为，骨灰应该被撒掉。

最后两个回答揭示了问题所在——并指向了解决方案。“我与火葬家庭至少待了一个小时，结果是一个骨灰瓮，一块纪念牌，还有鲜花。”

多年来，格拉斯科克先生持续完善自己的方法。“我们推出了‘495 美元的永久火葬计划’，尽管这 495 美元不可能维持到永久。”（这倒是大实话。后来，我向佩尔斯兄弟公司核实得知，1995 年的最低价格是728美元。）他把佩尔斯兄弟公司排入黄页簿的“火葬”条目，以及报纸的讣告页。他着重强调了骨灰瓮。当时，骨灰瓮普遍过小，他安排订购了较大型号的骨灰瓮。

他继续勾画着自己采用的策略：“我像在自己家里待客一样迎接死者家属。我提供休息室、苏打水，待客食品。目前，我可以完成遗体防腐处理、穿戴和探视。会谈结束时，我们会手拉着手，说一段祷告词，喝一杯咖啡。我就是个向导！我们的火化缅怀业务越来越多。我们所有人都要做向导。”

他把统计表交给死者家属并告诉他们，他需要用来办理死亡证明。“我说我们会根据要求，向他们提供一份价格表。于是，我把价格表交给他们，并且告诉他们好好地看一看价格表。我会在房间外待上五分钟左右，或根据需要待上一支烟的时间。我问他们是否有什么问题。我们不收现金——可以用支票或信用卡。我们不赊账。”做完这一切，“我们会送上一张卡片和一棵小树”。

最后，他给我们讲了一件趣事：“那是来自加州太平洋帕利塞德的一户死者家属。事后，我收到这家女儿的一封来信，她说：‘你料理了我们母亲的后事。我们跟其他人讨论过你们公司。我想让你知道一件事：我们差点就没雇用你们公司，因为你们的收费过于低廉。但我们在与你和你的员工数次交谈后，得出的结论是‘我们要找的正是这种人’。”

正如议程说明中所写的那样，罗恩·哈斯特“创建了棺材空气托盘，并于1960年5月投入殡葬业服务——但设计方案一直保持不变”。（《殡葬管理》的封底上，有一幅名为“棺材空气托盘组合”和“原初棺材空气托盘”的彩色图片，上方的大标题是《异卵双胞胎》。那是几个硬纸板搬运箱，每一个都安放在为此配置的木制托盘上。）他不仅是《殡葬管理》《殡葬观察》和《殡葬科学观察》的出版人，

还是阿伯特 & 哈斯特殡仪馆的共有人。他为研讨会带来的题目是：《公共关系的简单和低成本之道》。

开场白，是如何实现知名度。一家殡仪馆在感恩节和圣诞节向物有所值的家庭——比如，医生、医院领导以及其他能够引导事件走向的人——赠送火鸡。（我依稀记得，有一个医生朋友跟我说过收到类似礼物的经过。他唯一的抱怨是，火鸡是用灵车送来的，他觉得这让他的病人们略感不适。）

罗恩·哈斯特暗示道："有更多微妙的方法，可以提升你在当地的实际影响力。重要的是提供某种东西，让每个人都能参与其中。"

"例如，按箱打折的苹果每磅售价 39 美分。你可以在好运超市买回十箱，然后重新包装，让每个人都能得到一份。你可以把其中一份送给当地警察局的员工们，同时附一张卡片，写上'XYZ 教堂感谢你们的良好服务'。以后——下次遇到有人去世的电话，警官们就会记得 XYZ 这个名字！花钱不多，费事不大。救护车公司、护士休息室、市政健康部门的人都要送上一份——附上卡片，写上'感谢你们的良好服务'。花钱不多，但直击人心，让人记住你的名字。这个想法很管用。"

接下来是那件至关重要的事情，即通过神职人员获得客源。在这一点上，哈斯特先生想到一个十分简单却非常有效的计划，即给当地的每一座教堂拍一张照片。他展示了几张样片，每张照片的成本 80 美分。"我们给牧师送上好几百张，他可以按每张 10 美元的价格出售给教区信众，这样就为教堂基金筹集到 1 000 美元。"他解释说。

还有更多的方法。哈斯特殡葬公司雇用学生在课余时间来殡仪馆从事勤杂工作。哈斯特先生估计，每位学生平均每年能带来两单业务。

最后——"系统。请记住系统这个词。"他解释说，太多的人觉得写信是一件麻烦事儿，老是拖着，时机一过，信就永远写不成了。为了克服这一障碍，大家可以拿出100美元，准备五百张卡片和信封，并提前印上寄件人姓名。他拿出几张样卡挥舞了一下。“恺撒集团[①]的某位女士向你推送过死者，给她送上一张，只需要简单写上‘死者家属感谢你的善意之举’。”

凯文·沃特森和马克·沃特森兄弟俩演讲的题目是《利基营销》，对听惯了殡葬术语的人而言，这是一个双关语。利基不仅是完成火葬后安放骨灰的神龛，还是一个特定的商业领域[②]，明白吗？沃特森殡仪馆位于明尼阿波利斯市，罗恩·哈斯特在介绍的时候告诉我们，其创建者也就是他们的父亲是一个“传统的”殡葬师。但凯文和马克非常不传统。“他们在一栋楼里执业，每年要完成两千多笔殡葬业务，占比超过明尼苏达州死亡总人数的5%。他们是货真价实的营销者，”他说道，“他们有一份超过两万人的预备名单。过去几年间，由他们首次提供殡葬服务的家庭每年超过一千多户。”

一如汤姆·费舍尔，兄弟俩也“把身份视为殡葬服务行业的主要问题”。他们从杰克·特鲁特和埃尔·莱斯撰写的《商战》和《营销革命》中学到很多。在这两本书的指引下，他们在明尼苏达州建立了火葬营销“利基”。“我们并不把火葬视为‘后妈生的孩子’，我们对所有的家人一视同仁，”马克·沃特森说，“我们将殡葬服务融入火葬之中。别的殡仪馆可不这么做。严格地说，这是一种扩容式经营。”他们还是广告力的忠实信奉者。“我们拿出20万美元做广告。如果你想进入我的利基，你能否在邮寄广告单上的投入超过75 000美元？”

---

① 位于加利福尼亚州的一家医疗集团公司。——译者

② 原文是niche marketing，其中niche意为“壁龛”，但niche marketing意为“企业根据自身的特有资源优势，通过专业化经营来占领被大企业所忽视的某些细分市场，从而最大限度获取收益的营销模式”。——译者

除了规定的演讲，在常规会议开始之前，还安排了几场晨间招待会。

第一场招待会播放了一部名为《60 分钟》的纪录片，日期标注为 1980 年 12 月 20 日，主题是海王星协会。视频里的邓宁上校被大家称作“省得死上校”（Colonel Cinders）（据我们所知，他目前已娶了第九任老婆），他对着摄影机宣称，自己在八年时间里，以 400 美元的价格提供火葬服务，从而为公众节省了 4 000 万美元。人群里响起一阵阵充满嘲讽的评论声，因为海王星提供的最低价格在十五年内已经涨到 1 000 美元以上。

更令人感兴趣的是用于尸体的化妆品，现场演示者是迪奈尔气笔系统公司那位性感的金发总裁蒂娜·欧思丽。迪奈尔公司能为登上舞台或屏幕的演员提供各种产品，以及附有能喷出带闪光的蓝绿色、黑色和白色喷雾化妆品的“梦幻套装”和“主题公园 & 大事系统”。其价格单上有大量的镂花模板，可印制的图案有星星、鲸鱼、骨架、头盖骨和骷髅……

一群眼带欣赏的观众围成一圈，斯托克顿殡仪馆的所有者马克斯·卡罗尔站（不如说是躺）在那里充当尸体，欧思丽女士熟练地往他脸上喷雾。事后，她跟我讲起最近取得的一系列成就，也就是从演艺事业发展到殡葬业。“我在互联网上获得的反响非同小可，”她说，“向我订购产品的殡仪馆从爱尔兰到阿根廷，我还参加了今年在佛罗里达举行的全国殡葬师协会年会。位于加利福尼亚州惠提尔市的罗斯·希尔斯购买了三个系统。他们做的是大生意——每天埋葬一百人!”

手提袋里的“魅力套装”内含一个压缩器、喷嘴、清洗器、固定器，以及一套化妆品。“这是最后一次化妆，手法相当于美术中的点画法。”她说道。其重要特征在于，如果针对的是交通意外，这一过程要被放在遗体防腐处理者完成修补工作也就是受损的面部得以整形之后。“气笔可以制造小的蹙额纹、皱纹、鱼尾纹，尽可能给人一种自然的视觉效果。”

殡葬师拿到的这套系统售价为 850 美元，平摊到单个顾客的成本可以忽略不计。化妆瓶的成本为 15.75 美元，每瓶可以用四十次。“我们有装在小型运输盒里的便携系统，可以带到教堂或其他殡仪场所使用。”

欧思丽女士认为，如果“死者的死气不是太重——也就是如果看起来更像活人的话”，直接火化的需求会减少很多。“因为在我的方法投入使用之前，尸体的外观不佳，所以人们选择不瞻仰遗容而直接火化。”她告诉我，最近有调查表明，75％的殡仪馆客户对死者的外观不满意。“我想帮他们适度悲伤。离开人世时，我希望自己看起来好一点！我觉得这会有用。”

至于我自己，我是最后一个演讲者，日程表上说我“对死后关怀服务的改变具有深远影响”。罗恩·哈斯特告诉观众，“她将分享对于殡葬服务业的洞见”，于是我分享了，令某些听众颇为不悦。

首先，我提纲挈领地讲述了《美国式死亡》的创作起源——正如我在修订版的引言中所说，我如何产生了写作本书的想法。接着，我引用了本书初版时得到的一些评论意见：既有十几家主流报纸和杂志的赞许评论，也有殡葬业新闻媒体反对“臭名昭著的杰西卡·米特福德”“米特福德风暴”和“米特福德导弹”的令人难忘的严词谴责。但最为重要的一点以及我应邀演讲的理由，是基于殡葬业最近的发展态势——如价格大幅攀升、挖空心思在死者家属身上攫取最大利润和行业的垄断经营——从而对《美国式死亡》即将推出修订版做一预告。

结束演讲后，我遇到的第一个提问是：“你靠《美国式死亡》挣了多少钱?”“绝对多，”我回答道，“多得我都数不过来——我发财了。”人群中发出一阵咕哝声。

还有一些提问，有的跟联邦贸易委员会有关，有的跟国际服务公司（SCI）侵入英国市场后的预计反应有关。回答后一个问题时，我力图阐述自己的观点，即英国人很可能永远不会屈从于美国人的殡葬方式——一群人围观棺中尸体的观念不会大行其道。他们也不会接受殡葬师变身为悲伤治疗师的概念。一阵短促而激烈的讨论终止了这个环节，其中一个殡葬师拒绝向聚会者谈及他的收费细节，因为正如他所辩称，自己不希望将这一消息透露给竞争对手。

那天晚些时候，我们几个聚在小屋酒店的游泳池，与汤姆·费舍尔闲聊。我的研究员凯伦·莱昂纳德请他就在会上提到的外部力量做一番详细阐述。“因为自 1963 年起您便入行了，可否谈谈《美国式死亡》引起的反响?”她问道。

费舍尔先生带着达科他的汤姆的架势回答道：“我在演讲中说了，我赞赏杰西卡·米特福德。她为我们这个行业提供了前所未有的帮助。我们腰圆体胖，我说过，我们都有些沾沾自喜了。我说这本书去除了我们的赘肉。它让我们节食瘦身。问题是，殡葬师们反应过激，节食变成了饿肚子，所以大家都没了力气，你知道，差不多二十五年找不到出路——他们该怎么办——所以我一直很赞赏她。”

研讨会的议程手册后附有一张纸，与会人员被要求对演讲者打分，同时可在空白处写下评语。因为急于知道自己得了多少分，几天后我给罗恩·哈斯特打了电话。他说，在七位演讲者中，以诺·格拉斯科克排名第一，但我得了第二。对我演讲的评语既有“相当赞同”，也有“完全反对”。他读了其中几段。赞同的：“史料真实，观点精彩。”“精彩，但她似乎惹恼了好几个听众。”反对的：“她依然是颗毒瘤——我们多么轻易就忘了她带来的伤害，是她对殡葬业的恣意讥讽。”“完全没必要为我们行业的批评者提供平台。”此外，哈斯特先生告诉我，他还接到了几个电话："其中一位是密歇根州立殡葬师协会的，一个自吹自擂的笨蛋，他的话我就不重复了。"

在《殡葬管理》随后一期名为《收听或关掉》的编者按中，罗恩·哈斯特表达了与汤姆·费舍尔泳池闲聊时相似的观点。他对向我发出邀请的决定极力辩护。对于那些威胁要取消订阅《殡葬管理》的人，他"鼓励他们以我们付费的方式，打一个取消订阅的电话——再扭身把头埋进沙子"。

"对于杰西卡·米特福德的观点或用词，我们可以表示赞同，或不赞同，"他写道，"……现在数据表明，在北美很多地区，简葬或取消葬礼已经成了一种传统。购买葬礼服务的美国公众有所改变，并将继续改变……三十多年前米特福德女士就提出问题倾听答案，并写下了公众希望听到的东西。现在的我们不该同样如此吗？……"

"我们期待杰西卡·米特福德的新书会带来鲜花和喝彩吗？我认为不会。实际上，我们有理由期待，针对后事服务提供商现行做法和程序的批评意见将会非常尖锐。"

回顾蒂布龙之旅所取得的收获，我的结论是，这些年来殡葬业者看待这个世界的方式并没有多少改变。他们依旧"相当愿意"被视为"具有高标准道德操守的训练有素的专业人员"，但该行业的紧迫性仍然迫使他们扮演着"一群订单极其肮脏的商人"角色。在我看来，以诺·格拉斯科克关于如何对一个原本计划简葬的家庭施以操纵，使其购买全套殡葬服务的阐述，才是本次研讨会的核心要义——我与这位被同僚评为第一的人意见一致。但这又如何同罗恩·哈斯特关于"简葬或者取消葬礼在很多地区已经成了一种传统"的观点相符？或者与他和汤姆·费舍尔关于《美国式死亡》影响力的说辞相符？

或许，正是这一职业的分裂个性——发端于其与生俱来的矛盾冲突——首先让我收到了这份邀请。

第二章　美国式死亡

我要问，还要让我们承受风俗和殡葬师多长时间的折磨？一点不假，那是彻头彻尾的虚荣心，同时让人大伤脑筋——纯粹是对悲伤的嘲讽，所有人都觉得费用昂贵，远超其实用价值。很多人无法承受，所有人憎恨和厌恶。但所有人都屈服于它，因为谁都没有批驳它、违抗它的道德勇气。

——埃塞克斯爵士

啊，死亡，你的毒刺在哪里？啊，坟墓，你的胜利在哪里？究竟在哪里？很多被严重伤害的健在者，在面对亲人殡葬的后续事务时，悲伤地得出结论，在这场极其不对等的战争中，殡葬机构轻而易举就成了赢家。

有很多玩笑，专门调侃某些不理智的“身份象征”，因为它像一只只金丝笼，布置在每一道拐弯处，等那些不够谨慎的消费者上钩。及至最近，都很少有人谈论整个事项中最不理智最荒唐的部分，它埋伏在道路尽头，等着我们所有人——现代的美国式葬礼。

如果说自古以来文学作品就把这位沉闷交易者（18 世纪一个英国作家就是这么称呼他们的）描述成一个滑稽角色的话——从莎士比亚到狄更斯再到伊夫林・沃，都是一个广为认可的幽默符号——近些年他们已经成功翻盘，与美国公众开了一个天大的恐怖又昂贵的现实玩笑。当然，没有人刻意把它当成玩笑，相反，出于崇敬而形成的人为合理化把它保护起来。

多年来，殡葬师逐渐且几乎不为人察觉地建立了自己光怪荒唐的虚幻国度，如同一场噩梦，高雅生活的种种陷阱被改成高雅死亡的陷阱。我们熟悉的麦迪逊大街话语体系披着一种全新而奇异的伪装，逐渐渗透殡葬业，它大量使用独创的形容词，对人们就各种产品形成的销售阻力产生麻醉作用。它强调的重点，同样是人人渴望的各种特质，如舒适、耐用、美观、精致，因为我们受过教育，无时无刻不追求最优。灵敏的耳朵还能识别那套有说服力的准科学话语体系，因为它是如此让人心悦诚服，即便听起来有些莫名其妙。

为了让这相当相当坚硬的肉体不至于融化，有人给了我们“坚硬的黄铜——这是一种高质量的棺材，它为追求永久性保护的客户提供了无与伦比的价值”，或是“殖民风格的古典美——它是一种 18＃镀铅钢铁棺材，顶盖无缝，箱体为搭接焊接”。有些装配了泡沫橡胶，或是弹簧床垫。贝茨维尔供应“升降和倾斜式睡床”。不是每一口棺材都需要银色内衬，因为人们可以在种类丰富的渐变色软质织物中选择。不再使用裹尸布。相反，你可以光顾墓地装裁缝铺，她承诺提供“手工制作的原创服饰——样式来自现世的最好产品，可制作最后的追忆装、男西装、女便装、配饰等”。最后的完美性修饰：“自然之光——遗体美容的终极选择”。我们之前在哪里听过“保护内心安宁”这类术语？不要紧。在殡葬广告中，它指的是威尔伯特棺材，除了加厚加强型混凝土，还内带 10 厘米厚的预浇沥青衬垫——而这一切“都由好管家公司提供保证”。这又关系到凯迪拉克这个熠熠发光、卓尔不群的身份符号，这一次它变成了一辆光彩照人的葬礼灵车。现在，尽管用来收运尸体和办理许可证的都是小型车辆，但为了挚爱亲人前往墓地的最后一趟旅程，人们依然选择凯迪拉克作为运输工具。

你，作为上述所有奢侈品的潜在顾客，不大可能会读到前文引述的诗意描述，因为那都是我从《殡葬管理》和本行业的其他商业杂志中挑选出来的。你可以在本地报纸上看到广告，一般刊登在讣告版，主要强调其高贵、精致、高水准的专业服务，以及真挚这一无法捉摸的品质。然而，商业广告具有启发性，对殡葬业自我催眠进入的状态而言，它们是一道重要的线索。

在20世纪的美国丧葬习俗中一种不可或缺的新型神话已臻于成熟——不如说是一步步被确立下来——足以让我们围绕遗体防腐处理形成的种种奇特习俗变得合情合理。正如巫医为了维持对主顾的掌控权而必须坚信自己绝对可靠，殡葬业在向公众传递信条的过程中，同样不得不基于信条而“推销自己”。

第一个信条是，当今的殡葬程序建基于“美国传统”。这个故事让人想起中西部某所新建大学里新修草坪上的告示牌：“本校传统，学生从不踩踏此块草坪。该传统自下周二起生效。”哪怕对过去的美国殡葬做一番最粗略的查看，也能确立一条平行线。截至19世纪末期，几近寒酸的简葬，简朴的松木棺，由朋友和家人安放遗体并将棺材抬往墓地——都是传统美国殡葬的特征。

第二，存在一种迷思，即现在提供给美国公众的正是他们想要的——一个可以将阔气比到最后一刻的机会。“为了与我们生活的高标准保持一致，理应有同样的死亡高标准，”一位行业领袖说道，“根据个人品位和死者家属适应的生活舒适度，葬礼的费用各不相同。”的确，一般而言，当普通人第一次面对购买自己一无所知的某种产品且无法辩驳时，根本不存在选择。实际上，葬礼的花费几乎总是各不相同，根据的“不是个人品位”，而是预算上限。

第三，有一类迷思，以一知半解的精神病学理论为依据。它着力强调“记忆图景”的重要——也就是接受了最新的遗体防腐处理技术并被涂上一层化妆品的死者躺在敞开的棺材里，让大家看上最后一眼。另一种听起来特别振振有词，宣称需要接受“悲伤治疗”，目前在殡葬圈很受欢迎。一位美国殡葬历史学家在谈及殡葬师的这一新型角色时，间接提到了悲伤治疗师的概念——“一个戏剧型角色，殡葬师变身为舞台监督，创造出一种恰如其分的氛围，并以戏剧手法推动殡葬聚会的进行，其中社会关系是重点，同时通过仪式提供一种情感宣泄。”

最后，为了取代过去直接而管用的词汇，殡葬业发明了一套全新的专用术语，其华而不实的程度完全不亚于人造缎子做的棺材衬垫。“殡葬师”或“殡仪承办者”取代了“殡葬业者”。（就连电话号码簿也对其类别予以了认可，页面上印着“殡葬业者——参见殡葬师”。）棺材被叫做“入殓箱”，运尸车成了“灵车”或“专用车”，花束称为“供花”，尸体通常被叫做“挚爱”。但殡葬礼仪规定，一具特定的遗体只能以名字相称——如“约翰先生”，火葬后得到的灰烬叫“骨灰”。殡葬业的委婉语比比皆是，如“灵堂”“太平间”“焚化——仁慈之热”等。

如果殡葬业者是现代美国葬礼这部精彩作品的舞台监督，那么名角就是敞开棺材的主人。装饰、舞台工作人员和配角，都是为了最大限度地展示死者。没有死者，其他的就会失去价值，就像没有丹麦王子身份的哈姆雷特。为了这一目的，一系列昂贵的商品和服务堆叠如山，让哀悼者眼花缭乱，让亲属们大笔花钱。

悲伤治疗，有人做吗？只是要价越来越贵。根据殡葬业自己的统计数据，殡葬师账单的平均数——1961 年为 750 美元，含棺材和“全套服务”——目前是 4 700 美元，必须外加棺材费、供花费、服装费、牧师费和乐师费，以及墓地费。当这些费用都计入殡葬师的账单后，成人葬礼现在的平均花费为7 800美元。

问题自然出现，这是大多数人愿意自己和家人承受的吗？出于多种原因，直至最近这个问题一直难以回答。很少有人讨论这个话题。那些很少安排葬礼的人羞于谈论其影响，宁愿用“车到山前必有路”的想法来宽慰自己。那些对这一话题有亲身痛苦认知的人，往往愿意忘得一干二净。从全国范围看，确实存在一些致力于殡葬价格公道原则的首创性“殡葬社团”或“追思协会”，但直到最近，其会员资格局限于更高端的人群——大学教师、自由知识分子等——以及为自己的主顾操持葬礼时遇到问题的人，如医生和律师。[①]

1961年，鲁尔·唐莱发表在《星期六晚邮报》上的文章引发惊天反响，由此指向了众多人对殡葬利润未曾表达的反感情绪。犹如堤坝溃决，全国各地纷纷给殡葬协会和当地报纸写信。写信的有神职人员、专业人士、领退休金的、工会会员等。文章发表三个月后，估计有六千人拿起笔对死亡成本高企的某一阶段发表看法。很多人讲述了自己在殡葬师那里遭受的辛酸经历。就如何在空白地区建立消费者组织，数百人希望得到建议。也有人打听预售计划方面的信息。三十年过去了，情况似乎变得更加糟糕。1993年，我写了一篇鼓励殡葬从简的文章，刊登在《亲爱的艾比》专栏。有三万多人写信咨询殡葬计划团体信息。殡葬业发现自己受到公众聚光灯的照射，继续就自己的未来路径进行严肃讨论——无所谓。

有些企业家已在试水，推出形式简单、价格低廉的葬礼服务。其中一家自称“教堂殡葬服务公司”，与传统的殡葬公司签订合同，为降低价格而提供了难以想象的服务——将殡仪场所从殡仪馆搬至教

---

① 参见第二十章“对死者的新希望”及后文查看非营利社团名称，他们可向会员及非会员提供建议和信息。

堂、陵园礼拜堂，甚至养老院。

1994年，罗斯·哈曼在华盛顿哥伦比亚特区的郊区发起平价殡葬服务计划。他将低价手段运用到极致，不使用任何设施设备，就在自家门外举行葬礼。他可以使用私人居所、教堂，或者——如果需要瞻仰遗容——租用殡仪馆。据罗恩·哈斯特的《殡葬管理》报道，维持低廉费用是其基本策略。不带标志的白色货车取代了灵车。没有豪华轿车。生意很兴隆，三辆货车巡游在首都各地，另外五座城市各有一辆。哈曼的下一个项目是在全国范围开展业务。平价殡葬服务计划能做到吗？有可能，因为最近有消息说，它已经冲入国际服务公司的网络。第十六章将讨论后者在全世界开展业务的情况。

殡葬费用高涨这个泡泡大到将要破裂的地步了？回首1960年代，美国公众突然对汽车产业迈向炫耀型轿车，即纷纷装上惹人注目却没有实用价值的鲨鱼鳍的趋势表示反感，同时形成一种需求，即仿照欧洲车型生产紧凑型轿车。叱咤风云的美国汽车协会习惯了告诉消费者需要什么车型，突然间被迫倾听这一变化。一夜间，数百万人把小型轿车作为一种新的身份象征。有可能在尘归尘的态度上出现同样的循环吗？美国公众有可能对更华丽而费钱的殡葬表示反感吗？未来的身份象征有可能真的变成“不用花钱的最简葬礼”吗？

第三章　殡葬交易

葬礼不是展示廉价的场合。实际上，它是展示身份象征的良机，对家庭荣耀起衬托作用，对缓解悲伤十分有益。很大程度上，通过购买优质葬礼，可以平复愧疚和自责之情。对普通家庭而言，最令人满意的葬礼，很可能都要在花费上做出一定牺牲。对死者生前不管真有疏漏还是自认确有不周，生者都可以借此弥补。

——《全国殡葬服务杂志》

有人总结，殡葬服务的销售人员对顾客带有先入为主的刻板印象。在他们看来，失去亲人后找殡葬服务的人，带着深重的罪恶感，势利，讲究身份。殡葬师觉得，引导顾客购买高价棺材，是施行悲伤治疗中开出的第一服药。用《全国殡葬服务杂志》的话来说："购买者的兴趣焦点必须是棺材、套棺、寿装和灵车等——只有这些才是殡葬花费的有形证据——只有这些才是与殡葬服务相关的身份象征。"

这番相当令人不敢恭维的夸奖对于家人去世的一般人而言，不管他人赞同与否，殡葬交易的确不同于其他类型的商品交易，通常受到多种因素的影响：悲伤心情导致的六神无主，对卖家提供商品价值的判断标准的缺失，必须现场做出决断，通常对与遗体防腐处理相关的法律缺乏了解，有现成的保险费用可供支付。在很大程度上，上述因素提前决定了交易结果。

一如其他销售人员，殡葬销售员满心关注的是价格、利润、销售手法。旧金山殡葬科学学院前院长莱昂·阿特尔写道："电话一响，你就要启动销售计划，你就必须为这个笼罩在悲伤中的家庭提供服务……千万别预想哪个家庭要买什么。你无法测算他们的情感强度、秘而不宣的保险额度，以及留作殡葬开销的资金额度。"

销售计划一定不能带有强制性，必须不露声色，因为殡葬业领军者们认为，痕迹明显的"强行销售"不合时宜，容易弄巧成拙。《成功的殡葬操作服务手册》列举了两种不能向顾客说的话："我根据你精美的穿着判断，你喜欢精美的物品，并希望为你母亲买一口上好的棺材"，以及"想想你亲爱的父亲躺在这口漂亮棺材里的照片会给你带来多么美好的回忆"。

同时，凡事都不能凭运气。销售理论认为，殡葬销售最重要的因素是挑选室里的棺材陈列恰当（也就是顾客要在带领下完成购买）。一方面，销售的交流最好庄重而矜持，同时必须经过设计，以最大化地发挥陈列带来的优势。

外行首次进入棺材挑选室时，以为自己看见的是一些随意摆放且价格各异的商品。实际上，人们一直耗费心思，就挑选室的陈列问题想出更新更好的方案，因为他们发现，棺材的摆放位置会对销售额带来重大影响。针对该领域该话题的文献已有多篇，对其形成补充的还有经常性举办的座谈会、研讨会、研究课程、视频辅助资料以及配备微型棺材并可根据实验需要随处移动的等比例模型挑选室。所有这一切都强调那个期待中的目标："销售效果总是高于平均水平。"

关于棺材陈列和销售心理的关系，颇具影响力的全国优秀殡葬师协会前执行会长克莱格先生已在其《成功的殡葬管理》一书中做过相当充分的讨论。他对按照价格摆放棺材，即从最便宜到最昂贵的错误方式进行过分析，称之为“阶梯摆放法”。他指出，这种方式“把直白的价格比较变得十分简单”。或者，如果棺材的摆放顺序让购买者一眼就看见最贵的价格，那么他可能受到惊吓，并因此购买非常便宜的产品。需要避免的错误是低价棺材过多的“非均衡线条”：“非均衡线条因为过于集中 300 美元以下的产品，因此客户很容易在该区域满意地完成购买。”①

在论述陈列方法时，克莱格先生将棺材的摆放地划分为四个“序列”，即以他确定的 400 美元中间价格为例，在此之上或之下各有两个序列。目的是销售第三序列，即均价之上的那一部分。为此，首先要把买家带到该序列中超出均价 125 至 150 美元这一单元，即价格区间 525 至 550 美元。如果买家对此价格有所犹豫，接下来应该把他带到一个“在价格和质量上都具有强烈对比”的单元，此时的商品都在均价之下，如 375 至 395 美元。其中的心理学原因也做了解释。这是一种双重考虑。尽管质量的差异一目了然，但价格并不会低得让买家自惭形秽。同时，如果买家对此不屑一顾，并表明自己不希望如此廉价，则应该把他带到“回升单元”——标价比均价高出 25 至 50 美元，也就是定价在 425 至 450 美元之间。

克莱格先生把以上这一切称为“基石法”，同时提供一张显示为 1、2、3 单元的图表，在平面上呈现出明显的非人为自由分布。在第三序列和第二序列间反复徘徊并最终回到第三序列的顾客，可能会觉得“人体网球法”这个词更加恰当。

潜在购买者看到第一单元时，如果没有任何反应——或者如果他

---

① 本章所描述的销售手法大多没有改变，但引用的价格需要增加十倍方能反映现行支出。1961 年的殡葬账单平均额是 400 至 750 美元，而全国殡葬师协会最新调查显示，目前已达 4 700 美元（若加上墓地收费，则是 7 800 美元）。

要求看质量更好的类型时——回旋话题当然是“出去”。“入口”是进入通道。似乎有加拿大骑警曾告诉克莱格先生，在野外迷路的人通常会朝右方兜一个大圈子。克莱格先生猜测，也许是因为85%的人都是右撇子。在任何情况下，挑选室里的进入通道都是折向右手的一条宽大走廊。这里陈列的棺材是质量更好的第三和第四序列。

对地位低下或固执己见的社团会员，如果他坚持在均价之下购买（但无论如何，他享受的服务“都要和蔼可亲，礼节和关注度与购买能力没有上限的买家大致相当”），有一条折向左手的狭窄通道，克莱格先生称之为“抗拒小径”。不幸的是，两种风险可能并未加以讨论：如果一个富得流油的潜在买家属于那15%的左撇子人群，并因此自动折向抗拒小径该怎么办？如何拯救他们？相反，如果一个穷鬼或固执己见的人在加拿大可能有过迷路的经历，本能地折向右撇子那条宽大的进入通道该怎么办？

循着与克莱格先生的计划相同的思路，有人制定了“成功殡葬操作综合销售方案”，只不过后者更加复杂。不过，一切都说得非常仔细，一开始便是劝诫之辞，迎接客户时要报以温暖而友好的握手，推荐的开场白：“应该语速缓慢，态度真挚：‘我要向你保证，我会竭尽所能地帮助到你！’”

有了良好开局后，殡葬师会着手召开筹备会，在每一个环节，他都要“融入殡仪故事”——换句话说，就是要给这家人留下印象，他们有权购买所有的额外产品，如接引员、轿车、抬棺人、用以梳头和化妆的女性仆从等等——所有这一切均可包含在棺材价格之内，因此，他们现在有责任作出挑选。上述预备工作至关重要，因为“筹备会能搞定或搞砸这桩买卖”。

这本手册所列挑选室的图表，与实验中设计弄晕老鼠的迷宫十分相像。正是在这里，我们对三角计划有所了解。凭着这一计划，客户被带着兜出一个三角形，或者干脆说，兜出了一系列三角形。他被引导着从A点看起，一口棺材的售价为587美元，但告诉他的是“500美元这个区间”——正如手册所说，尽管这个数字其实只比600美元低了13美元。他会被告知，普通家庭都会在500美元这个区间购买——几位作者解释说，设计这几句话的目的是让他安心，因为“大多数人都自认为在普通之上”。假定这位潜在买家对这具587美元的棺材没有任何反应。那么，现在把他带到图标上的B点位置——一口质量更好的棺材，标价为647美元。不过，不要说具体价格。而是说“600多美元”。如果这位潜在买家仍旧保持沉默，根据这一线索，继续把他带到价格最贵的单元。

相反，如果客户对587美元的价格表示异议，把他带到C点——并告诉他“买这一款可以替他省下100美元”。同样，也不能跟他说487美元这一价格。这时，如果他一言不发，把他带到D点。到了这里，告诉他“我们多花60多美元就可以买下这口更精美的棺材，而且所有服务项目都一模一样”。这里是三角计划的关键。至此这位不好对付的买家已经兜出了一个三角形，不知不觉地停留在比出发地点相差不到40美元的位置。值得注意的是，所有价格的尾数都是7，“故意的，便于把价格报成‘再多60美元’或‘省了100美元’”。

有些深陷悲痛的家庭会完全免掉这一圈的兜兜转转，因为90年代的销售手法是纯粹凭目录销售棺材。可能有人认为棺材不“上镜”，但殡葬师们满怀热情地欢呼，死者家属们无须看到实物时，往往会购买更昂贵的棺材。不管是翻看目录，还是周游陈列室，买主都不可能领会这种引导巡看的重要性。作为顾客的他身处一种不同寻常的境地，专为殡葬交易设置的一系列环境让他深陷其中。很显然，他出于什么状况来到殡葬场所，他的想法就随之千差万别。他可能感到茫然而困惑，因为他年轻的太太刚刚死于一场车祸。他可能相当释然，因为一位脾气反常的老年亲戚在长期而痛苦的疾病后终于撒手人寰。大多数殡葬买家在人带领下穿行于殡仪馆时，往往面临一个个让人不安的问题：怎么做才是对的？是我来安排殡葬，但肯定不应该在这时候沉迷于自己的口味和偏好。我觉得自己了解她的喜好，但她的家人和朋友又会期待什么呢？怎样才能避免因为无心之过而遭到批评？同时最重要的是，这应该是一场精心而体面的葬礼——但怎样才算是精心和体面？

殡葬交易的第二个特别之处：当买家进入殡葬师的会客厅时，他对将要发生的事情几乎懵然不知。找什么，避免什么，花多少钱。殡葬业估算，普通人每十五年就要安排一次葬礼。对普通的美国家庭而言，殡葬花费是第三大支出项目，位列房产和汽车之后。然而，即便在某位老年亲戚死期可料甚至颇受期待的情况下，也很难有买家提前跟人商量殡葬的情形。逢人便问“劳驾，我叔叔病入膏肓，肯定熬不住了。你知道哪儿有质量好、信得过的殡葬师吗”似乎并不合适。

殡葬买家不同于汽车买家，这取决于殡葬的本质。让我们想象一下整个流程。一个谨慎而有常识的人在购买汽车时，会咨询消费者研究公告，或者从朋友那里寻求建议。对盲目达成交易的风险，他事先有所了解。

然而到了殡仪馆，谨慎的人会彻底陷入茫然，四周找不到有引导作用的熟悉地标或方位。他成了一个不寻常的人，考察不同的出售品，并就约克公司生产的基石牌棺材和贝茨维尔生产的福吉谷牌棺材的相对长处征询意见。至于费用，一分钱一分货。殡葬买家通常没有心情一会儿比较价格，一会儿对质量做一番检验和夸奖。他急于完成此事——不仅因为他急于求成，也取决于事情的紧急程度。

买家面临的第三个非正常因素是需要现场做出决定。他知道，在日常生活中要极力避免冲动消费，但在这里却成了一种内在必须。买卖过程中惯常的含糊其词——“再看看吧，需要的时候叫你”，“如果决定购买的话，我可能会在一两周后打电话给你”——在这种情况下根本用不上。不同于绝大多数买卖行为，这里的商品不可能有十五天的退货期，如果对商品完全不满意，也不可能全额退款。

折扣店开始出现，1994 年联邦贸易委员会对殡葬规则做出修订，禁止殡葬师向在此购买棺材的顾客收取特殊的“棺材处理费”。之后的几年间，这类店铺出现爆炸式增长，现在人们甚至可以在互联网上购买棺材。但正如大多数殡葬买家受环境所迫，从别处购买棺材时会受到诸多限制，他们同样为传统所迫，觉得自己多花了冤枉钱或受到不恰当对待而提出事后申诉时会受到诸多限制。电视修理工、律师、水管工的声誉都是公共财产，他们的缺陷可能成为人们茶余饭后的话题。从这个方面来看，殡葬师的声誉相对安然无虞。一位朋友得知我在写这个话题，勉强向我谈起她为姐夫安排葬礼的经历。她找到一家开办时间长、“声誉不错”的殡仪馆。她一心想着要为遗孀省钱，便从殡仪馆选了一口最便宜的红杉木棺材。稍后，销售员打来电话，说她姐夫个子太高放不进那口棺材，要她再加 100 多美元另选一款。当我朋友提出反对时，那位销售人员说：“哦，好吧，我们可以用那口红杉木棺材，但只能截掉他的双脚。”这话太恐怖，我朋友既惊惧又困惑，整整两年里从未向其他人提及。

与遗体防腐处理相关的法律普遍不为公众所知，也是有时会影响殡葬交易的一个因素。人们往往惊奇地得知，除了某些特殊情形，如遗体需要采用普通运输工具转运时，没有哪个州制定过法律，规定必须对遗体进行处理。

殡仪业者放任这些错误观念滋长，时而冷静地向殡葬买家误导法律，时而有根有据地让某些商业惯例带上法律权威，只要他们觉得遵守这样的惯例方便易行、有利可图。这种对法律随意的态度，甚至见诸高等学校，也就是初出茅庐的殡葬师们接受训练的殡葬学院。例如，大多数州都有法律规定，当死者将其遗体捐作医学研究时，遗属必须履行其指示。然而，《现代殡仪馆学》这本专门讲述遗体防腐处理的教科书在处理这个倒胃口的话题时，安排了一段误导性的对话："问：遗嘱中有条款说，死者遗体要交至某医学院用于解剖，这样的条款是否比其遗孀更有优先性？""答：不……任何人对其遗体的拥有或控制都不能超过一定限度，即其处理方式不会对直系亲属带来羞辱和悲伤。"

经常有人对我说，殡葬师们惯于在服务过程中自创法律（因为丰厚的经济回报系于一线），于是我决定对这种情况做直接调研。我捧着一本加利福尼亚州法典，打电话到所在社区一家排名靠前的殡仪馆，开始编故事：一位年老的阿姨住在我家，目前身患重病——看样子活不了几天了。她女儿马上就会来我这里，但我觉得自己应该获得一点建议，做出一些安排，以防万一……话筒那头的人发出几个充满同情的单音节词汇。我继续说道，一家人都希望丧事简办，火化就行。当然，我们可以这样安排，我得到了保证。因为我们只需要火化，所以不需要殡葬仪式，也不需要购买棺材。电话那头，殡葬师的声音一下子警惕起来，尽管语调仍然顺畅。他带着平静而权威的语气告诉我，如果他做这样的安排，将是一种"非法之举"。"你的意思是，这种做法违背了法律？"我问道。是的，肯定。"既然如此，我们或许可以用自家的旅行车，把遗体直接拉到火葬场？"先是因为震惊而陷入沉默，接着是雷霆般的咆哮："夫人，一般的女性既没有设备，也没有兴趣拉着死尸四处乱跑！"（我觉得，这其实是个相当不错的观点。）

我又尝试了另外两家殡葬机构，得到的答复大体相同：加州法典禁止对未入棺材的尸体进行火化。三个案例中，这一点都言之凿凿，我不禁对呈现在眼前的加州法典产生了怀疑。我反复通读有关火化和健康的章节。最后，我把法典从头到尾看了一遍。我一无所获，于是向卫生局的一位官员求证。这位官员告诉我，加州并没有法律强制要求遗体入棺后方能火化。他还说，个别县的福利机构在对穷困潦倒者进行火化时，就没有使用棺材。

正是上述策略迫使联邦贸易委员会于1984年做出裁定，殡葬师再也不能对公众说谎。然而，轶闻报道显示，诚实仍然是该行业难得一见的品质。某个家庭想把骨灰拿到墓地掩埋，结果却被告知："原来可以这么做。但现在是违法行为。"

在谈论法律时，墓地销售人员出于自身利益，倾向于将事实和传闻混为一谈。陵园因"套棺"的销售收入不菲。套棺是用来安放棺材的水泥封闭体，不仅是棵摇钱树，还成为陵园收取维护费——即在棺材发生腐坏时，为防止墓地下沉——的口实。为了应对我的咨询，一位墓地销售人员（其名片上标示为"悼念咨询师"）来到我家，推销他所谓的"预付追思地产"，换句话说就是未来我要入住的墓地。销售人员在报出不同墓地的价格后，向我解释说，每个套棺至少需追加520美元。他还说，这笔钱"应法律要求"收取。

"为什么法律要求这个？"

"为了防止墓地下沉。"

"但如果我先被装进坚固铜材制作的永固牌棺材，然后再入葬呢？"

"那玩意没有看起来那么坚固。你自己都会吃惊，要不了多久它就会散架。"

"你确定这是法律要求吗？"

"我入这一行十五年了，应该知道的。"

"那么，你是否愿意在这里签个字？"（我早就在一张纸上写下

"加州法律要求土葬必须采用套棺形式"。)

悼念咨询师收起印有追思地产的彩色照片，走出了我的家门。

殡葬交易中的第五个非正常因素是买家拥有较大数额的金钱。习惯按时购置大件商品，如汽车、电视机、家具等，并按周薪上限开支的家庭，突然间拥有了来自不同渠道的保险金和抚恤金。通常殡葬师不必采用拙劣手法，便能探知保险金的使用范围。在填写人口动态统计表时，几个简单而自然的提问便帮他打探到所需信息。例如："死者职业?""我们直接跟保险公司结算吗?"

殡葬师对所在社区各工会的抚恤金、社会保险金和劳工死亡补偿额度的了解，超过了学龄男孩们对职棒大联盟各球队战绩的知晓程度。社会保险金补偿：255 美元。如果死者是退伍军人，再加 300 多美元，外带在国家公墓免费安葬。根据某些州的劳工补偿法规，相关职业的死者，可额外得到高达 5 000 美元的补助，等等。

殡葬师获得了推销所需的所有信息。第一次获得大笔经费的遗孀，很可能对他的建议如获至宝。毕竟，他是专家，知道这些事应该如何安排，他将指点她完成那些完全陌生的程序和仪式，他将保证所有事项照章进行。

位于最低等级的是领抚恤金的老人，积蓄多半早已花光。他是穷人中的穷人。然而，大多数州级和县级福利机构允许他拥有最多 2 500 美元的现金。在有些州，他还可以拥有一套房产，而且不会影响领取抚恤金。殡葬师知道，几乎每个州的法律都规定，殡葬账单在房产诉讼中具有优先偿付权。可怜的老家伙完全有可能风光大葬，除非其遗孀是位非常非常冷静的顾客。

纽约遗嘱检验法庭前法官富勒审判交到手里的一份账单的合理性时，对殡葬交易中往往得以持续的局面进行了总结："类似诉讼中的实际困难之一，是签署殡葬合同的一般是处境迥异的人。一边往往因为徒自懊悔和深切悲痛而极度焦虑或不知所措，另一边则是靠操纵业务发死人财的。因此，一方往往不懂商业常规、糊涂且健忘，而另一方总是警觉、清醒且谨慎。”

不过，也有一些人非常清楚自己的想法，对于殡葬购物，与购买其他东西如出一辙。当然，这种人少之又少。通常，这样的人都不是死者的至亲，而是朋友或家族代表。这些人的经验很有意思，因为在一定程度上，是他们突显了殡葬交易的非理性特征。

1961 年，加利福尼亚州圣拉斐尔一位名叫鲁弗斯·罗德斯的退休制造商受到起诉，被指控为死于养老院的九十二岁的朋友安排火化事宜。他打电话到火葬场，对方报价 75 美元火化费，外加 15 美元即可将骨灰送至圣塔莫尼卡，因为他朋友的家族陵园正在此地。他提出租用救护车接运遗体，但这个想法立马遭到火葬场的否决。他被告知，必须通过殡葬师处理此事，除了拥有资质的殡葬师，其他人不能触碰遗体，同时还必须准备一个“容器”。他没有想到这一点，这不奇怪，因为这些是火葬场的“规定”，而不是加州法律的要求。

罗德斯先生查了圣拉斐尔的电话号码簿后发现，上面列出五家殡葬机构。他任意选了一家打去电话，对方告诉他，无论如何都不可能在电话上谈论价格，因为此事“极涉隐私”，他应该直接前往殡仪馆。到了殡仪馆后他发现，最便宜的价格是 480 美元，包括“一口价格最低的棺材，以及全套殡仪服务”。罗德斯先生反对说，他并不需要全套殡仪服务，也不需要遗体防腐处理，同时，他也不想看见棺材。他只需要把遗体从养老院拉到距离 5 公里左右的火葬场。480 美元让罗德斯先生犹豫不决，他回到家，给另外四家殡葬机构打了电话。他拿到了 250 美元的最低报价。

罗德斯先生觉得，自己是以每英里 50 美元的费用，把朋友的遗体从养老院拉到了火葬场，这种想法并非没有道理。毫无疑问，殡葬师考虑的是，这一单服务远低于盈亏平衡点，或者，用他们的术语来说，“低于我们应得报酬的花费”。[①]

在此，必须考察一下殡葬师的观点。1962 年，我与奥克兰地区最大的殡葬机构、每年提供一千场殡葬服务的格兰特米勒殡仪馆老板罗伯特·麦克尼尔先生交谈过。当时他们对标准殡仪服务和一口红杉木棺材的最低报价是 485 美元。“本公司从未故意让某人感受经济窘迫，”麦克尼尔先生称，“如果情况使然，即使分文不取，我们也会完成全套殡葬服务。免费的殡葬服务，和 1 000 美元的殡葬服务一模一样。”麦克尼尔先生拿出一份《格兰特米勒合作计划》，其中阐述了这一理念。

> 如果死者家属觉得价格 495 美元（含上好红杉木棺材）的一号全套殡葬服务方案超出其现有能力或意愿，格兰特米勒殡仪馆随时准备采用以下合作计划降低费用，绝不使用廉价或劣质棺材。

接下来是一份费用递减表，直至“生活窘迫者，0 美元”。

我最近询问该计划是否仍在施行，得到茫然的回答：“我们没有这样的计划，从来没听说过。”目前很多人觉得外观漂亮的红杉木匣只能以“租赁单元”的形式使用，一至两天的占用费是 795 美元。现在，最便宜的“容器”是松木盒，在格兰特米勒殡仪馆棺材价格表上的费用是 2 425 美元，由此格兰特米勒殡葬服务的最低价变成了 3 420 美元。

据一位心怀不满的雇员透露，国际服务公司（参见第十六章“死

---

① 现行的火葬收费在 200 美元至 350 美元之间。在目前的圣塔罗萨地区，罗德斯先生需要拿出 1 000 美元或者更多的钱，才能把他朋友的遗体从养老院拉到火葬场。

者地球村”）有一条“不走”政策，即为了不让死者家属转投竞争对手而愿意“完成一切必要工作”。但要弄清可以给什么折扣，以及谁才有资格，在今天这一难度不亚于三十年前在格兰特米勒遭遇的难度。少有智慧和精力兼具的顾客，他们只需站起来走到店门口，直至价格降到合理程度。

殡葬定价的指导原则似乎是“各自不同，并根据其能力”，丝毫不管死者家属的实际意愿。旧金山的一名殡葬师说：“如果一个人开的是凯迪拉克，他为什么要接受庞蒂亚克级别的葬礼?”凯迪拉克的身份标志在殡葬师的思想中有明显的象征意义。这种推理在殡葬业尤其突出。一个人开凯迪拉克来高级餐馆，可以点一杯 2 美元的茶而不是 40 美元的正餐，仍然能够得到服务。餐馆经营者不可能因为优质的装潢和员工，要求凯迪拉克车主点一些与其支付能力更相称的餐食，帮忙冲抵餐馆的开销。

不过，餐馆消费和殡葬交易存在重大差别。很明显，凯迪拉克车主完全可能第二天带着六个人重返餐馆，点一顿 40 美元的餐食，然而与殡葬师的交易不可能出现这种情形。对殡葬业务而言，消费者往往是一次性买卖。众多殡葬师的内心很可能随时真诚地回响着内森·黑尔的爱国情怀：“我唯一可惜的是，我只有一条生命可以献给我的祖国。”不过，如果殡葬师没能做到趁热打铁，机会实际上也就一去不复返了。（克拉克套棺公司的人注意到例外情形，他们在广告中提出这一惊人想法：“开棺掘墓——少见但有回报。不一定是麻烦事。能带来回头客……”）

殡葬业面对的经济形势独具特色，因为它的市场一成不变，或者说缺乏弹性，它导致的各种行为，受到艾米丽·波斯特这位品位和习俗方面的著名权威人士在其 1923 年发表的《礼仪》（第一版）中的谴责：

> “业务良好”（对殡葬师而言）这一诱惑是否逐渐破坏了他的人品……明知道当他有这种行为时，死者家属没有提出任何疑问……或者，他的职业是否完全不讲品位，如果没有人检查，他会在自己的殡仪馆摆上装饰最华丽、价格最昂贵的棺材。他会用自己的专业天资想出花费项目，好把各种仪式都操演一番。他会调动自己的所有人员。他会安排足够多的车辆，装下总统随扈也不成问题。如果要跟一位六神无主的死者家属签订合同，他会设法让对方立下保证，建一座豪华大墓。

很显然，波斯特女士获知了殡葬师们的反馈，因为她在《礼仪》的1942年版中，为他们写下了下面这段话：“由于本书早期的各个版本中对某位不受人尊敬的殡葬师的批评，必须即刻在此申明，本书并不刻意针对任何一位声誉卓著的殡葬师，因为他们的良知不仅顾及死者家属的心情，而且考虑了他们的经济状况。”然而，她随即不仅重复了上面那条得罪人的段落，并且语气有所加强：“行为错误的殡葬师拒绝提供项目清晰的成本清单，尽量糊弄死者家属并使其相信，棺材越昂贵、准备越复杂，对死者的爱和尊敬越能得到体现。”在之后1955年修订的版本中，上述冒犯段落被完全删除，没有做任何解释。

第四章　人工制品

人类对消亡自身肉体的奇异发明相当着迷。

——托马斯·布朗，《瓮葬》

“第 280 号反映了生活的品格和地位。它样式华丽，是生活成功的正式写照。”这句话摘自俄亥俄州哥伦比亚实用殡葬鞋袜公司的产品目录，指的是那双“来世合脚牌浅口便鞋”——款式有漆皮、小牛皮、鞣皮或脚背带有蕾丝或三角镶条的棕红样式。该公司还生产一款名为“柯泽”的产品，“鞋底柔软带垫子，鞋身暖和、豪华、舒适，鞋样时髦”。这双鞋有什么实际用处，说得十分清楚。殡葬鞋袜能够展现“对死者的考虑和体贴”。盖上的棺材打开后，旁观的死者家属发现“全套寿衣完整而不张扬。你能感受到它的绝对信心和良好意愿”。实用殡葬鞋袜公司的女性内衣部提供豪华产品套装，黑色的漆革盒子上印着烫金的“女裤、女背心”字样，其尼龙长筒袜“格外时髦——独具个性”。宾夕法尼亚州约翰斯顿利帕里制衣公司也“为死后外形修复”提供女性定制睡袍、长筒靴、长袍和胸罩。

在全国殡葬师协会的一次大会上，俄亥俄州克利夫兰市佛罗伦斯制衣公司展示了他们的“街装服饰和女性便装”系列产品，以及新型的“主妇长衣和及膝家常服”系列产品。（不过，由明尼阿波利斯凯尔克装备公司在同一个会上虔诚推出的套装展示，因为产品中包含“最后的晚餐”，就没有一并展示“最后的午餐”。①）

棺材的风格有古典式（也就是所谓的“瓮葬主题”）、殖民风格、法式乡村和未来派——后者被称为“过渡式”棺材，依照的是未来风格——的确，这里提供的是让每个人都满意的产品。爱国主题十分抢眼，贝茨维尔寿材公司生产的“福吉谷”表达得尤为淋漓尽致，它的设计风格反映了粗犷而坚定的军人品质，让人不由想起那一段历史主题……“它的魅力是自然纹理和上好硬质枫木精加工后的温暖美感。这实际上是为军人——他们代表了在福吉谷经受勇敢检验的美国理想：坚定、可靠、勇敢——设计的一款寿材。”尽管具有军人风格，但在配上米黄色亚麻枕头和床单后，看上去却相当舒适。棺材背后的墙上挂着一幅乔治·华盛顿的画像，画中人一如往常，表情相当不悦。

对那些不那么粗犷的人、一心想接触国际时尚的生活达人、喜欢在牌桌上冒险的寻欢作乐者而言，可以选择“摩纳哥”系列。这是一款采用耐久密封技术的金属单元，“经由海雾抛光处理，内部铺满600 篷水族至真牌鹅绒，缝合精良，大号垫枕和床罩相得益彰”。摆放背景充满了浪漫气息，描绘的是地中海沿岸里维埃拉的明媚天空，几株热带蕨类植物和一把金色竖琴的影子凸显了这里的诱惑力，购买这款产品即可前往蒙特卡洛，所需费用不会超过一张头等舱机票。

对于既不粗犷也不爱冒险，却对纯粹的舒适性很感兴趣的宅男宅女而言，目前价格适中的金属棺材装配了“美之神可调节式软泡沫睡床。采用高质量床垫织物，通过专利手段而非手摇曲柄实现高度调节

---

① 上文“及膝家常服”的英文是 brunch coat，此处的英文分别是 The Last Supper 和 The Last Brunch。——译者

功能。产品研发及完善历经一年，睡床柔软而硬挺，稳固而不打滑”。

对，目录上的产品还有很多。旁听者在这个不为人知的圈子里第一次接触到这样的宝贝和制品的心情，很可能跟贝尔纳尔·迪亚斯·德尔·卡斯蒂略①第一次瞥见一直未被世人发现的蒙特祖玛宫殿时一样大感诧异。“我们简直惊呆了，”他这样告诉世人，“有的士兵甚至问我，我们所看到这些东西是不是在做梦。”

而时髦程度无人可比的多立克系列提供“女性棺材……产品带有柔和的红白外饰，价格区间能满足各类家庭需求”。其顶级产品名为“玫瑰贵族”，带有“全吻合式保护壳，其上缀有成形的玫瑰红纹章和姓名牌”。

再说说花缎，这是贝茨维尔寿材公司的一种装饰性织物，“采用传统的欧洲手工纺织，定制化设计，是典型的重彩图案织物——在17、18、19世纪被皇室普遍使用。上述织物以色彩为重点，覆以补色刻纹，彰显的精彩工艺和雕刻，通常仅见于世界顶级装饰者之家”。

在殡葬用品中，穹形套棺出现得相对较晚。晚至1915年，其采用仅占全部殡葬的5%～10%——与现在一家主要套棺生产商的自豪宣言“一分钟一个威尔伯特套棺”（我们从一个脚注得知，该数据以八小时工作日为计算依据）相去甚远。因为对缺少经验的人而言，与“套棺”对应的vault有“墓室”之意，所以很有必要稍作解释。我们在此描述的vault被设计成一种外用容器，使埋入墓地并长期存放的棺材及其内容物免受各种因素的影响。套棺的生产原料多种多样，可能是预浇筑沥青的混凝土，可能是铝材，可能是铜材、沥青和混凝土的混合物，也可能是玻璃纤维。无论如何，一口好的套棺是“感情的

① 16世纪时的西班牙士兵和作家，曾远征墨西哥，遭遇阿兹特克国王蒙特祖玛的英勇抵抗。——译者

象征性表达”。其外形逐年变得好看，你可以选购包括抛光条纹在内的多种颜色，并总是装饰着各种令人喜爱的东西——如象征永恒的生命之树或日落场景——这不禁让人思索，是不是还没到引入大号或超级套棺的时候，因此，它很像我们过去在圣诞袜里找到的小型木质套蛋。

我和一个套棺销售员有过一次令人激动的接触。佐治亚州的维达利亚是位于萨凡纳以南的一座小镇，坐落在这里的奥胡匹公共图书馆正在举办一场以死亡为题的研讨会——近年来，这在大学和图书馆协会等地十分热门。

死亡研讨会安排在连续几周的星期二，发言人有牧师、哲学家等，我是关于死亡产业的第一轮发言人。我觉得，这是一种喜剧性的调剂。

可美国军团随即发起进攻。他们猛烈抨击奥胡匹公共图书馆向一位众所周知的颠覆分子提供平台。他们向各大报纸散发众议院非美活动调查委员会的所有陈年报告。于是，这些报纸——哪怕有的远在萨凡纳——纷纷闻风而起，刊发了新闻稿。

图书馆员发起了反击。“每个人在奥胡匹公共图书馆都拥有发言权。”他们如此说道。他们还想到一个聪明的主意，向周围数英里内的殡葬师和相关产业送去附有免费入场券的特别邀请函……特别表明言论自由信息，并促请他们参会。

由于这一出人意料的公开性很快为当地人知晓，讲座不得不从一间小会议室转移到当地中学的大礼堂，礼堂肯定被挤得水泄不通。一开始主持人便重申了图书馆的言论自由立场，随即问道：“殡葬业有没有人到场?”话音刚落，十二个穿黑西装的人齐刷刷地站了起来，随即坐下。

我的发言似乎很受大家欢迎，因为跟其他地方一样，绝大多数维达利亚人都有过一两次被殡葬业算计的经历。到了提问环节，我首先问殡葬师团队有没有什么问题。一位黑西装站起来说道："我是套棺销售员。各种套棺我都卖。我听了米特福德夫人的发言，她压根儿没有提过，我主耶稣被钉在十字架上的时候，是一个财主让出了他的墓室。"说完，他坐下了。我回答说，因为我在汽车旅馆待的时间不少，而《圣经》是那里能够找到的唯一读物，所以实际上我很清楚亚利马太的约瑟和他赠予耶稣墓室的故事。但如果你读到后面就会知道，他在那里待的时间似乎不长。我的意思是，他进进出出一共就三天。

听到这里，十二个黑西装齐刷刷地站起来走了出去。我以为其他人会跟上脚步，因为我们所在的毕竟是《圣经》地带，而佐治亚州的维达利亚小镇更是《圣经》地带的腹心。令我相当吃惊的是，其他人不为所动。大家都急于讨论自己母亲的葬礼。

当时，陵园和殡葬师为有利可图的套棺业务展开了竞争。大多要求所有下葬业务都必须使用套棺，表面理由是棺材最终解体时，套棺能防止墓地出现坍陷。当然，在顾客面前的卖点是它对死者具有永久的防护作用。中西部似乎是金属套棺销售最成功的地区。"一定是心理因素使然，因为大家认为那个地区充满极热和极寒、风暴、大雪和冰冻。"《殡葬管理》若有所思地写道。

为这些宝贝配备合适的展示间，显得至关重要。早年间那种风格简陋的殡仪馆门面已经一去不复返。取而代之的是一座座精心建造的楼房，既有英国乡村风格，也有法国乡村酒庄、西班牙传教士风格、错层式郊区官邸，或者拜占庭清真寺——通常是上述风格的随意搭配。一座哥特式礼拜堂的地面可能先铺上2英寸厚的最新款全地面阿克利伦合成纤维，再加一层波斯地毯。铜质门扉通向一间装饰纯正维多利亚风格的画室，房间一角配有一个铬金属和瓷砖制的咖啡吧台。同一栋楼里的停尸间也许是强调光线和通风的瑞典现代风格。

殡仪“礼拜堂”作为殡仪馆的活动中心，开始变得越来越重要。实际上，现在很多殡仪馆就把自己叫做“礼拜堂”。其命名法正逐渐变化。从“殡葬处”到“殡仪馆”再到“礼拜堂”，是一种语言的发展。“礼拜堂”还有个优势，就是它避开了“殡葬”一词。钟声礼拜堂、追思礼拜堂、花儿礼拜堂——这样的名称正在取代斯诺德格拉斯殡仪馆的名号。礼拜堂完全模仿礼拜场所。因为它必须满足所有人的所有想法，所以它需要快速变成与当时宗教相适应的“祷告礼拜堂”——配有大卫之星、十字架、圣母像等等。广告和推销手册往往强调这样的礼拜堂及其特点：“进入礼拜堂。注意从哥特式窗户透进的荣耀之光，看蓝、黄、红、紫色调的玻璃如何在墙壁和天花板上嬉戏……”（钟声礼拜堂的宣传手册）。

停尸间巧妙地让人想到美国生活的其他特点。是哪一个熟知的行业也吹嘘过类似折中的设计方案，既横跨中世纪风格到未来主义，同时融合最细微的舒适性考量？在哪一类建筑里，你确信能找到撩人的地毯，娴熟打理到透光宜人的及地窗帘，并用触控开关把温度巧妙地调至最佳舒适度——舒适、奢华、静谧的气氛弥漫整个房间？一位与我讨论价格的殡葬师给出了答案。他向我解释构成总价的各个单项费用。“然后，你就可以占用停尸间三天或更长时间，”他说道，“请想一想：在一家好的汽车旅馆住三天要花多少钱？”

死人住汽车旅馆！就是这么回事，当然——唯一缺的是泳池和电视。

挑选室是殡仪馆陈列和出售棺材的地方。正是在这里，殡葬师之前所有的努力——做广告、在社区里过上好日子、举行筹备会议期间给死者家属留下好印象——要么成功，要么功亏一篑。正是在这里，殡葬服务的价格得以最终确定。

挑选室的装饰和光线，尤其是商品的陈列最为重要，因为如我们所见，这些对交易本身有决定和影响作用。一位室内装潢师写道："作为殡葬收入的财政基础，每个细节和每次约定都必须谨慎，从彩色的光线效果、寿材的恰当摆放和特别的背景特征上用到最佳的卖点。心理效应让人产生安全和信任感，结果便会购买较高档次的寿材，死者家属在必要时会再次上门。"

继续谈谈装饰，某位作者提出，人们认为暖色是促成色，而冷色是抑制色。她建议采用冷色背景，以跟胡桃木色、红杉木色、古铜色棺材的暖色形成抵消。另一位作者喜欢那个地方带点红色，可以采用装饰性墙纸面板和骨白色天花板，以达到良好的配光效果。好的配光最为重要，因为如果光线昏暗，就不容易分清用作棺材衬里的是人造丝还是透明天鹅绒。整个过程中，"色彩、生机和光线"将为"适应现代环境的"人们营造合适的氛围。陈列一口棺材，最少需要 40 平方英尺的空间，如果可能的话，平均每口棺材需要 60 平方英尺的空间[①]。

我们已经初步感受了礼拜堂、停尸间和棺材挑选室，设计这些的目的都是为了供公众参观和接受教化。我们考察了几个可供选择的项目，一些令人好奇的人工制品及其用途。我们还有一扇门没有打开，一扇公众可能无法进入的门，某些程序就门后发生——这些程序对于殡葬师推销的商品及其营业场所的恰当使用至关重要。我们只有"融入殡仪服务的故事"，才能理解这片禁土上发生的事情，及其原因。

---

① 分别约合 3.7 和 5.5 平方米。——译者

第五章　殡葬服务的故事

一直以来，殡葬师的任务界限分明、一目了然，并据此向客户开单收费。19 世纪晚期，除了商品价目外，账单上列明的典型收费项目有：馆内服务费（遗体入殓），1.25 美元；遗体冰块防护，10 美元；办理证件，1.5 美元。按惯例，殡葬师还要在账单上加几美元的"值班费"，这似乎也公平合理。1880 年，遗体防腐处理成本约为 10 美元。1900 年一位殡葬师的记录中，介绍了各个服务项目的最低收费标准：清洗及穿衣，5 美元。遗体防腐处理，10 美元。棺材，8 至 10 美元。正如该行业的历史学家罗伯特·哈本斯坦和威廉·拉莫斯指出的那样："殡葬师还未考虑过，私人提供的专业服务可以合理收费。"好吧，现在他们狠狠地考虑了。

说起如今开展的殡葬服务，殡葬业的代言人往往陶醉于自己的热情，其声明热情奔放、数量众多，以致外行都弄不太清楚。实际上，他们的声明相互矛盾。为了向人们讲解殡葬服务，优选殡葬师国际组织准备了一份讲稿："美国公众的殡葬服务的提供者，既有雇员也有业主，每完成一场殡葬服务，需要花费九天半。他们接受的服务，涉及车辆和棺材、带有礼拜堂和其他房间的建筑物所需的楼宇维护、保险、税收及执照、折旧、冬天供暖、夏日冷气、照明和供水。"作者接着写道，尽管遗体防腐处理只需要三个小时左右，"但一个人需要两个四十小时的工作周，才能完成一场殡仪殡葬服务。这还需要本地其他协同行业——如陵园、报纸，当然，最重要的还有你家的牧师——的成员额外花费四十个小时。这场约为一百二十个小时的劳动，便是殡葬服务的价值所在”。

在此，我们的信息提供者拼凑了很多东西。我们“就从最重要的你家的牧师”说起：宗教性殡葬服务平均不超过二十五分钟。同样，也不是殡葬师支付费用。“陵园的工作”想必就是把墓坑挖好再填上。这项工作现在已实现机械化，耗时在十五至二十分钟之间，同样不会计入殡葬师的成本。“报纸的”工作？这是个难题。想必，这里是指在人口动态统计版上刊登一则讣告。附带说一句，报纸也被视为“协同行业”，真是让人吃惊。

很难说清楚，保险、税收、执照和折旧究竟因为什么被计入一百二十个工时之中。作者确实提到，他的整个程序由“六十五个服务项目”组成。总体而言，殡葬销售人员往往会把他所作的全部事项都纳入“服务”的标题之下。例如，他会在“服务”标题下列出“获取统计数据”（换句话说，就是填写死亡证明和弄清死者留下了多少保险金）、“洽谈会议”（籍此向死者家属推销丧葬用品）和“记录归档”（也就是他所做的簿记工作）等事项。很显然，在理应属于成本会计制度的项目和殡葬过程中实际执行的项目之间存在一定的混淆。完全有可能，雇员们无所事事的时间被纳入并分摊成“工时”的组成部分。现在的殡仪馆实行二十四小时制，而那篇预备讲稿就包含了这一令人振奋的消息：

> 让美国的殡葬业非常自豪的是，在美国的国土范围内，所有人跟某位持证殡葬师和入殓师的距离都不会超过两小时。这一点，就连我国的消防机构也无法匹敌。

尽管从总体来说，前述漫无边际的华丽辞藻是殡葬业相当典型的行文风格，尽管一场殡葬服务就要一百二十个工时的陈述可能值得怀疑，但与死者和死者家属相匹配的殡葬服务项目确实令人眼花缭乱。

就何种类型的殡葬服务才算正确、合适且宜人做出规定，并逐渐将相关的功能悉数赋予自己之后，殡葬师要面对多项任务——远不止我们在19世纪的殡葬收费单上看到的“遗体入殓”。他自我规定的责任有两大类：处理遗体和殡葬舞台监督。

遗体运抵殡仪馆，戏剧启幕。

唉，可怜的约里克！他是多么吃惊，今天他的同行要被送进一家殡仪馆，很快被喷上液体、切成长条、接受穿孔、加以腌制、捆成一团、予以修整、涂上膏剂、抹上蜡油、擦上油彩、打上口红，并穿戴整齐——从一具普通的尸体变成一张“漂亮的追思画片”。这一过程在业内被称为遗体防腐处理和整形艺术，在美国和加拿大得以广泛使用，因此，多年来殡葬师把它当作例行程序，从不咨询遗体或其亲属的意见。态度坚定到建议省掉这些环节的人少之又少，这样的人会被他视为异类。然而，法律并不强制要求遗体防腐处理，没有哪种宗教教义赞成这种做法，也没有规定是为了健康、卫生，甚至个人品位的需要。除了北美，全世界没有哪个地方广泛地采用这种做法。遗体防腐处理的目的，是把它放入那个价格不菲的容器后，适合瞻仰。在此，殡葬师同样按惯例处理，从不首先征询死者家属的意见，而是准备让遗体接受公开瞻仰。

这一切合法吗？毕竟，一具死尸可能面临的处理过程在一定程度上需要受法律的规制。例如，在大多数州，必须获得直系血亲的签名，才能将尸体进行尸检、火化，以及出于研究目的移交给医学院。或者，死者的遗嘱中必须做出此类表述。至于遗体防腐处理，（根据联邦贸易委员会的规定）只有当这一程序被提起诉讼时，才会要求获得许可。殡葬服务提供者惯常声称，遗体防腐处理并不是法律规定，哪怕死者的遗体要被装入敞开的棺材供人瞻仰。一本名为《遗体防腐原则及实务》的教科书做过如此评论：“就合法性而言，在准备间里完成的诸多事项都有一定问题。”作者指出，很少有负责任的死者家属成员——花费大量口舌——要求殡葬业者对过世亲属的遗体做“遗体防腐处理”。“遗体防腐处理”这个词很少使用，殡葬业者们必须依靠风俗习惯行事。作者总结说，除非死者家属专门说明，不然遗体在交给殡葬机构时，即带有同意开展工作并做遗体防腐处理的含义。

实际上，遗体防腐处理是最不寻常的一步，你一定会惊讶于美国人的顺从，为了这一程序的永世长存，每年拿出数十万美元的费用，却对整个过程、做什么和怎么做乐得无知。对其实际发生的了解不到万分之一。有关这一主题的书籍极难获得。在社区书店或附近的图书馆里肯定找不到。

这个时代，数量庞大的电视观众舒舒服服地坐在客厅里观看外科手术。多亏了仿真动画技术，哪怕在幼儿园小朋友的眼里，消化系统也不再是陌生领域。在这个国家，满足人们对所有事物的好奇心成了一种全民消遣。的确，对遗体防腐处理的讳莫如深不能归咎于其固有的恐怖。与此有关的习俗在 20 世纪遭遇了彻底的倒退。过去，美国人往往在死者家里做遗体防腐处理，几乎强制性地要求某位亲属留在殡葬师的身边观看这一过程。现在，希望一睹过程的家庭成员肯定会遭到殡葬师的劝阻。至于其他人，除了学徒，法律通常禁止他们进入准备间。

近距离打量这一真实过程，也许在很大程度上可以解释，殡葬师们何以就这个已成为他们主要存在理由的处理程序三缄其口。有可能是因为他们担心，公众一旦知晓遗体防腐处理过程，会导致买主们怀疑，自己真的需要这一服务项目吗？如果殡葬师们不愿在行业外谈论这一话题，那么可以理解，也许读者同样不愿继续阅读这一部分。对那些心怀期待的读者，让我们拉开福尔马林大幕。其他读者请直接跳过以下内容。

首先把遗体摊放在殡仪馆的停尸房——或者，不如说是琼斯先生静静地躺在准备间，做好向这个世界道别的准备。

在任何一家条件尚可的殡葬机构，准备间都像外科手术室那样：铺着地砖，无菌环境。实际上，在这里从事令人讨厌的工作的人，也就是入殓师和整形技师开始用“皮肤科医生”一词（有的殡葬作者合理地调侃为“死人医生”）来描述自己的职业。他的用具完全模仿外科医生，有解剖刀、剪子、螺旋钻、钳子、固定夹、针、气泵、试管、碗和盆等，手艺同样如此，需要在遗体防腐处理学校接受九或十二个月的高中毕业后课程。先进的化工厂向他供应令人眼花缭乱的液体、喷雾、膏剂、油彩、粉剂和面霜，以对人体组织固定或软化，按需收缩或膨胀，把这里弄干或那里恢复湿润。要用化妆品、蜡油和油彩填补或遮盖某些特征，甚至要用石膏替换整个肢体。有灵巧的辅助品，对尸体起到支撑和固定作用，如变姿牌头部搁置架、爱德华牌上肢放置架、睡眠垫（防腐处理过程中对肩部起支撑作用），以及一副近似于老式脚镣的斯鲁普下肢放置架。

埃克尔斯殡葬科学学院院长约翰·埃克尔斯先生这样描述遗体防腐处理的第一步：“在经验丰富的操作者手中，这项工作不仅完成时间很短，而且对遗体没有破坏。只有一个小切口，小到就是在活人身上，也几乎不会引起严重不适。放血是必要的，这不仅有助于消毒，同时去除了由于肤色蜕变导致毁容的首要诱因。”

另一本教科书讨论了至关重要的时间因素：“这一步骤越早做越好，因为从死亡到防腐处理这段时间，流逝的每一个小时都会让问题变得更加复杂……”那么，多快就要进行防腐处理呢？作者告诉我们："通过粗浅和随意的技术研究体系对这个行业所能掌握的零星信息，我们必须得出的结论是，要获得最佳效果，就要在生命彻底消失前对人体做防腐处理，也就是说，要在细胞死亡之前。一般而言，这意味着在肉体死亡后的一个小时内。"对那些认为这个建议略显粗浅（更不要说随意）的人而言，另一位作者提出了一种令人稍感欣慰的想法："说到早先对于埋葬过早产生的害怕心理，"他指出，"通过注射化学药剂进行遗体防腐处理的效果之一，就是打消对活埋的恐惧。"多真实啊。一旦放干了血，实际上就没有机会活埋了。

回到琼斯先生，他的血从静脉中被抽取，再经过动脉泵入防腐处理液。正如《遗体防腐原则与实务》所说："每个操作者都有自己偏爱的注入点和抽取点——当形势需要时，如果他无法或拒绝放弃自己的偏爱点，这也会成为一项不利因素。"通常的偏爱点是颈动脉、股动脉、颈静脉和锁骨下静脉。防腐处理液的可选种类繁多。如果用"弗莱克斯顿"，会形成一种"轻微而柔韧的刚性。皮肤维持天鹅绒般的柔软状态，组织有弹性和柔性。适合女性和儿童"。它可以混入 BG 产品公司生产的"栩栩如生"着色剂，保证产生一种"自然的皮肤纹理……像天鹅绒般的活组织"。"上顿"有三种着色剂：棕色、特制化妆着色剂和中性粉。

很快，用福尔马林、甘油、硼酸、苯酚、酒精和水配制的 3 至 6 加仑着色芳香溶液就会在琼斯先生的体内流动，"一根针从上唇和齿龈间穿入，再从左边鼻孔穿出"，把他的嘴巴缝了起来，嘴角微微上翘，"为的是形成一种更愉悦的表情"。如果有龅牙，会用"宝纳米"清洁后，涂上无色的指甲油。与此同时，眼睛会用肉色眼罩和眼用黏结剂闭合起来。

在琼斯先生身上用到的下一样叫做套管针。这是连接在试管上的一长根空心针。它穿刺进腹部，并在内脏和胸腔部位搅动，将其中的内容物抽取出来，再充进“腔流体”。做完这一切，并把腹部的针眼缝上之后，琼斯先生的脸部要涂上一层厚厚的油彩（以防止化学物质泄漏灼伤皮肤），然后盖上一张床单，让他静置一段时间。但时间不长——等着他的事情还有很多，很多。他已经做了防腐处理，但还没有整形，而整形最佳的开始时间是防腐处理后的八到十个小时，也就是人体组织开始变得坚硬而干燥时。

我们不要忘了，对尸体做这番处理的目的，是让它呈现一种安详的休息样子，适合瞻仰。“我们的风俗是要让死者以看似正常的状态接受瞻仰……没有受到疾病或损伤的影响。”谢礼丹·梅尔先生在《整形艺术》一书中写道。这是一项艰巨的工作，因为很少有人在健康状态最佳时去世，没受过疾病的影响，也没留下什么缺陷的痕迹。殡葬业能够胜任这一挑战：“在某些情况下，事主因为伤残或患病而变得面目可憎，这可能令人感到相当沮丧。整形任务看似不可能，防腐处理师的信心出现了动摇。这是考验信心和决心的时候。整形工作一旦展开，随着受影响的人体组织得以清理和去除，所有对成功的疑虑便不再存在。发现可以取得这样的结果，真是令人惊奇而满意。”

经过适当的时间间隔后，防腐处理师回到工作岗位，但现在派上用场的是雕刻师、化妆师的技能和设备。一只手没了？简单，用石膏铸一只。“只需要铸这只手的手背，就能达到替换目的。这在普通从业者的能力范围之内，完全够用。”如果单唇或双唇、鼻子或耳朵没了，防腐处理师有很多种整形蜡油，可用于倒模替换。用小刷子划拉几下，并抹上化妆品，便能模仿出毛孔和皮肤组织。头没了？断头的情形按照常规处理。先把粗糙的边缘修剪整齐，再用几块夹板、铁丝和缝线把头跟躯干连接起来。好主意，在脖颈部位放一些小物件——围巾或高领——瞻仰时间就要到了。嘴巴肿？按需割掉嘴唇里的组织。如果割得太多，只要塞一点棉花，表面轮廓很容易恢复。顺脖子两侧各开一条竖口，去掉一些组织，便能减少脖子和面颊的肿胀度。“死者入殓后，枕头会遮住缝合切口……作为防止泄漏的特别措施，缝合处可以涂上液体防渗剂。”

反面的情形——也就是消瘦——更有可能出现。防腐处理师拿着装满按摩膏的皮下注射器，找到位置，以注射的方式填充空洞和塌陷部位。在这一过程中，手背、手指和下颌部位都不应该被忽略。

嘴唇归位是个问题，它不时挑战着防腐处理师的聪明才智。双唇闭得太紧，往往给人一种严肃甚至不满的表情。防腐处理师们觉得，理想的双唇应该给人一种微张的印象，为了看起来显得年轻，上唇可以适当突出。不过，这需要工程技术，因为双唇往往呈分离状态。有时候，先在下唇的内部边缘径直插入一两颗大头针，再从两颗上门齿中间穿过，双唇分离的问题便得以解决。如果琼斯先生正好没有牙齿，大头针可以轻易地固定在阿姆斯特朗牌面部成形器和假牙替换器上。保持双唇闭合的第二种方法是让下颌脱臼，然后在上下颌中线上钻出的小孔中穿入一根铁丝，使其重新定位。正如法国人喜欢说的那句，*美丽的代价*。

如果琼斯先生死于黄疸，防腐液很可能变成绿色。这会吓住防腐处理师吗？只要他有勇气就不会被吓住。使劲抹上面膜油彩和化妆品，经过精心处理的寿衣和棺材内壁在颜色上相得益彰，琼斯将展示在粉色灯光下。朋友们会说：“他看上去气色多好啊。”相反，防腐处理师觉得死于一氧化碳是件好事：“好处之一，这类皮肤变色是天然粉色的夸张形式。”这是好事，因为健康的光泽已经有了，只需要稍加修饰。

做完修补和填充，琼斯先生还要剃须、洗脸、穿衣。他的手和脸要涂上一种可选粉红、肉色、古铜、深褐和栗色的油基化妆品，头发要清洗梳理（如果是琼斯夫人，则是固定发型），指甲要修剪。如果是劳作者双手长着老茧，还需要专门打理。应该用油膏去掉多年形成的污垢，再把指甲清理干净。“如果他生前没有修指甲的习惯，我们建议按顺序完成打磨和塑形，以便保持较好的外观——永远不要让亲属质疑。”

现在琼斯准备入殓。这一过程中，他的右肩需要略略下沉，“以让身体略向右转，淡化平躺的印象”。双手的放置至关重要，可以采用特制的橡皮定位块。双手轻轻握成杯状，看上去更栩栩如生，更自如。身体的正确安放要保持精巧的平衡感。棺材里的他应该尽量躺高，但又不能过高，以至于盖上棺盖时碰到鼻子。相反，我们需要注意，把身体放得过低“会给人一种装在盒子里的印象”。

接着，用推车把琼斯送进指定的停尸间，在此完成最后的少许工作——常用的烟袋要握在手里，或者，如果他是个读书人，还要搁一本书。（如果是琼斯小主人，可以抱一个泰迪熊。）他要在这里主持几天的家庭开放日，拜访时间是上午 10 点至下午 5 点。

一切准备妥帖，殡葬师要召开员工会议，确保每一位助理都清楚自己的职责。威尔伯·克莱格先生写道：“它会让你的员工觉得自己是这个团队的一分子，整个计划要想取得成功，他必须恰当履行一项明确的任务。从来没有听说，足球队上场前，有哪个教练不跟整支队伍喊话的。对于即将举行的比赛，大家训练了那么多时日，然而成功的教练知道这种做法的重要性，他甚至要让坐冷板凳的三流替补队员都感到自己对球队的获胜至关重要。”本场赛事的胜利取决于后勤保障的顺畅推进。殡葬师通知了扶灵人（名单由死者家属提供），安排好将要出场的神职人员、风琴演奏员和独唱人，为每个人安排交通，整理和排列亲友送来的鲜花。爱德华·马丁先生在《殡葬服务心理学》一书中指出：“他做的事情，可能总是没有死者家属想象的那么多，但当他们得知正是在他的有效指导下，诸事才得以如常推进时，总会心存感激……重要的是，他提供的殡仪服务让死者家属相信，自己此时的情感无以言表。”

宗教服务可以在教堂或殡仪馆的礼拜堂举行，而殡葬师巴不得接受后一种洽谈方式，这不仅对他更加方便，同时有机会向聚在一起的悼念者展示自己漂亮的设施设备。牧师讲完后，悼念者依次从棺材旁走过，最后再看死者一眼。没有人问死者家属，仪式过程中是否需要敞开棺材。由于找不到相反规定，这就成了理所当然。结果，1990年代中期，全美国超过68%的殡仪过程中棺材是敞开的——这一习俗在全世界其他地方闻所未闻。对此外国人十分诧异。一位居住在旧金山的英国妇女给作者来信，描述了她的反应：

> 在这里我本人只参加过一次葬礼——那是我的一位老年工友。仪式结束后，我不知道为什么每个人都要走向棺材（对不起，我指的是灵柩），但我想最好跟着大家走。我走了过去，一下僵在那里，因为我发现棺材敞开着，可怜的老奥斯卡躺在里面，穿着那件棕色花呢西装，脸被涂成古铜色，唇膏的色彩也不对。要不是对这位老朋友相当有好感，我一定觉得自己会笑出声来。那时那地，我决定，不再见识美国人的葬礼——甚至死人。

至此，要用一种名为“搏托举升”的液压操作设备把棺材（葬礼过程中，它一直被安放在“古典之美金属棺材架”上）转运到一个名为“滑之易”的低压轮胎的棺材车厢里，并把它移到另一辆车上，也就是那辆凯迪拉克送葬车。可以是薰衣草色、奶油色、淡绿色。一度必不可少的黑色正在重归时尚。当然，内部颜色要相互搭配，“以将就那些总要追求完美的人”。

到了墓地，棺材卸入土中。这原本是死者友人的特权，现在改用机械化的专利卸落装置完成。一片“常青的”人工草地已经备好，以便盖住枯萎的大地。为了挡住天空，头顶上支起了一顶移动式斯特里尔教堂帐篷。（“夏天阻隔闷热潮湿，冬天抵御严寒风暴……可提供银灰、大红或常青色。”）现在，到了向棺材抛洒泥土的仪式，同时由主祭牧师念唱圣语“尘归尘，土归土”。如今，完成这项工作“只需要拿着戈登牌防漏分土器抖抖手腕，不需要手捧泥土，不需要指分泥土。简单，高贵，出色，敬重！现代方式！”戈登牌分土器用镀镍黄铜制成。不仅“耐看经用”，而且“是构建良好公共关系的‘工具’之一”——如果把它当作“合适的非商品礼物”送给牧师的话。形状像一个盐瓶。

不经人手接触，棺材和大地合为一体。

殡葬师赋予自己“悲伤治疗师”这一新角色，就在于他发挥作用，指挥葬礼参与者使用这一系列小玩意。他让死者家属不必操持每个细节，他把尸体修复得像一只活的人偶，他让尸体在停尸房打了几天盹，他打理了一场运转顺畅的演出，死亡的概念不在其中出演任何角色——除非履行宗教仪式的牧师无意提及。他竭尽所能让每个人对这场葬礼感到欢欣满意。他和他的团队用尽全力以压倒性的胜利战胜了死亡。

戴尔·卡耐基写过，成功者的词汇中没有“失败”这样的字眼。于是，殡葬师们想方设法地删去他们词汇中的“死亡”及其所有联想。他们不时推出需要记住并使用的与终归尘土相关的增删词汇和短语表。后来，他们仍不满足这样的结果，对词汇表进行了完善和修订。于是，在1916年的词汇表中，“处理尸体”换成了“处理身体”。不过，如今“身体”一词也已删去，代之以“遗体”或“琼斯先生”。

“严格禁止殡仪馆的相关人员使用不当术语。”爱德华·马丁先生宣称。他建议更加全面地检视这套语言。他提出的不死之词有：葬礼叫 service，而不是 funeral；死者叫 Mr.，Mrs.，Miss.，而不是 corpse 或 body；停尸房叫 preparation room，而不是 morgue；棺材叫 casket，而不是 coffin；殡葬业者叫 funeral director 或 mortician，而不是 undertaker；瞻仰室叫 reposing room，而不是 showroom；死婴叫 baby 或 infant，而不是 stillborn；死者叫 deceased，而不是 dead；解剖叫 autopsy 或 post-mortem，而不是 post；灵车叫 coach，而不是 hearse；装运箱叫 shipping case，而不是 shipping box；花车叫 flower car，而不是 flower truck；骨灰叫 cremains 或 cremated remains，而不是 ashes；寿衣叫 clothing，dress，suit 等，而不是 shroud；会客厅叫 drawing room，而不是 parlor。

1956 年，维克多·兰迪格在其所著的《殡仪服务基本原则》中对这一常用词汇表进行了更新。他要求读者尽可能避免使用 death（死亡）这个词，哪怕这样的回避看似不太可能，比如，死亡证明被叫做 vital statistics form。我们谈论的这项工作不应该是 job，而是 call。我们搬运尸体不说 haul，而是说 transfer 或 remove，同时，我们用到的运输工具不是 body car，而是 service car。墓地的开挖和填埋叫做 open 和 close，而不是 dig 和 fill；下葬不说 bury，而是 inter。下葬地点不叫 graveyard 或 cemetery，而叫 memorial park。给死者化妆不叫 makeup，而是 cosmetics。还有，人死了，不说 die，而说 expired。兰迪格先生提醒说，把殡葬费用说成 cost of the casket 是一个重大错误，比较明智的说法是 amount of investment in the service。

安妮·汉密尔顿·弗兰茨小姐在《殡葬指导与管理》中，就用 ashes 表示骨灰一事补充了一条十分有趣的说明。她担心这一用法会鼓励抛撒行为（因为，还有什么比抛撒骨灰更自然呢?），所以倾向于使用 cremated remains 或 human remains。她也不喜欢用 retort 来称呼用于火化的容器，更倾向于称之为 cremation chamber 或 cremation vault，因为这样“听起来更好一点，可以软化对于敏感情感的刺耳程度”。

至于那位挚爱，可怜的人，则像一缕哀魂，在殡葬业者们的一次次声明中来回游荡。似乎从来没有为埋葬该死的讨厌鬼做过什么规定，尽管这在人类的经历中必定会出现。[①]

① 殡葬业者们一直注意满足需求，设计了一款可以写字的棺材。全国殡葬师协会在1996年的年会上推出约克“表情”棺材，特点是“表面光滑，覆有特制涂层，殡葬聚会出席者可以在此写上向死者的最后道别词”。棺材附送一套记号笔和一则“悼念指南”，贸然邀请“聚会出席者”“表达自己的内心想法”。类似情形是，几位密友应邀在同学的医用石膏上签名留念时，总有不信邪的人抑制不住冲动，用记号笔表达自己的内心想法，不管有多么贬人。

第六章　基本理据

殡葬服务是一种社交聚会，死者在此得到尊崇，并成为关注的中心……粗糙打理的遗体躺在漂亮的棺材里，其不协调的程度，犹如一位穿昂贵礼服的年轻小姐，带着卷发器出席舞会。

——克拉伦斯·斯特拉布和弗里德里克，《遗体防腐原则与实务》

上述段落选自遗体防腐处理学校的标准教科书，其中的关键词是“昂贵礼服”。殡葬业者们经常表达一个同样的想法：“的确，如果不将死者的遗体防腐处理干净，适合瞻仰，购买高质量丧葬用品的冲动将大为降低。”一家丧葬用品公司在其出版物《德-舍-科》里写道。而位于得克萨斯州休斯敦市的赛泰伽-科普夫殡仪馆老板希尔先生说过：“大多数美国人购买棺材，不是冲着它漂亮的外观比殡葬服务更能带来有限的慰藉，也不是为了在宾客和熟人面前留下什么印象。相反，他们从心底里相信，棺材和套棺能为经过防腐处理的遗体提供保护。”

有人认为——其实很多人都认为——遗体防腐处理的重点是为了长久保存。实际上，尽管棺材和套棺的广告词中经常出现“保护内心宁静”和“永久保存”的字样，但遗体防腐处理师们对此心知肚明。一具经过防腐处理的遗体能够保存多久？一个简单的事实是，遗体其实可以存放相当长的时间——也许长达数年，这取决于防腐液的用量，以及周围环境的温度和湿度。解剖研究中用到的尸体可能比最强壮的医学生“活”得更长。问题是尸体看上去不漂亮。实际上，看上去更像是烂鞋皮。

防腐液越淡，贵宾们看到的就越柔软自然。因此，通常的处理程序是多用防腐剂，保证它能度过殡葬礼仪期——一般来说，也就是几天。“古代的遗体防腐处理师认为，永久保存最重要，保持自然的色泽和纹理则相对次要。在我们看来，形成并保持活着时的自然状态才是重要目的，而葬后保存退居其次……埃及防腐处理师们处理的遗体已经保存了数千年——而现代防腐处理师们有时还要祈祷天公作美，才能让他的处理效果维持仅仅几天的满意状态。”教科书《遗体防腐原则与实务》同样警告那些新手防腐处理师，防腐程度不足会导致以下风险：“可如果我们找到某位防腐处理师并告诉他，他刚刚处理完的遗体需要在夏季接受一至两个月的瞻仰，他会有什么反应？毫无疑问，立马被吓得晕倒在地。”

在私密的会谈室，不管容易忽悠的顾客受何种误导而相信长久保存说辞，殡葬师们都不打算误导那些较真的调查员。他们通常坦承，根本不指望自己的手工作品能够永久保存。

如果防腐处理师们的目标不是长久保存，那又是什么呢？

显然，在防腐处理是一份美差（因为它可以让殡葬业者卖出更多的高价棺材）之外，还应该为此找几个听起来更靠谱的理由。

殡葬业为遗体防腐处理选择的两条辩护理由，涵盖了美国人心中珍视的两个目标：卫生和心理健康。殡葬业早就提出理论，认为防腐处理是一道基本的卫生措施。目前，行业领袖提出了更新颖的观点，对于生者的心理健康而言，遗体的防腐处理和整形工作必不可少。近距离瞻仰者会在做过防腐处理的遗体上发现一种迷思。关于自己的工作在这方面的成效，殡葬业者们广泛使用的正式名称是“悲伤治疗”，它也一直是防腐处理师们的第二道防线。

所有的殡葬业者都会告诉你，尸体防腐处理的首要目的是健康，也就是对尸体消毒，使其不再成为健康威胁。不止一位作家将其拔高到神奇的高度，把20世纪的死亡率下降归功于遗体的防腐处理（如果属实，它对从业者而言似乎显得有些短视）：“一个重要的事实是，当防腐处理刚刚兴起时，每年的死亡率是21‰，而现在已经下降到了10‰。”这位作家高尚地将此事的“相当一部分功绩”归于医学，并补充说殡葬师负责了“这一神奇卫生工作中的50%左右，大幅降低了死亡率”。当遗体防腐处理师们聚在一起聊天时，他们对神奇卫生工作表现得更加实际。在《全国殡葬服务杂志》报道的一次小组讨论会上，沃舍姆殡葬科学学院的教师范恩伯格博士说：“在现代防腐处理师看来，卫生也许是最遥远的事。我们必须认识到，如今防腐处理的动机是经济和情感，外加一点宗教味。”

遗体防腐处理具有重要的健康功能，不管殡葬业者们是否真的相信这一点（有证据表明，他们中的大多数人的确相信），起码在说服公众方面，他们一直做得格外成功。在医学圈外，其他领域知识渊博且见多识广的人，不但理所当然地相信防腐处理是出于卫生原因，而且认为这是法律要求。

为了区别事实与虚构，并弄清人们看待此事的客观态度，我找到了旧金山综合医院病理科主任兼加州大学医学院病理学教授杰西·凯尔博士。我想确切了解，未经防腐处理的尸体在什么情况下，会以什么方式给生者带来何种程度的威胁？

凯尔博士的办公室位于旧金山综合医院三楼，其理性氛围和科学方法与殡仪馆形成鲜明对照。我的第一个问题是，身兼遗体防腐处理师的殡葬师是公众健康的守护者吗？凯尔博士的回答简短中肯：“除了自己的钱包，他们什么也不守护。通过遗体防腐处理实现公共健康？在当今这种条件下，你完全可以认为它们毫不相干。”论及死尸对于瞻仰者的健康可能造成伤害时，凯尔博士说，死尸的危害性，远比活人要小。“死了有一些好处，”他乐呵呵地说道，“没有排泄，没有吸气，没有呼气，也没有分泌物。”他解释说，如果死于心脏病或癌症这样的非传染性疾病，死尸不具备任何危险。以往，死于伤寒、霍乱、鼠疫，以及其他肠道疾病的尸体确实引发过流行病，这是因为来自墓地的啮齿动物和渗液进入城市供水系统，传染了疾病。过去的墓地和教堂是上述瘟疫的高危滋生地。不过，解决之道在于城市的规划、建造和卫生事业，而不是尸体的防腐处理，因为引发疾病的微生物生活在人体的各个器官、血液和肠道内，防腐过程完全无法将其灭杀。于是，至少对我而言，防腐处理师的最后一道坚固堡垒轰然坍塌，因为直到那一刻，我还充满信心地认为，至少在类似疾病引发死亡的一些罕见案例中，他们的工作具有一定价值。

凯尔博士对死尸采取适当的常识态度。他所在医院的太平间曾是地下室的一间黑屋，“应该是出于审美和健康原因，大家觉得尸体有臭味，对周围的人不健康”。对此凯尔博士表示强烈反对，并将解剖室搬至三楼，就在一排办公室当中。“尸体没有臭味，也不脏——当然，有点血腥，但那是医学生活的一部分嘛，”他说起来很爽快，“我们很少担心死尸会传播疾病，所以把它们搬来跟我们一起。这提高了医学效率，更方便教学。每间解剖室有十到二十个学生。这里没有危险！”

除非已被切开，否则一具普通尸体在正常情况下会存放二十四小时。凯尔博士以常识性的口吻解释说，浮尸是另外一码事。在湾区漂浮了一个星期或更久的浮尸（“办公室的鱼虾等等”），分解的速度会更快一些。从前，每当收到浮尸，为了掩盖气味，他们会在太平间点燃火药，现在他们会把浮尸放入急冻室，大约四个小时后就不再有臭味（因为尸体的外层已被冰冻），便可以开始解剖了。“一个优秀的殡葬师可以先做美容，再冰冻，”凯尔博士若有所思地说，“冰冻是现代方法，很管用。”

我担心话题不再回到浮尸，于是询问作为尸体保存手段的防腐处理的效果。他说，即便处理得再好，为殡仪场合做防腐处理的尸体（不同于为研究目的进行的防腐处理）很少真正能保存完好。

“做过防腐处理的尸体挖出来后，都是令人作呕、霉烂不堪、十分难看的，”凯尔博士着重说道，“根本看不出被人所爱的样子。你甚至可以背诵‘约翰·布朗的尸体正在坟墓中腐烂’这句话，总体情况真的就是这样。就轮廓而言，尸体可能完好无损。但棺材的丝质衬里浸满尸液，木头腐烂，尸体上长满霉菌。”他说，就连花了1 000多美元的坚硬的红杉木棺材也开始散架。他说起某人在埋葬两个半月后被挖了出来：“棺材散架，尸体长满霉菌，就是那种长毛的青霉菌——看上去十分恶心。与其全身长满绿毛，我宁愿好好地化为腐土，尽管青霉素是一种相当不错的防腐剂。实际上，比尸体防腐液还要好。”

经过防腐处理的尸体放入密封的金属棺材后，结果会不会好一些？一点也不。“如果将棺材做得几乎密不透气，也就是把厌氧菌关在里面——你看，就是那种在无氧环境下生长茂盛的细菌。这都是些腐败菌，生长结果相当恐怖。”他继而做了十分形象的描述，补充说道：“埋在有氧环境中情况就要好些，不然的话，腐败菌会占据上风。实际上，穿上寿衣，不用棺材，结果会更好。”

跟其他众多病理学家一样，凯尔博士与那些力劝客户拒绝尸检医学检查的殡葬师有过多次交锋。殡葬师们讨厌尸检。首先，这会增加尸体防腐处理的难度。同时，他们还发现，如果死者接受过尸检，向死者家属推销昂贵棺材的工作会变得更加困难。凯尔博士说，旧金山有三四家比较好的企业，对尸检医学检查的各种理由表示理解和同意。这几家企业会从死者家属那里拿到必要的解剖同意书，并雇用技术娴熟的专业人员。“对尸检表示反对的，往往是一些训练无素或贪得无厌的殡葬师。这些人给医院太平间的工作人员送红包，但这些反对者刁钻、手艺差，而且恶心得要命。他们会跟死者家属撒谎，举一些死者可能会遇上什么糟糕结果的例子。他们跟死者家属说话时轻言细语，但对医院的管理者和病理医生却显得尤其不恭。有一次尸检过程中，一只耳朵不小心被切了下来，殡葬师便威胁要拿给死者家属过目。”

在1959年《殡葬管理》杂志举办的一次以殡葬师对尸检态度为题的研讨会上，有一部分针对医生的敌意甚至见诸文字。一位殡葬师写道：“医生的麻烦在于，他们都有些自命不凡。不管他们想要什么，我们都得毫无疑问地低头奉上。我认为，殡葬师的工作就是以自知最好的方式去服务死者家属，如果殡葬师知道尸检将导致工作难做，并且让尸体难以瞻仰，或根本无法瞻仰，那么我觉得殡葬师不仅有权利而且有责任建议死者家属不接受尸检。”另一位则为病理医生进行了辩护（“毕竟，医学专业总体还是可以的”），自我描述说“对尸检而言，是变节的防腐处理师”。他指出那些源于尸检的医学发现，但他显然觉得自己是个少数派，因为他说：“大多数殡葬师仍然抱着‘老一套’思维，并且在对待尸检的迟钝态度上表现得十分明显。”

现在，了解殡葬业者对凯尔博士的观点有什么反应，成了我的目标。在这个阶段，我的兴趣更多的是同各位行业领袖交流，而不是普通的殡葬业者。我在行业媒体上读过他们的言论和文章——简言之，这些人可被冠以美国殡葬业理论家的头衔。我认为，他们信手便能获得支持防腐处理的事实，从总体上为这个行业权威发声。

在这点上，我多少有些失望。每一次讨论似乎都没有结论，殡葬业的代言人往往不清楚自己想要表达什么观点。

我的第一个采访对象是查尔斯·尼克尔斯，他是西北大学的教育学博士，在全国殡葬服务基金会担任教育主管。他的两篇论文，《套棺销售心理学》和《套棺销售》，分别在 1954 年和 1956 年发表于《套棺销售商》杂志。他在基金会的职责包括给管理学院的学生们做题为《丧亲咨询》之类的讲座。

尼克尔斯博士主动提供的信息表明，防腐处理对公共健康和卫生做出了重大贡献。同时，如果操作得当，还能彻底消毒死尸，使其不再成为污染源。“但是，死尸*真的是*传染源吗?”我问道。尼克尔斯博士回答说，他不知道。“那些不对死尸做常规防腐处理的国家怎么样呢？不这么做导致了很多疾病吗?”尼克尔斯博士说，他不知道。

威尔伯·克莱格先生是殡葬圈的重要人物，因为他不仅是一个很有影响的行业协会即全国优秀殡葬师协会的执行会长，同时还是全国殡葬服务基金会的会长。针对我提出的问题“为什么美国普遍实行遗体防腐处理”，他的回答是，其中有公共健康的因素：细菌不会跟着宿主一同死去，而防腐处理具有消毒作用。我跟他讲了同凯尔博士的对话，以及得知即使是伤寒症病人，防腐处理也无法安全阻隔传染时的吃惊程度。听到这里，他勃然咆哮道：“那就是典型的病理学家的答案！你会从他们很多人嘴里听到这样的答案。”当我就防腐失败引发疾病一事向他追要具体案例时，克莱格先生回忆了南部某小型社区一位要人罹患天花致死但未进行尸体防腐处理的事情。数百人为表达敬意前往殡葬仪式，结果相当多的人染上了天花。不幸的是，克莱格先生忘了这位要人的姓名，想不起小镇的名字，也说不出此事发生的日期。我问他能否查证上述细节，并提供给我。然而，他一直没有这样做。

在后续的对话中，我的运气好不到哪儿去。对话人有全国殡葬师协会（大多数殡葬师都隶属于它）执行秘书长霍华德·雷塞尔先生，以及协会副会长且身为执业殡葬师的布鲁斯·哈奇凯斯先生。这一次，我用磁带记录了我们之间的对话。我问，无论为了尸检还是防腐，如果死尸尚未切开，它会有什么健康危害？

雷塞尔先生：嗯，作为一个防腐处理师，布鲁斯，如果尸体尚未切开，会不会从里面跑出什么东西来？

哈奇凯斯先生：是的，肯定有——从嘴巴里——取决于死前的模式和状态。

我接着问："那么，你能否说出有哪个地方的公共健康受到了威胁——请说出地点和时间？"

他们说不出来。我们围绕这个点交谈了好几分钟，但以遗体防腐处理起家的两位行业领袖，提不出任何事实来支持这一程序的重要理由。我把凯尔博士关于遗体防腐处理和公共健康的观点告诉了他们。"对此你们有什么评论吗？"我问道。雷塞尔先生回答道："没有。不过我们可以做调查，并尽量给你提供几个案例。"

八个星期后，当调查结果以《公共健康与遗体防腐处理》这份名头响亮的文件形式送达时，我吃惊地发现，那不是一个医学专家的作品，而是（身为律师的）雷塞尔先生自己的作品。其方法偏颇得令人好奇：

我拿着你那位旧金山病理学家的遗体防腐处理根本无法减少传染性疾病传播的观点，找了殡葬学院的几个老师。他们的第一反应是："他是谁？他有什么证据？"他们还说，防腐处理能杀灭所有细菌，这无可争辩。

那什么可以争辩？没有人告诉我们。文中引述了一条权威文献，但看上去关系不大。他们推荐我阅读《波士顿的公共健康：1630—1822》一书，他们还向我保证，美国殡葬服务科学院院长“有档案证据”，但并没有提供更多证据。这让我想起那句古老的律师格言：“当法律对你不利时，用事实辩论；当事实对你不利时，用法律辩论；当法律和事实对你都不利时，给对方律师出难题。”

指向殡葬业之外的唯一一条文献提到了一位卫生官员，因为他为遗体防腐处理提出了一个令人瞠目结舌的新奇观点。他指出，它的效用性不仅体现在公共健康，而且“体现在人们对死后生活的长久关注”。这观点不好反驳。

为了支持作为卫生手段的遗体防腐处理具有价值这一观点，全国殡葬师协会发言人雷塞尔先生提供了唯一具体的信息：“与著名的梅奥医学中心执行的一道程序有关，该中心有一条处理原则，遗体若未经防腐处理，不得做解剖检验——除非需要立即获取身体组织。该原则旨在保护那些可能与遗体打交道的医生和病理学家。”

尽管我对医生和病理学家的工作程序并不了解，但我还是觉得这条规则听起来有点奇怪。我给梅奥医学中心写信，问他们是否属实。他们的答案是：“非常不幸，雷塞尔先生对梅奥医学中心就遗体防腐处理态度的了解似乎有误。我们没有规定，要求先做防腐处理，再进行解剖。确实，我们在开展解剖检验之前，经常对遗体做防腐处理，但这更多是为了方便殡葬人员，而不是我方坚持的结果。”

肯尼斯·埃塞森是亚利桑那大学医学院的外科教授兼生物伦理专业主任。他执业二十年，包括治疗垂死病人，以及向专业人员和家属提供猝死方面的咨询意见。当他以利用捐献遗体开展教学为题准备写一篇伦理学论文时，他意识到，就死尸身上发生的现象而言，自己的认识存在重大疏漏。这促使他展开调查，探究的结果以《死亡到尘士：死尸发生了什么？》（盖伦出版社，1994 年）为题得以发表。

埃塞森博士的鸿篇巨制很容易就成为近年这一话题的畅销书，写得很流畅，外行和专业人士都能读懂。

一开始他就受到阻挠，他认为对方是有体系地隐藏阻挠手法的某殡葬公司的乔装人员。现在他说起此事时的用词让我觉得十分耳熟："我那时正在写作，不得不跟多个消息来源保持合作。"

一如凯尔博士，埃塞森博士没有耐心卷入辩论——防腐处理很有必要，因为未经防腐处理的尸体会危害健康。征得同意后，他引述了我和凯尔博士的讨论内容。他还补充说，亚利桑那审计长办公室在审查了殡葬业的执业过程后得出结论，认为"与处理人类遗体相关的公共健康风险极其微小"；他同时引述一位加拿大卫生官员的话说："在防止传染性疾病的传播方面，遗体防腐处理起不到任何有效作用。"

埃塞森博士的铁证是指出防腐处理师们普遍没有对自己采取防护措施。他的推论是，如果防腐处理师不关心自我保护，那会给公众传递什么信息？他们不是声称，防腐处理是必要的公共健康措施吗？他认为，真正的目的是为了敞棺殡葬——终点是棺材。他还认为，防腐处理的程序说到底就是为了销售和利润。

在这场辩论中，该行业能够找到的唯一"权威"声音来自约翰·克罗苏斯，人们只知道他跟明尼苏达大学殡葬学专业有关。（1996 年 4 月号）《殡葬观察》杂志以提问的方式，引述了克罗苏斯先生对"本书"（我对这一用词再次有了熟悉感）的指责："如果在殡葬过程中取消遗体防腐处理，那么瞻仰遗体将无从谈起。如果取消了瞻仰，那么遗体就不再是葬礼的中心。如果葬礼上没有了遗体，那么殡葬师还能卖什么？"

我还能说什么。

在一场令人不解但不可避免的逆转中，殡葬业者们几十年来心心念念地说服公众相信，遗体防腐处理是一项合理的公共健康措施。职业安全与保健管理总署（OSHA）新通过的规定，结束了将人体废弃物和防腐液倾倒入下水道和垃圾车的做法。据《殡葬管理》杂志报道，一名殡葬业者在怒气冲冲地表达抗议时，讽刺说“这一规定毫无逻辑可言”。他声称，搞得好像“现在认为死人体内的废弃物比活人体内的废弃物更危险”。他继续抗议说，迄今为止没有报道过一起传染病源于长期将人体废弃物和防腐液倒入下水道的做法。

如果说遗体防腐处理有利于公共健康的说法显得晦涩，“悲伤治疗”这一角色更是十倍难懂，而殡葬业者们很快就把它当成了宠儿。为弄清这一用词的含义做出的努力，无异于用叉子挑起水银，因为在殡葬业之外，这个词语显然没有任何意义。尽管它听上去像是从精神病学那里借来的，但接受我咨询的精神病学家都无法给我提供任何启发，因为他们根本就没有听过这个词。

殡葬师在描述精神慰藉和情感慰藉时，“悲伤治疗”是最常用的词。他们声称，双重慰藉的实现，是让死者家属能够“瞻仰”经过防腐处理和化妆整形的死者。

这一主题完全缺乏权威来源，但只要这种做法符合他们的目的，就不能阻止殡葬业者和他们的代言人披上精神病医生的外衣。正如一本遗体防腐处理教科书中写的那样：“在对每一位主体的关怀中，防腐处理师都承担着重大责任，因为他的技能和兴趣将极大地决定所有与死者关系亲密的人要承受何种程度的永久性心理创伤。”

后来，“悲伤治疗”的含义不断被扩展，不仅包含美好的回忆场景，而且延伸至殡葬的各个方面。在殡葬业内部，它是一个包罗万象的用语，具有便于使用的弹性，足以为各种买卖和程序提供理据。殡葬师的舌尖不时冒出“悼念疗法”“悲伤综合征”之类的用词。最具有“治疗作用”的殡葬仪式，似乎就是按照他们的模式举行的葬礼，也就是能够保证他们赢利最大化的安排方式。

我和雷塞尔先生就“悲伤治疗”做过一次长谈。在此过程中，我试图竭力搞清他用什么样的医学或精神病学依据来证实他们所说的殡葬业理论，即瞻仰经过整形和防腐处理的遗体具有精神病学价值。他提到了悲伤和仪式；他例举了与他相熟的某位牧师，该牧师认为瞻仰遗体是一种有价值的体验；但他压根儿没有说出符合条件的精神病学依据。

最后，他让我读一篇斯坦福大学埃德蒙德·沃卡特教授发表在《社会精神病学探索》杂志上的文章，据说该文支持了“瞻仰”过程对于死者家属具有治疗价值的论断。因为沃卡特教授的文章是雷塞尔先生唯一引用的权威出版作品，向他亲自求证似乎才是明智之举。沃卡特教授时任斯坦福大学医学和行为科学系主任，他在给我的回信中如此写道：

> 对于“公开”瞻仰经过防腐处理的遗体对死者家属有一定“治疗”作用的观点，我找不到支持证据。至于履行这一程序的美国和很少履行这一程序的英国所得结果的对比，我确实没有统计数据。实际上，因为公开瞻仰遗体是围绕葬礼展开的复杂过程中的一个重要环节，如果不是完全不可能的话，至少也很难断定它究竟是有治疗作用还是反治疗作用。
>
> 据我所知，“悲伤治疗”这一词语在精神病学领域使用不多。当然通常而言，失去任何钟爱的目标都会导致机体的沮丧和失调，这是人所共知的。我们不知道或无法理解的是，在什么情况下应该施加何种类型乃至何种性质的干预。我的一般看法是，悲伤和哀悼现象在人类生活中的出现，远早于所谓“专家”（精神病学家、牧师等）出现的时代，但不管怎么说，大多数身处悲伤

的人——如果不是全部的话——都自行挺了过来。我觉得其中有趣的问题是，为什么那么多现代美国人控制丧亲和/或悲伤情绪的能力低于其他国家？为什么我们对专业人士有如此的依赖现象？我自己的估计是，只有当一个个相关的外行（家庭成员、朋友、孩子等）不知何故未能对死者家属起到正常的治疗作用时，才会出现病态悲伤——或者，会不会是死者家属经常出现情绪崩溃现象，因为他们完全不知道该如何应对这种情况？我认为，极少有人能够调控这种长期而不明朗的形势。

尽管普遍推行防腐处理和“瞻仰”的理据显而易见地脆弱而荒谬，但殡葬业者为了自家产品做出的明显带有欺骗性质的论调一直没有受到政府干涉，直至联邦贸易委员会于1984年制定通过殡葬条例。该条例规定如下：

殡葬提供方的下列行为或做法具有欺骗性质：

在事实并非如此时，代表州或地方法律要求对丧者做防腐处理；

除某些特殊情形外，未能提示遗体防腐处理并非法律要求。

该条例还规定，防腐处理事前同意书必须由家庭成员出具。

上述看似无伤大雅的规定招来了可怜巴巴的惊恐哀号。实际上，这次哀号是五年前那阵哀号的回响，起因是加利福尼亚州殡葬师和防腐处理师委员会在一次会议上提出了类似要求。我有特别的理由要提及那次经历，因为我丈夫鲍勃·特鲁哈福特被时任州长杰瑞·布朗指派参加会议，作为该要求的提出者。

他提出的要求规定，责任方需要确认对方理解：

动脉防腐需要切开动脉放掉血液，并注入化学防腐剂，以便在葬礼期间对遗体起到临时性保护作用。我知道法律并不要求遗体进行防腐处理。

《殡葬管理》一位名叫巴德·诺克斯的编辑在一篇社评中做出了情绪性反应：

我自认一生中从不轻易受到震惊，但我现在意识到，自己一直未能完全探知特鲁哈福特先生沦落的深度。我震惊的是，一个誓言为加州利益行动的人，可以对死者家属的情感状态完全漠不关心。

任何人如果想了解遗体防腐处理的过程，只需向殡葬师提问便能轻易找到答案。但是，答案要讲一点分寸，要有一点外交官的口吻，同时考虑咨询者的情感状态。任何人如果认为类似的答案可以在任何及所有场合向任何人提供，无异于承认他丝毫不了解身处悲伤的人所具有的细微敏感。

接着，发出行动号召。将在州议会大厦（同时附上日期和地址）就该提案的投票举行听证会。“所有殡葬师都有责任立即采取行动，以保护我们服务的死者家属的最佳利益。”

于是，同党们开始集会，游说者开始活动，提案以失败告终。死了，是的，但注定要在五年后以联邦贸易委员会殡葬条例的形式转世重生。

殡葬业者很快又有了向死者家属情感表达关注的机会。1980 年代初期，大肆爆发的艾滋病成为公众焦虑的事件，殡葬业者和防腐处理师们对自身安全开始担忧。很多防腐处理师拒绝接受 HIV 病毒感染者的尸体。那些收下艾滋病人遗体的也拒绝为其做清洗、穿衣或防腐处理。

纽约州立殡葬师协会于1983年6月17日发出倡议，建议成员单位暂停艾滋病人遗体防腐处理业务。反应迅速。

州卫生部门的发言人彼得·斯洛克姆说，早就向殡葬师们提过建议，要像处理乙型肝炎死者那样处理艾滋病死者——也就是戴上乳胶手套，因为这一程序已被认定对传染性疾病传播具有防治作用，同时要求所有护理人员在与死尸打交道时全程使用。“我们没有发现任何迹象，表明在此之外需要采取任何预防措施。”

马里奥·科莫州长向州立法机构提起法案，拒绝为艾滋病死者提供遗体防腐处理的殡葬师将被吊销许可证。他说：“我们决不允许艾滋病人及其家人遭受因害怕而非事实引发的非理性和非科学对待。”一个星期后，纽约州立殡葬师协会取消防腐处理终止规定，法案失败。

然而，这绝不是故事的结尾。现在是金钱时代。接收艾滋病死者的殡仪馆开始收取有关卫生健康的“艾滋病处理费”，额度通常在200至500美元间。另一些则由次级外包商完成防腐处理，以增加基础服务费的方式偷偷涨价。此事传到纽约市相关人群耳中，同性恋健康危机（GMHC）小组在志愿者帮助下，对全市五百多家执业殡仪馆做了一番调查，厘清其艾滋病政策。获得相关信息后，它汇编了一份指南，向数千位艾滋病患者和家人推荐其中的四十二家。

纽约人权委员会参与其中，并如《波士顿凤凰报》（1993年3月12日）报道的那样，公布了同性恋健康危机小组的名单，此举点燃了公众的怒火。业务损失和一些成功的活动促成了转折点，很多殡仪馆要求被加入名单。

然而在其他地方，对艾滋病人多收费的行为以这样那样的方式继续存在，尽管其违背了要求殡仪馆“以非歧视性手段向艾滋病人提供服务”的《美国残疾人法案》（ADA）。因为政府在执法上无所作为，加州议会女议员杰基·史拜尔在殡葬和追思社团的刺激下，于1992年在州立法机构提出两项反附加费措施。该项运动的领导者——加利福尼亚-夏威夷殡葬和悼念协会主席安·汤姆金斯和凯伦·莱昂纳德（被《波士顿环球报》称为“抽打在殡葬业身上的鞭子”）认为有必要采取某些措施来唤醒无精打采的立法者，安排汤姆金斯穿上最为先进的防护套装，也就是验尸官在解剖尸体过程中切开并探查尸体时（它比防腐处理过程中的介入程度要深很多）穿的那种外套。安随即像表演脱衣舞那样脱掉了全部“防护性”外套，只剩一双乳胶手套。与此同时，凯伦解说道，在处理因病致死的尸体时，手套就能提供所需要的全部保护，或者说它就是职业安全与保健管理总署的认定产品。批发价：2美元一百双。

每个人都很喜欢这场表演，除了人数众多的殡葬师。法案获得通过并签署生效，成了全国首部相关法律。

第七章　产业联合

殡葬师将殡葬费用的一半多装入自己腰包，当死亡费用高企现象受到社会监督时，这往往让他身处聚光灯下。但他并不是大戏的全部。在幕后等待信号的，有墓地老板、花店老板、墓碑制作者和套棺生产商。殡葬师长期以来心存感激的棺材制造公司，时常像一个野心勃勃的学徒那样在侧翼潜伏，一旦金融灾难来袭，就会接管整个殡葬机构。

戏中的演职人员并不总是欢乐的一大家子。后台往往上演着恼怒、怨恨、嫉妒，这一定是在抢班夺权。因为竞争激烈，所以既有官司，也有刻薄的诋毁。这些都隐藏在共同为之奋斗的利益中，因为大戏必须演下去，共同的目标一定要完成：从付钱看戏的观众那里榨取最高的入场门票费用。

棺材公司报告，该行业应收账款的紧急形势“在棺材领域的严重程度远超其他制造业”。1961 年，殡葬机构就欠下棺材制造商 3 900 万美元的债务，相当于其年产量 317 000 具棺材的 20%，债权人哀叹说，其中“已经被埋进土里的”接近 40%。对债权人而言，收回产品是相当不便的补救措施。

当然，对这一问题的解答是卖出更高的价格。正如全国棺材公司副总裁兼棺材制造商协会会长赫伯特·斯泰恩所说：“因为公众的钱包限制了殡葬花费，大自然限制了葬礼的场数……整个链条上提高利润的唯一手段，就是用技巧推销高质量商品。”

说服公众接受所售商品的“高质量”，让殡葬业者费尽了心机。最贵的棺材用最厚的金属制成。平价的金属棺材用薄金属板材套在木头框架上，能达到同样优雅的外观效果，相比重达数百磅售价几千美元的棺材几乎很难区分（除了心存感激的扶灵人）。《殡葬管理》的一位作者描述过普通等级的轻型金属棺材，说它“大致上跟烟囱管道没什么区别。烟囱管道的尺寸常常会误导公众……约翰·帕布里克说：‘金属就是金属。’”

针对这个难题棺材制造商想出的办法，与家具制造商采用的方法（他们都是这些人的后代）基本相同：就是把便宜的产品做得十分难看，供那些只付得起最低价的人来购买。时任平衡线棺材公司总裁和埃尔金协会会长[①]的约翰·贝克先生仔细阐述了这一立场：

> 大多数情况下，殡葬师没有展现足够的利润，他们展示了太多低价位的金属棺材，相比其价格定位，这些棺材外观过于漂亮，装饰过于讲究……我们叫它们“利润劫匪”。因为正是在这个环节，人们会持币购买更好的殡葬服务，如果有合适的选择和机会，他们就会这么做，结果却失去了更好的销售机会。第二个失去机会的环节是密封圈式棺材。如果最低价位的密封圈式棺材跟最高价位的外观一样好看，大多数人当然会购买价位最低的那一种……在这一块是可以获得更多利润的，因为只要消费激励合适，人们就会掏钱购买。

① 埃尔金不复存在，梅里特同样如此。这两家公司连同其他制造商已经被三大巨头——贝茨维尔、奥罗拉和约克——吞并。棺材制造商数量从 1976 年时的五百二十家锐减至现在的不足十家。

而博伊顿棺材公司总裁莱罗伊·德尔先生是这样说的：

> 毋庸置疑，我们肯定能生产廉价棺材。你能做，我们也能做。然而，每个人都在为殡葬师的失职承担经济责任。太多的“廉价货”会彻底毁了殡葬师。

反廉价计划实施得相当成功，金属棺材的销量剧增。这次由行业推动而给殡葬风尚带来的变化，其意义在于营造一种氛围，令金属“密封圈式棺材”的批发价高达350美元，而覆布软木棺材的批发价只有约160美元。精细硬木棺材的批发价均价与金属棺材相差无几，多年时间稳住市场份额，占到单位销量的15%。然而，比硬木便宜并可批量生产的金属棺材却是制造商们推得最起劲的产品。

对殡葬业的某一板块是好机会，别的板块却是苦果子的现象再次出现。推销金属棺材的热情如此强劲，就连需要火化的遗体也在买。这让火葬场大伤脑筋，因为他们的设备是为有效燃烧木头而设计的，并不适合燃烧金属容器。

一位火化操作员跟我讲了他们对这个问题的处理方式：将轻型金属棺材放进干馏室，使它最终解体并部分融化。“实际上是烘烤遗体”，他解释说。不过这种方式处理不了笨重而昂贵的棺材，因为很可能对火葬设备造成损坏。先把遗体从这类棺材里取出，再进行火化——这就留下了棺材的处理问题。“本州法律禁止棺材二次使用，”这位火化操作员说，“你肯定不能当城市垃圾运出去，万一死者家属碰巧经过看到了怎么办？所以，我们只能把它砸坏，再当作废物处理。”

对消费者来说，棺材批发价的意义在于“公式计价法”，其简单应用就是将棺材批发价上涨400%至900%或更高后，计算出葬礼的价格。低价区间的利润往往最为浮夸。

殡葬师一直心怀嫉妒地对批发价守口如瓶。加利福尼亚殡葬业者及殡葬师协会在其 1882 年的成立大会上通过的第一个官方政策便是一项决议，规定“本协会极力要求所有制造商和批发商为殡葬师的利益……避免将产品目录和价格清单透露给任何非现任殡葬业者或殡葬师的第三方”。七十年后，这一担忧依然至关重要；1952 年《殡葬管理》报道说：“全国殡葬师协会多年来执行一项政策规定，所有产品目录、目录册页或带有殡葬用品批发价格的广告单必须装入封口信封，并以一级邮件邮寄。”该政策适用于殡葬师为完成运费、防腐处理费等报价而邮寄的价格清单。

多年来，不时有鲁莽的棺材零售商试图跟销售棺材的殡仪馆一较高下。这样的努力大多以失败告终，因为殡仪馆采取了多种反竞争手段，其中一条是对从第三方购买的棺材强行收取“棺材处理费”。联邦贸易委员会在 1994 年通过规定禁止这一行为后，棺材零售商通过大幅折扣的方式获得了快速发展。对这一趋势感到好奇的媒体公开报道后，消费者开始在殡仪馆周边选购棺材。

行业的反应可以预料。《华尔街日报》的方高顿在一家新开业的棺材店里采访了一位殡葬师。这位殡葬业者说，他对竞争的应对措施，只能是降低棺材价格，同时提高服务性收费。

陵园和殡葬师的冲突性质不同，因为他们是为死者的钱直接竞争。殡葬师所处位置有更多的选择，因为他往往首先跟潜在客户打交道。等他几趟工夫做完，留给墓地的钱早已所剩无几。墓地经营者慢了半拍，他们总是发现，轮到自己向潜在客户推荐某项用品时，殡葬师已经撇去了头层奶油。后者不但诱导死者家属用所有的钱来购买棺材，还有可能支使客户不跟陵园直接接触，转而由他通过电话订购便宜墓地。这些做法都很烦人，对墓地销售没有任何好处。

《美国陵园》杂志报道过围绕“急需性”销售展开的争论，文章就陵园如何应对这一问题列举了几条建议。首先是坚持让死者家属亲自前往陵园，不允许通过殡葬师处理墓地购买事宜。文章引述艾奥瓦州雪松溪雪松纪念园执行副总裁戴维·林格的话说：“我们的殡葬师不应该处于这样的地位，即他可以给陵园打电话说：‘挖一个35美元的单人坑[现在至少是350美元]。’那相当于我们给他打电话说：‘把你们家的棺材以100美元的价格卖给死者家属[现在是1 000美元或更贵]。’因此，无论如何我们都不在客户急需的情况下从事电话销售行为。”

但是，应该要求殡葬师提供尽可能多的死者家属信息——“他们的姓名、与死者的关系、财务状况、在社区里的社会和经济地位等”。文章继续写道，一旦殡葬师完成上述工作，就完全可以在洽谈阶段隐身。这时，要巧妙地将殡葬师从死者家属身边支开，因为林格先生觉得“从职业礼节来说，他不应该出现在商谈会场”。

如果死者家属上门拜访，陵园方也就有机会“描述自己的其他服务项目，如铜质标牌、鲜花、陵墓地穴和火葬设施”。如果死者家属不当场购买墓碑，也极有可能在不远的将来购买。因为雪松纪念园“在应急销售达成后，就已形成周密的方案，向墓穴主人提供咨询和协助”。方案的运作过程如下：首先寄一封信给死者家属，称雪松纪念园的墓碑咨询师和死者家属咨询服务部主任将在短期内上门拜访，“目的是为历史记录采集必要信息，并向您呈送雪松纪念园所开展服务项目的图片记录”。三天后，咨询师拜访死者家属，并“建议购买铜质标牌”。不过，这还不是全部。在葬礼后的月中旬，咨询师再次拜访死者家属，这次是邀请他们前往陵园礼拜堂参加“咨询计划”。同理，之后是登门拜访。“如果墓碑尚未选好，迪尔博士总是会登门拜访。”

另一个陵园方作者描述了殡葬师和陵园的利益冲突："你们都熟悉这样的情形吧？殡葬师打来电话，以最低价格做一份订单，同时让你把账记到他头上，而不是与死者家属直接联系。在接受其服务的死者家属眼里，他要努力做一个好人，更重要的是，当我们跟死者家属碰面时，他会吓得要死，我们的销售额会超过他，他要么销售额下降，要么账期延长。"①

陵园不会善罢甘休。他们开发出强力反制武器——提前销售(pre-need sales)，销售人员籍此在大都市和乡村的社区溜达，活像溜进果园的小学生，等不及瓜熟蒂落便抢摘果子。他们跟对手展开周旋，不是比殡葬业者提前几个小时——而可能是提前几年——就开始接触潜在客户。更糟的是，他们为提供"一站式"殡葬服务开始建造自己的殡仪馆。

集团式殡葬领域的三个大佬，即国际服务公司的罗伯特·沃特利普、洛汶集团公司的雷伊·洛汶和斯图尔特公司的查尔斯·斯图尔特在世界范围的竞争中相互缠斗，争相收购带有综合性殡葬机构的陵园。他们在行业内被称为联合体，事实证明那是一棵棵巨大的摇钱树。

类似的联合体在宾夕法尼亚州、威斯康星州、密歇根州和纽约州等地可能涉嫌非法，因为上述各州秉持传统观点，也就是墓地不应成为营利型企业，但迄今为止商业大鳄并不把这一点当成威慑。

总部设在路易斯安那州的斯图尔特公司最近与全国最大的天主教大主教区（有近四百万天主教徒），即洛杉矶天主教大主教区达成协议，在其最大的六座陵园开展殡仪馆的建设及运营。为回报这一无价

① 《殡葬管理》在编者按中说，"向死者家属挥出第一拳"是殡仪师的传统特权。《概念：陵园创意》杂志很快就这一声明产生了争执，称其为"令人惊骇的愚蠢错误"，并补充说："尽管声明内容属实，但这种说法难道不欠妥吗?"

支持，教会将按斯图尔特公司在上述陵园开展殡仪服务的百分比收取费用，此举令教区内独立执业的天主教殡葬师感到极度痛苦。

“罪过，”亨利·瓦西里耶夫斯基神父（第十四章“多事的神父”将讲述他与殡葬逐利者的斗争）如此评价这桩买卖，“就同样的葬礼而言，斯图尔特公司的大多数殡仪馆比很多独立执业的殡仪馆要多收数千美元。”刚在南加利福尼亚地区获得天主教葬礼供应商角色的斯图尔特公司，似乎无法赞同亨利神父认为葬礼这一神圣仪式应属于教会的观点。“它应该跟盖在天主教徒棺材上的罩布一样简朴，以示生而平等，死而谦逊。”

敏感问题来了，套棺由谁来卖？目前，套棺销售很强势，至少65％的美国人最后躺入这些笨重的长方形金属或混凝土容器，花费往往从几百美元到数千美元不等。一般而言，套棺销售是殡葬师的特权，套棺制造商经常向他们传达这样的信息：“想想你最近的十位客户。想想那十位客户中有多少人有能力并真的乐于接受挑选精致套棺的机会。向他们提供机会，有道理吧？对吧？你将吃惊地看到，有那么多人会选择这款精致的克拉克套棺，并对你的推荐感激不尽。”

套棺制造商相聚时，可能是一群快乐而友好的人，喜欢讲讲家庭笑话。例如，威尔伯特套棺公司举办年度午餐会时，会提供烤仔鸡、烤排骨和“套棺汉堡”。与陵园交往时，他们不会延伸这种友好，而是把对方一次次拖入法庭。曾经，全国各地讼案四起，全是套棺制造商针对陵园的官司，要敦促后者不可涉足套棺销售业务。他们的理论是，陵园是非营利性组织，无权从事销售。心怀类似抱怨的墓碑制造商也加入这场纷争，因为陵园最近采取措施，取缔了老式墓碑，代之以销售他们自己的铜质标牌。他们一点一点掐断了墓碑制造商的业务。在有些讼案中，墓碑制造商取得禁令，严禁陵园售卖任何形式的墓碑、标牌或纪念碑。这是对陵园的残忍打击，因为他们严重依赖铜质标牌的销售。

陵园的回应手段是给套棺和墓碑公司制造尽量多的麻烦。他们可能以套棺安装过程中使用陵园道路为由强制收费。他们可能提出，要求所有套棺应由陵园专业人员负责安装。他们不允许墓碑制造商为摆放微笑基督、年代石，以及象征尊贵、力量和永恒之美等其他项目安装基座。相反，他们坚持由陵园安装基座，并收取高额服务费。

殡葬业的其他行业在后台吵得不亦乐乎，让眼光长远的行业领袖担心不已。他们的担忧可以理解，总有一天顾客们会看得明明白白。

行业领袖们相信，与其为了客户的美元不体面地争吵，不如为提高殡葬标准共同努力。一位陵园代言人在谴责陵园和殡葬业者间的摩擦时这样写道：

> 如果我们相信它，那么销售产品或理念是多么简单的事情啊。如果我们有机会培育葬礼背后的情感，那么一定要把它做好。强化葬礼背后的习俗、义务等等。如果葬礼很完备，并与死者的生前状况相符，家属会格外获得一种精神满足和愉悦；从严格的唯利是图的角度来看，在死者家属心中确立永恒和怀念的观念，将会产生巨大收益。

他认可了殡葬师在调节市场过程中的先锋作用：

> 毫无疑问，一定要把美国殡葬习俗的巨大进步归功于殡葬师，而不是公众的需求，更不是我们这些人。他勤勉地推动教育活动，间接带动公众对追思和怀念的需求。

那么，接下来的学习课程就是提升后台和谐度，以便大家在公众面前做一场既顺畅又赚钱的表演。另一位陵园方作者在谴责陵园同僚对“殡葬师的成功和收入”心怀嫉妒的同时，建议采取一个好办法，让陵园与各位对手恢复邦交：“每年跟他们开一次会。请他们吃一顿好的，送一份小礼物。去年，我们送给他们每人一对袖扣，材料就是我们用来建墓的大理石。它不能包治百病，但我敢保证，这个办法管用。我相信，它能调控规则……”

实际上，成立追思理事会的主张发端于另一个领域，即鲜花产业，很长一段时间它都在敦促从殡葬业中获利的各个产业为了共同的事业团结起来。正如美国花商协会的主席所说：“殡葬师也好，花商也好，现在都跟追思和怀念一起，面临被那些意识不到美国传统葬礼价值的人逐步淘汰的危险……花商和殡葬师的合作至关重要，因为它与‘无鲜花’和‘无葬礼’的距离只有一步之遥。”

一向言语充满花香的花商们组织了殡葬业联合体的第一次会议，会议名称采用头韵修辞法，叫“追思座谈会”。座谈会的公开目的是“与那些攻击追思、怀念和个人表达自由权的力量展开斗争”——直白地说，就是要跟宗教领袖和宣扬简朴、平价葬礼的追思团体展开斗争。正如该行业最重量级的刊物《美国殡葬师》的编辑所说：“目前这场运动范围广大，影响深远。它威胁的不只是殡葬师，而是美国的整个追思理念。这意味着丧葬用品供应商、陵园提供商、花商、墓碑制造商，以及致力于为死者提供关怀和追思服务的每个人都有理由真正感到恐慌。”

参加“追思座谈会”的柔肠绅士们（其实会议通知只发到了他们手里）是一个精英群体，是殡葬业主要商业联合会的上层人物。联合会的名字便揭示了他们所关注的领域：全国殡葬师协会、全国优秀殡葬师协会、美国陵园联合会、全国陵园联合会、花商电报派送协会、美国墓碑制造商协会、棺材制造商协会等。

座谈会听取了花商们准备的“追思声明”，因为该群体对人的尊严、作为自由标杆及全世界民主国家领头羊的美国、个体的重要性、几百年来的深厚传统等有话要说：“最后的仪式、悼念贡品、葬礼上的神圣庆典都在为人的尊严说话……追思是爱。它记录的爱如此强烈、如此欢快、如此持久，这种爱永远不会消亡。它认可的是人类精神和用良好生活合法赢得尊重的生生不息。它是人类尊严的最后证明。”“追思座谈会”的其他内容有点难讲，因为出席这次殡葬服务神圣庆典的人一直不告诉我们还说了别的什么。我问过作为殡葬师代表的霍华德·雷塞尔先生，会上达成了什么协议。“没有协议。”能让我看看会议议程吗？“不行。”真是一件憾事，因为从大家对花商及其行事方式的了解来看，这次座谈会一定多姿多彩。

1960 年，殡葬用花占切花收入的 65%～70%，众多殡仪馆都在本地花商处占有股份或佣金式“约定”。截至 1970 年，其市场份额已降至 40%，同时根据行业资料，该份额一直处于下降中。截至 1995 年，销量进一步下降，在现有 140 亿美元行业总额中约占 14%（由 1960 年时的 4.14 亿美元增加至此）。尽管鲜花产业无法提供殡葬师拥有花店的数量，但我们可以预计，“约定”（或加价）会继续成为殡葬师的副业收入来源。

针对报纸讣告（是的，弗吉尼亚州一种名为《讣闻》的行业出版物的现有调查结果证实了“无需送花”的全面溃败。），二分之一至三分之二的讣告含有“捐款（给慈善）优先”之类的请求。一如从前，只有《纽约时报》和《华盛顿邮报》这样的重要报纸接受上述排斥性用语。《旧金山纪事报》将用“代替鲜花”代替“无需送花”。

那么，在这场“玫瑰之战”中，花商们声势浩大的广告宣传和大规模调用力量的行为取得了什么结果？赢了战役输了战争的花商们，面对殡葬用花销量的困窘下滑还能怪谁？

由花商们提出，目的在于代替“无需送花”的“捐款……优先”的表达方式肯定发挥了作用。“优先什么?”肯定具有暗示性。

当然，还有其他原因——毫无疑问，最大的原因是自 1960 年以来，“标准的”敞棺葬礼的同期下滑，以及增加了六倍的火化葬礼。对于这些变化，尽管花商们占据各种资源，却一直无力影响。

第八章　上帝那块百万美元的弹丸之地

> 过去二十年，葬礼行业发生了很多重大变化。这一时期获得的进步比之前的两千年还多……今天，我们采用先进的方法、材料和教育技术，让这个时代充满了前所未有的发展变化。
>
> ——《概念：陵园创意》杂志

翠绿的草坪和溅水的喷泉里有黄金，透着粗犷力量和美感的陵墓里有黄金，个性色彩鲜明的铜质标牌里有黄金，展示厅和礼品店里有黄金。《概念：陵园创意》杂志——单是杂志名就透出一股进步的冲击力——在 1963 年面向全美五千多家执业陵园公开发行，并就掘金和镀金的最佳手法传授了众多门道。

陵园成为赚钱话题，是 20 世纪的新鲜事物。美国最早形式的墓地是教堂墓地。19 世纪，它逐渐被位于城市边缘地带的墓地取代，大多由市政拥有和打理。无论拥有者是教堂还是市政，墓地都被视为公共设施。墓地象征性地收取费用，一般被认为不具有营利性质。

坟墓用地具有特殊性和庄重性，需特别考量，不应受制于税收等政策的调控，这一普遍认知在法院判决和各州法律中有所反映。1882 年美国联邦最高法院认定，陵园公司是为“虔敬和公共用途”以联合形式组建的团体；新泽西高等法院最近规定，哪怕私人拥有的墓地也是公共埋葬用地，“其以营利为目的的运作违背了公共政策”。其他规定也明确指出，为埋葬目的而拿到的土地从获得批准那一刻起就应该完全免征房地产税，哪怕还未埋入一具遗体。

事实证明，关于墓地的这一传统看法是初入这个领域的土地投机者的福音，现在他们的所作所为可见于数千个美国社区的城郊地带。

从表面上看，经过多年的演化，现代陵园赖以运作的主要前提条件都足够的合理与明智。墓葬土地免征税收，这一点理应如此，因为从理论上说，这类土地并非用于营利。因为各种原因不适合建房和农业生产的廉价土地往往用作墓地。为将来购买墓地肯定是一种合理而明智的行为，它说明购买者具有长远眼光和审慎思维，因为他希望通过这种方式，在需求上升时给家人省去一些麻烦和开支。让陵园维护更为省事的创新手段，如为了便于机械剪草而去掉竖式墓碑的做法看上去实用且值得赞扬。同样实用并值得赞扬的还有为今后打理陵园设立的留本基金。

有效的运营手法，只有学校和教堂才能享受的免税政策以及致力于“虔敬和公共用途”所产生的经济效益似乎都指向一个方向，即持续降低埋葬费用。然而，情况恰恰相反。埋葬费用大幅攀升，速度甚至超过了殡仪馆收费。将现代陵园变成疯狂营利性商业企业的成功组合，恰恰是其免税身份，用廉价土地实现其目的，几乎不受限制地将土地不断细分，拿到巨量的“永久性维护”资源，以及提前分期付款销售法的引入。正因为具备上述合适条件，所以为陵园承办商采用的创意永远不会枯竭。

在陵园老板看来，一个创意十足的想法是成立非营利性公司。在加利福尼亚州和其他多个州，实际上所有陵园都享有这一特权。粗看下，这像一种纯粹的利他主义行为，即有人不怕麻烦且绝对不谋求自身利益地开建陵园，以让同胞们在此获得永久安息。再看一眼就会发现，非营利性身份使它不必为墓地销售缴纳所得税。真正细看才会发现，“非营利性”陵园的承办商惯常获得的利润十分惊人，远远超过最贪婪的房地产分销商的想象。

实际上，其运作没有任何不合法。它是这样运作的：将常青园公司组建为非营利性陵园公司，并严格控制在承办商手中。常青园并不拥有土地。它用来建墓的土地为承办商所有——要么以他们自己的名义，要么更为常见的，以一家严格由他们控制的土地公司的名义。他们跟自己签订一份合同——也就是说，由土地公司跟常青园签订合同，规定由常青园运营陵园并销售墓地，承办商按每块墓地售价的50%和每座陵墓售价的60%收取费用。因为只取得一半收入的常青园需负责陵园的运营、销售和维护，所以它几乎没有失去合乎道义的非营利性特征。承办商则从每英亩低价土地中搜刮了数十万美元的收入。

现代化的交通使得陵园可以像超市那样，适当远离商业中心和价格昂贵的居民区，因此，往往可以用不错的价格拿到大片新建的“公园式”陵园用地——有时低至每英亩300美元，更多的是每英亩500至1 500美元。（当然有时候，尤其是制订了陵墓销售计划，承办商会适当加价。加利福尼亚一家陵园公司宣布，以每英亩5 000美元的报价“购买了100英亩海景地产”，用于开发“天井式”陵墓项目。）

拿到不用交税的便宜土地后，造墓人（这是他们喜欢的称呼方式）开始让土地做好入住准备。正是在这个阶段，创意有了用武之地。

将土地分成小块用于活人入住的房地产承办商，如果能将1英亩土地划分成可满足建房需求的50英尺×100英尺小地块再对外销售，将会非常开心。要是能将1英亩土地划分成六个小块，他就会觉得自己运气不错。让我们看看陵园承办商吧，他往往将1英亩土地分成易于购买的狭小地块，尺寸为8英尺×3英尺，每英亩可分成1 500个狭小地块，每个地块都能获得免税保证。每英亩 1 500 个埋葬空间是保守估计，现在认为这种做法过时了。首先，它为安装过时的墓碑留出了位置，同时给车道、步道以及墓穴与墓穴间的小空间留出了15%的面积，以免那些挑剔或态度虔诚的人四处走动时一脚踩上坟墓。最具创意的是现代化的“草坪式”陵园，它将上述浪费的土地全部利用，去掉了墓穴与墓穴间的人行道（现在的光荣之路仅仅通往礼品店和展示厅），同时完全禁止竖立式墓碑，这样就做出了排列紧密的 7 英尺×3 英尺的连片墓地。墓碑换成了平放于地面的标准铜牌——这个创意（1）让陵园老板在标牌收益中占股分成，而这部分收益原来都归入墓碑制造商的腰包；（2）建成可使用大型电动割草机[①]的地块，使手工修剪陵园变得完全没有必要，从而节省了 75%的维护成本。

除了上述创新手法，现在陵园老板们又有了一项改进措施：销售更受喜爱、更显温情的夫妻共用型“伴侣墓穴”。承办商的好处是，伴侣墓穴为单个墓位的上下重叠安放，用行话来说就是“挖深一倍”。洛杉矶的一个“草坪式”陵园对土地使用率做了如下估算：

成人墓	每英亩 1 815 个
附加墓；每英亩留出三分之一面积，用于修建加深墓穴	907 个
儿童墓（占地为成人墓的三分之一）	120 个
墓位总计	每英亩 2 842 个

位于洛杉矶的另一家陵园公司在用于墓葬的土地上计划每英亩“种下” 3 177 个墓位。

千万别以为这样的超级拥挤便是对墓葬土地利润最大化的利用方

① （洛杉矶）玫瑰山纪念园吹嘘自己拥有“全世界最大的割草机”。

式。跟传统的房地产交易一样，更有利可图的方式是提供多样化的供应，既能满足各种财力的需要，也能适应每一种社会愿望，而陵园跟房地产一样，根据各种有利条件制定价格。对那些希望住在舒适富人区的，有“风景墓穴”和“庭院墓穴”可选，真正的富人则可选择舒适宽敞的“纪念陵园”，习惯了租房的则入住拥挤而简朴的地段。这里同样会根据身份尊卑以及宗教派系形成一个个邻里社区，还有专门辟出地块修建的旅馆和俱乐部，供共济会会员、退伍兵组织等使用。

活人世界里普遍存在的偏见在死人世界里折射，墓地里的种族隔离现象与地面上的盛行状况并驾齐驱。随着法院判决强行改变着地面状况，墓地里的隔离现象也相应地有所消减。

墓地开发的第二个趋势是向上扩展，形成所谓的社区陵园。这实际上突破了空间的限制。传统而言，向下挖掘再埋葬死者的深度或许存在限度，但当我们向上修建坟墓时，天空才是真正的边界，最具有现实意义的便是在1英亩的土地上建起10 000个墓穴。陵园老板用鄙夷的口吻把这种墓穴称为“公寓式陵墓”，修得很高，具有相当高的利润。就结构和功能而言，真正无愧于形式最简单的方形建筑，因为它是把加强型水泥盒子一层层地简单重叠，再把表面做成大理石或花岗石的样子。墓穴之上是墓穴——高达六七层，双排并列，建在祭拜者通道的两侧。据我们所知，最赚钱的墓穴规格是32英寸宽，25英寸高，90英寸深。

一家大型陵墓建筑公司建议，将整整1英亩的土地修建成墓穴，从而用这块墓穴密布的土地实现最具诱惑力的财产潜力数字：潜在总销售额4 308 000美元，潜在净收入2 808 000美元。

如果这时候陵园承办商单纯坐等死神的一时兴起，那么所有致力于最大程度利用1英亩土地的聪明计划终将一无所获。以现在的死亡水平来看，他不得不等上很长一段时间才能开始获取投资收益。这道障碍已被辉煌地一跃而过，手段是采取大规模的提前销售，雇用电话营销团队千方百计地侵犯你的家庭隐私。作为销售史上最成功手段之一的提前销售，是现代陵园产业迅猛发展的关键因素。

随着提前销售的持续扩大，要不了多久，每个活着的美国人就会拥有一座坟墓，或至少通过分期购买计划签订了一份付款合同。也许，正是这个终将饱和的市场催促着这场竞赛中的陵园承办商快人一步，将墓地链条进一步延伸到最偏僻的小村庄。只有这样才能解释陵园开发和陵墓建设不断叠加的惊人速度。再小的社区也会引起陵园承办商的注意：《概念》杂志引述了一个案例，某镇的人口不到750，但镇上已建成288个陵墓。一家陵墓建设公司报告说，它在当时人口1 126的路易斯安那州雷塞弗市建了336座陵墓。

从陵园承办商的观点来看，提前销售的特别吸引力在于它的财政自给。只需要很少或完全不需要现金，他便能在乡村拿到一片土地，将其划定为陵园用地。他找景观设计师做一份草图，画上翠绿的台地，溅水的喷泉，高大的柏树和鲜花盛开的灌木丛，以及几条宽阔的道路，交汇点威风凛凛地竖着一个通常具有某种宗教主旨的核心“专题”（全行业都用这个词来代替“雕塑”）。这类墓地可通过目录编号订购：最好卖的型号是“善良的牧羊人”221-Z，“耶稣基督”，“山上的布道”和“最后的晚餐”等。他从一家专做这类建筑的全国性杂志那里拿到计划和图纸。然后，他跟一家专门从事提前销售的机构签订合同，让后者处理销售业务，这样他就开业了。

钱财滚滚而来，此时，“美丽纪念园”一锹土未动，“甜憩陵墓”的工地上一块水泥板也没浇筑。这是本行业的标准操作，即在规划墓葬和陵墓卖出至少三分之一前，根本不会动工。该数字远超开发和建设所需资金，所以这些狭小墓地的买家们提前给予陵园承办商所需的全部资金，并让他提前获得不菲的收益。

从公众身上榨取高昂的价格并没有大家想象的那么难，因为一般提前付款都是在较长时间里完成一次次不痛不痒的分期计划。毕竟，陵园老板能提供十分慷慨的条件。不同于通过分期付款购买的其他商品，这件商品往往掌握在售卖人手中，直到全部款项付清多年后才会有人提及它的用途。当地一家陵园在寄给我的宣传手册中说，“夕阳晚景”的提前购买计划为购买家庭提供按月支付方案，付款额小到几乎不引人注意。

提前销售是一种成本极高的方案，当然，消费者始终是最终的买单人。销售机构的佣金一般为50%，销售人员要提取卖价的20%～40%。“有提前销售计划的陵园，用于直销的费用往往是计划、开发和规划费用的四到十倍。”一位陵园建筑师抱怨说。

像国际服务公司、洛汶集团和斯图尔特这样的大集团公司，能够通过打广告招聘销售人员等手段化解上述高额成本，“不需要经验”。心中充满渴望和希望的销售人员在怂恿下得知，自己必须完成公司定下的销售额度——初学者只要同亲戚朋友签下订单，额度倒也不难完成，但这些人签完后，继续完成指标就十分困难了。残忍而奏效的法子，便是进入社区做低价推销，既没有固定员工，也没有员工福利。

用销售专业人员的话来说，“墓位和铜牌买卖”是一件令人激动而伤脑筋的事。《美国陵园》杂志里那些神采飞扬的散文反映的激动、信心、热情与乐趣，跟殡葬专业杂志连篇累牍刊登处境艰难下的忧郁心情和正义殉道形成了鲜明对照。

在商业墓地出现之前，陵园的主要管理者是墓地管理员或坟场看管员。那个曾经看管墓地且不喜欢装腔作势的家伙，现在被一群风度翩翩的家伙取代，他们被称为追思顾问，必须在这个位置上快速掌握几种新的姿态。加利福尼亚陵园协会的会长认为，追思顾问几乎就是在走钢丝。“对墓地销售业绩的运用必须求得精妙的平衡点，一边是合乎道义的墓地运作，一边是美国人对追求最强劲业务姿态的天生动力。”

幸运的是，只需要一个星期，一个人便能从追思顾问学校获得不多不少的真诚和真相。受训者“在学校学习的内容是采用最好的法子进入别人的屋内。他一定要有解决问题的心态，一定要成为一个来提供服务而不是销售东西的人。一个星期内，他就试探性成交和回答反对意见不停地接受检验”。一个星期后，学生便能拿到一张“专业追思顾问”证书。

在常见的销售对话中，首先要考虑在潜在客户的头脑里植入涨价概念：

> 琼斯先生，如果未来几年我遭遇不测，我的老婆——哦，上帝保佑她吧——就会走出家门，冲动地疯狂花钱。为了表示对我的爱，她会花掉我留给她过舒心日子和安稳生活的钱，以涨了好多的价格购买墓地。所以，我现在就要捆住她的手，让她不至于冲动，并免受价格飙升的影响。只有马上行动，才有可能实现这种保护。我相信，我们做丈夫的都赞同这个观点，对吧？

另一种情形：

> 琼斯先生和夫人，我们的出生证就是墓地的购买合同。我们一定要有葬身之处。此外，五十个州的法律都认可这种销售模式。我们必须葬在获得批准的陵园[①]。现在唯一的选择是，两种

① 不属实。在很多州，乡下地区仍然允许实行家庭墓葬；而在全国各州，火化后的骨灰都可以埋入私人墓地。除了加利福尼亚州以外的其他各州，抛撒骨灰既可遵循意愿，也可征求土地所有者的同意。

价格中，我们愿意选择哪一种。如果等待，我们就要支付上涨后的价格——全部用现金——是的，我们是急买急用。如果现在行动，我们就是在预防涨价——如果采用这个计划，甚至会让价格下降。作为一个优秀的生意人，我们都知道哪种选择才合理，对吧？

顾客为什么要购买？两大充足的理由是，拥有陵园地产（通常是潜在客户唯一的地产）能带来上流社会的名望光环，对必定出现的偶然事件做超前安排包含了智慧和经济。听起来不错，但“经济”是个神话，“智慧”更是陷阱。需求提前时代的顾客为墓地支付的费用，远高于之前。多年前，还不存在提前销售，但的确存在一定的需求提前购买（这是最明显的区别），购买者往往是那些家道殷实的公民——有相当资产的稳定型家庭——不管做什么，都习惯提前做出安排。购买家庭墓地不是太花钱的买卖；如果一个家庭拿出100美元购买一块四个墓位的墓地，实际是一笔不小的开支。单墓位的价格在1到20美元间。即便到了今天，那些居住在尚未遭到提前销售人员入侵的社区的人，可以提前或临终时从市政、宗教或其他非商业性陵园购买墓位，价格只有通过商业掮客购买的零头。

通常，人们并不知道自己的社区有公共墓地，同时很少有人愿意不怕麻烦地去预先登记。那些提前做出安排的人只是简单地买了块墓地，而那些成天窝在家里也就是等着追思顾问打来电话的人，得到了多得多的东西。“从理想的角度而言，夫妻俩如果早年就做出安排将受益无穷，因为那会给他们提供一份保障，还会在他们最需要的时候带来经济收益，并往往会形成心理纽带，从而丰富他们的婚姻生活。”美国葬礼协会如此写道。

陵墓风潮的出现，给提前销售的吆喝带来了新维度。“说到陵墓！”《概念》杂志以催促的口吻写道。它在评估兴起不久的直邮广告运动的效果时，做了如下报道：“大家一致认可，声誉和对入地式埋葬的恐惧心理激起了大量回应。”

陵墓广告回顾了历史主线——亚伯拉罕的山洞、金字塔、摩索拉斯王的坟墓、泰姬陵（通常被称作“价值 1 500 万美元的泰姬陵”）、“价值 300 万美元的林肯纪念堂”、格兰特将军墓。《概念》就如何最大程度发挥历史脉络的作用，引述了得克萨斯州的特雷西·约翰逊的话（“她是个陵墓销售的量产能手；真诚是她取得成功的重要因素”）。她建议提及泰姬陵、拿破仑、林肯、格兰特和列宁的名字：“但什么对家庭更有意义呢，告诉他们，耶稣被埋在亚利马太的约瑟的一座石墓里。”

现实生活中，各地一窝蜂出现的新式陵墓看起来完全不像泰姬陵。它们看上去更像巨大的装蛋柳条箱，一个个狭小的墓室都有些千篇一律——这不足为奇，因为它们的形状本来就一样。不过，因为消费者的购买力不同，同时由于支付能力更强的人得到的机会更多，所以在推销游说的魔力下，相似性和合意性都体现在墓穴上。

一如无数的美国人，一位陵园的“追思咨询师”登门找上了我。为了方便我欣赏，他一页页地铺开色彩绚丽的展示图，上面有一望无际的草坪，清澈的水潭，牧人和使徒的雕塑。“这是我们的儿童墓地专区”，他一边自豪地说着，一边拿出一个印有孩童和羔羊雕塑的文件夹。每一张图片上都印着一行小字：“艺术家概念。”

“我能实地看看吗？”我问道。

“嗯，目前没什么可看的，大多处在规划阶段。陵墓看起来就这样。”他掏出一个文件夹，向我展示用乳白色和蓝色印制的“阳光庭院——室外纪念堂建筑创意”。任何人都会高兴地看到，宣传资料的广告词说“每一天，从日出到日落，全体陵园员工全天候为您服务”。

尤其令人感到宽慰（从我手里这份财产的目的而言）的是，你的墓穴将具有“防判决”作用。我从咨询师和他手中的宣传册那里逐渐明白，价格是如何制定的，债务是如何转变为资产的，以及有利于陵园推广者的经济性如何具有吸引力。面向走廊的墓穴被称作“陵墓墓穴”。面向外侧的墓穴实际上成了整个建筑物的外墙，以前不太好销售，因此价格比较便宜，现在被称作“庭院墓穴”——真是创意十足啊——要价往往比拥挤的老式室内墓穴更高。“这是趋于户外生活的一种潮流。”咨询师解释说。走廊的地面同样不会浪费。地底下的墓穴如果叫“威斯敏斯特墓穴”，就丝毫不会让人想到“廉价”——相反，它让人浮想联翩：与大佬和名人并肩长眠。同理，如果广告上说的是“真正的伴侣墓穴——让夫妻同处一穴，中间没有隔墙阻挡，这样，夫妻可以真正‘永世相伴’”，那么，两个墓穴间的隔墙成本也就不存在了。

“走廊墓穴应该是一个价格，庭院墓穴是另一个价格，对吗?”我问道。哦，不，咨询师回答说，价格完全不同。走廊墓穴的价格相差很大，靠近顶头的价格最便宜。“最贵的呢?”“气胸层”，他一边回答，一边右手指着那个器官的位置，带着真诚的眼神。

后来，当我来到陵园，我就明白为什么咨询师不急着让潜在客户去现场。那是位于加利福尼亚的一面灰色的干硬山坡，山下工业区里的工厂和仓库一目了然。办公室周围铺着常青的人工草垫，与两边灰褐色的远景形成鲜明对照；与硕大的“艺术家概念”建筑物相比，陵墓区就是个发育不良的侏儒。除了入口处一大本奇丑无比的锡铸《圣经》，“专区”显然还遥遥无期。跟城镇民居后院差不多大的一处小斜坡已经成了墓地；我数了数，17 座墓，其中 6 座修成了陵墓。追思顾问跟我说得很精确，已经卖出 1 500 个墓位，投入使用的只有 23 座。

墓地的潜在收益绝不会止步于销售环节。墓地经营的附加项目，如挖坑、绿植、修整、普通维护等，现在都成体系地成了优质账户。而五十年前（也就是商业陵园兴起之前），这些项目都被视为看墓人或教堂司事应该完成的杂务。对墓主人来说，现在还有很多额外的盈利项目，如售卖套棺、铜质标牌、供花、明信片、雕像，以及筹措、监控并管理大笔的“永久性维护”基金。在森林草地成为殡葬领域的强制性时尚之前，这些盈利项目在陵园的运作和财务中没有发挥过任何作用。

一代人之前，挖坑和墓碑都由陵园完成，只象征性收取费用。1921年《乐园与墓地》（《概念》杂志的古董级前辈）报道，西雅图各陵园挖坑和填土的收费为7美元。现在，采用机械化操作，墓地的开挖和填土只要大约十五分钟就能完成。如今，各大陵园就这一项服务要收费600至900美元，星期日和节假日则更贵。开一个墓室，也就是单纯把那块25英寸×32英寸的面板拿掉，需要收取与之不相上下的费用。让陵园最来劲的收费，是在骨灰瓮安放壁龛上开一个摆放骨灰瓮的小龛。小龛的面板只有14英寸×14英寸，但旧金山海王星协会的开龛费用是300美元。怎么做才能打开呢？我向一位殡葬师打听。“动动手腕而已”，他回答道。神龛的费用高达3 500美元，但他们肯定地告诉我，这笔费用包括了“永久性”维护。

商业陵园竭力提前收取的其他盈利项目包括售卖套棺、墓室衬垫和墓碑。

曾经对铜质标牌销售构成威胁的水泥墓碑现在完全不是问题。商业陵园依照法律授权制定了自己的规则，对水泥墓碑的使用完全一禁了之。陵园制定的参数涵盖铜质、大理石质或大理石加铜质标牌的尺寸、形状和安装过程。参数的标准十分严格，因此，从其他地方购买，或由园外提供方安装都会十分不便。普普通通一块铜牌，也就是刻上了死者的姓名和生卒日期，单墓的售价大约是350美元。陵园的加价标准是100％至200％。

在普通墓和陵墓销售已经饱和的地区，可以进行第二轮催促性收割——可以这么说吧——手段是向那些已经购买墓位的人“赶在需要之前”推销铜质标牌。尽管我很难想象顾客在自己的悼念时刻到来之前下单订购（“刻字内容怎么定？‘致我挚爱的自己’或者可能就是一个简单的‘亲爱的我’？”），但这笔销售量十分巨大。

不管是需求提前、需求滞后，还是即时需求，铜质标牌的销售都会提前寄送销售信函，随即会有铜质纪念牌咨询师打来推销电话或亲自登门推销。马修纪念铜牌公司提前备好了数十种销售信函，陵园公司可以定期向墓位持有人密集发送。

> 亲爱的朋友：
>
> 前两天，我们的维护人员打理了您的墓产所在墓区。自然，我们不经意间注意到，您家的墓位尚未安放纪念牌。
>
> 其中一位员工认为，未安放纪念牌的墓穴让人悲伤。

有的推销函专为季节性使用而设计：“亲爱的朋友，冬天来了，春天还会远吗?”……“亲爱的朋友，再过几个星期，连翘和水仙就要朝天举起金色喇叭，迎着春天的暖风吹响号角。”……“亲爱的朋友，很快，岁月即将轮回。”……“亲爱的朋友，我们即将再次迎来复活节。”……“亲爱的朋友，5月的第二个星期五是母亲节。”……“亲爱的朋友，在这个纪念日，你会想起我们驾车周游乡村的经历吗?”……“亲爱的朋友，没几个星期就到扫墓日了。”……“亲爱的朋友，即将再次迎来圣诞节。”用四五个段落描述即将绽放的连翘或母亲节快乐的出访之后，终于出现了重点：“如果您希望在节日到来之前拿到铜质标牌，请务必赶紧行动。要知道，需要好几个星期才能完成您所选铜质标牌的个性化手工制作并寄送到家。”

陵园采用的另一种策略是联系墓位所有人，让他们来配合更新陵园的全新计算机数据信息。一旦到了陵园，就会提醒未来住户注意持续出现的涨价风险，并劝服他们“马上”购买套棺和纪念牌。开掘和填土的费用也可以提前支付，弗吉尼亚州的一位先生就在诱惑下支付了900美元——万一会碰到的周末或节假日附加费。

尚不太清楚，通过“需求提前的铜牌交易”获取的钱财下落如何。需求提前的墓穴购买者花了钱，能够对一小块地产拥有一定的所有者权益，而需求提前的“黄铜”购买者只能拿到一纸证书，说等到他死后，会做一块铜质标牌安放在他的墓前。在此期间——且可能很长时间之内——卖家能支配的不但有购买者支付的标牌款项，而且包括为永久性维护而必须支付的附加款项！很多州还没有能为购买者提供保护的规范性法律。

陵园用得最多的另一个点子是“永久性维护基金”。已经为墓穴支付了一笔不菲资金的不知情者以为，陵园可能会承担维护费用。完全不会。在墓穴或陵墓费用之外，会额外收取10%～20%的后续维护费，有的陵墓会收多达25%的附加费。墓葬需要维护，这是真的，但比较难以预料的是，用于墓葬的维护费究竟会有多少。

以这种方式收取的费用掌握在陵园所有者手中，可能会用作留本基金，以保证今后永久地开展维护工作，这样的承诺很显然不可能兑现。然而，提前销售的魔力让很多陵园收到了一大笔这样的费用。在美国，1961年这些基金持有的费用已超过10亿美元，之后的三十五年间更是超过了200亿美元。

托管这笔资金的陵园经营者在履行职责上一直没有大家希望的那

么严谨可靠。承办商变身为行商，将销售团队安排进某个社区，以提前销售手段让这个社区的销量达到饱和，但大家别指望他会坐等已售墓穴埋人填土，更别指望他会一直慷慨地对它加以维护。当转战下一个社区时，他往往难以抵御收取永久性维护基金——当然，是代管保存——或至少用它来获取新购陵园所需低息贷款的诱惑。毕竟，有了钱就要用于投资。

这笔超过200亿美元的基金可由陵园所有人随意投资，因此它可以成为有力的政治武器。只有当滥用基金成为公众丑闻后，很多州的立法机构才开始对陵园托管基金实施法律监控。声势浩大的陵园游说活动（也就是在州立法机构中分量比较欠缺的殡葬业者表达的嫉妒心理）一直致力于通过不太恼人的法律，有的州要求将永久性维护基金交给完全由陵园所有人组成的委员会来善意管理。

市政陵园以公共服务的方式维持运营，往往由公共基金提供部分补贴。因为这种陵园一般不做广告，或者外派销售人员挣取佣金，所以它能够以适中的价格提供墓穴和服务。

那么首先，商业陵园进入已有市政陵园的社区时会出现什么状况呢？销售团队会对社区展开地毯式推销，以高于市政陵园三到十倍的价格提前销售，因为后者既不打广告，也不推行提前销售计划。城里的神父可能的反应不外乎这样："既然私人渠道提供了足够的埋葬空间，何必还要花钱运营市政陵园呢？"或者是："我们也提高收费实现自给自足吧——他们可以做，为什么我们不能做？"后一种情况下，市政陵园会给自己弄一笔广告费，也有可能雇用提前销售团队，从而相应地提高各种收费。

陵园推销员在提前销售中找到了一种打入老兵市场的手段，因为多部联邦法律将他们排除在这一商业来源之外，使老兵及其配偶有权葬入不收费的国家公墓。陵园推销员凭借提前销售手段绕开殡葬业者。他先人一步——实际上比殡葬业者提前了好几年——来到老兵家，用一本本印制精美的目录册引诱其家人，同时指出可将300美元的老兵丧葬补助金用于购买墓穴。但他可能一直不提，老兵必须死在老兵医院或养老院才具备资格。

提前销售的陵园承办商在考虑某个社区是否臻于成熟并可开发时，根本不关心这里是不是缺乏足够的陵园空间。他们希望并需要得到的东西，是提前销售的推销员在此之前以多高频率对这个社区展开了兜售，以及多少家庭已经拥有了墓地。结果，过不了多久就会出现陵园设施的重复建设现象。曾经，在洛杉矶举行的几次陵园建设听证会上都有来自各方的证词，说这里已具备足够的陵园设施，完全可以满足未来一百多年洛杉矶地区的所有殡葬需求。

通过提前销售坟地、墓穴、套棺和铜质标牌等手段让一个社区达到饱和状态，建立永久性维护基金，且将其牢牢控制在手中之后，接下来陵园承办商要如何利用自己的特权捞取现金？让已经领教了这么多的我们都不再吃惊的是，这个行业里的目光长远者早已预见未来，想出提前付费套餐这一终极解决方案，该套餐不仅涵盖墓葬用地和利润，同时包含了“棺材”、灵车、殡葬服务，以及花店费用。

我们看到，殡仪馆现在的收费标准是三十年前的八到十倍。而在陵墓价格水涨船高的同时，其利润无疑是大幅猛涨。例如，1995年国际服务公司公报其陵园运营的利润率为34%，与其殡葬机构仍旧强劲的22%相比，该数字足以令任何一家财富500强企业脸上有光。而北美地区盈利能力最强的陵园，是那些像“森林草坪”一样拥有独立火葬场和鲜花店的公司。正是这样的企业让公司兼并者展开了最为激烈的争抢，有证券分析师认为，由此导致的竞标比拼过于生猛。

编后语

纽约风波：听证会冲击陵园营销手法[1]

以任何标准来看，陵园老板都认为本年度不算是重大公共关系年。在加利福尼亚州，最近的头版头条都在刊发多家主要陵园公司的重大违规行为，包括开棺掘墓、一墓多葬、维护缺失和欺骗及滥用。现在轮到纽约，论战有了新的方向，不再专注陵园维护，而是集中于所有权政策和营销手法。

根据纽约的法律，陵园属于非营利性企业，对其实施监管的目的之一是确保留出足够的永久性维护基金。因此，目前的争论主要集中于以下问题：允许营利型殡葬公司通过墓地获利的行为是否恰当？今年的获利压力是否会危及来年的维护这一神圣需求？为解决上述及其他问题——在纽约州立法机构参众两院均已成型的更广泛的陵园改革立法中，它们成为内容之一——州立陵园委员会于上周在奥尔巴尼市举行了听证会。

一如往常，这次听证会带给公众的是扭曲的殡葬服务形象。洛汶集团公司和国际服务公司最近将业务扩展至纽约的陵园市场，这一潜在因素使这个问题到了非解决不可的地步。尽人皆知，两个公司在最近几年收购了本地区的多家殡仪馆——并正在加快收购陵园的速度。

首先，纽约州殡葬师协会对这一发展趋势的感情十分复杂。维恩·巴克斯特作证说，他对自己会员资格的担心是，共有模式可能让公众遭遇殡葬师肆无忌惮的过分行为。他说，可能需要设立监管制度，以保证来自非营利陵园公司的资金不会流入营利型殡葬机构——而共有模式更有可能出现这样的情况。全国天主教陵园会议也通过代

---

① 本文首次刊登于 1996 年 3 月 25 日的《殡葬观察》。转印已获许可。

言人艾伦·伍德伯瑞指责“企业集团所有制”为了将死者家属引离宗教陵园而“大肆发布不实之词和误导信息”。“将对死者的关爱作为信仰而不是利益，这个传统我们延续了两千年”，她说道。再者，犹太社区关系理事会代言人埃尔孔侬·佐恩拉比也觉得企业集团所有制存在问题，并坚持认为存在一种动机，即采取的营销手法（如销售二合一式墓位）能够带来即时利润，却在墓位销售完毕后削弱了陵园公司的维护能力。

不管真实与否，最近有人声称，洛汶集团公司的一位销售人员采取的销售策略不但为改革阵营提供了口实，而且与长岛上主要的罗马天主教管区未能交上朋友。洛汶公司的一位销售代表在兜售位于附近的洛汶公司陵园内的“免费墓穴”时，阴差阳错地找上了罗克韦尔中心天主教管区陵园主任兼全国天主教管区协会主席艾伦·伍德伯瑞。情况很不理想，而且伍德伯瑞女士声称，自己全程录音了。

“恭喜恭喜，”一个人打电话告诉艾伦·伍德伯瑞，“您获得了一个免费墓穴。”此人是洛汶公司的电话推销员，正在四处寻求造访机会。《纽约邮报》报道，销售人员登门造访时首先做的事情之一，就是向伍德伯瑞和她丈夫递上一份“免费墓穴”承诺证书。然而，她很快就弄清了，免费赠送的墓穴并不令人称心如意。她说，这个墓穴位于陵园的塌陷区。“要不你可以换一个正在开发的地表墓穴?”销售人员问道。她说，那张“免费墓穴”证书可以用作陵园里“较好”位置的打折券——而且陵园公司保证，只要提前支付费用，伍德伯瑞夫妇就可以在本地的洛汶殡仪馆获得 15%的折扣额。根据报纸的描述，一套完全合法的推销说辞变成了公然的陵园/殡仪馆搭卖广告，更别说典型的诱售营销策略。

洛汶公司的销售人员至少缺乏立即收手的正确判断，并公然诋毁了该地区天主教陵园的现实条件和长期远景。本刊收到伍德伯瑞女士写给罗克韦尔中心管区的一封信，她在信中指出："我对她的推销话语最感担忧的是，我和丈夫提醒她，我们都是天主教徒，希望选一处天主教而不是非宗教陵园。这位咨询师坚持说，天主教陵园的维护不如华盛顿公墓，墓位有限，完全没有资金支持，纯粹依靠所在地方的宗教管区支撑其未来的陵园维护和建设。她还说，从天主教堂目前的财务状况看，今后绝对没有资金用于陵园维护。她在回答我的问题时坚持说，就连教皇若望·保禄也拒绝为一项旨在帮助天主教管区弥补该项支出而举办的专场陵园募捐活动颁授许可。这些都是奇谈怪论和弥天大谎。"

州司法部长正在审查录音带内容是否违反了消费者保护法和其他规章制度——而洛汶公司也为获得录音带副本心存感激。洛汶集团公司陵园部的拉里·米勒明确表示，公司的销售计划并不包含宗教评论。他同时郑重宣告，将对参与宗教抨击的雇员展开调查并予以解聘。他还说，洛汶公司的电话推销员接受过培训，会严格遵循文字脚本，而且"所有事项都正大光明"。根据米勒的谈话内容，提供的"免费墓穴"货真价实，并不是诱售骗局的一部分。他还指出，在该公司持有股份的三十八个州，已有"数千人"享受到这一赠品带来的好处。

一如往常，推销行为或许是殡葬业最敏感的话题——因为该话题具有敏感性，同时客户往往处于弱势——而最近这一波闹剧只不过再次证实了这个观点。如果方法恰当，电话推销不会违法：以公道价格获取的服务或产品，而作为形形色色的消费者，你应该对此有所了解。

的确，拥有九千名雇员的洛汶公司或是别的大型企业，都会有一些激情过头的销售人员咄咄逼人地越界，采取不公平且/或带有欺诈的营销手段。以佣金为基础的报酬制度是根本问题吗？正是这一激励因素驱使太多的销售人员越界吗？这里没有简单的答案。从与洛汶公司陵园部领导的对话可知，佣金制销售人员很明显是一种（已得到证实的）传统做法，同时，单纯薪金制或薪金/佣金混合制都产生不了最佳销售效果。本刊认为，关键因素在于雇用最好的人员，并坚持开展销售培训——通过大负荷培训明确划出严格界限，制作推销文本，并对是非不明的人不予宽恕。

洛汶集团和其他殡葬服务企业一定要坚决反高压推销策略的公司政策，并立即解雇那些大胆持有保留意见的人。早就有人说过：相比其他企业，殡葬业更难忍受偶尔出现的害群之马。

第九章　墓地重游

在洛杉矶，没有什么东西比森林草坪更让我感到兴奋……上帝的志得意满的追随者们现在的安息地比他们曾经的居住地还要舒坦——这座漂亮陵园似乎略高于这个世界，是登上天堂的第一步。

——布鲁斯·巴顿，摘自《森林草坪艺术指南》

南加利福尼亚森林草坪陵园是规模最大的非营利性陵园，它的创办者休伯特·伊顿既是悼念冲动（memorial impulse）的梦想者、建设者和发明者，无疑也是官方为众多陵园经营指定的负责人。他对现代陵园产业各种潮流的影响力，或许超过了任何一个人。他的官方传记作家阿德拉·罗杰斯·圣琼斯夫人认为，森林草坪是“一个人的天赋被拉长的影子”。就在她写下这几个字的时候，那道长长的影子正在美国大地的众多陵园里慢慢掠过。现在，它漂洋过海，伸展到夏威夷，甚至是澳大利亚。

数十万读者通过伊夫林·沃——《殡葬管理》把他称作“恩将仇报者伊夫林·沃”——所写的《挚爱》，对这位梦想者和他的智慧结晶有所了解。怀疑论者如果认为沃先生可能对自己的夸大其词心有愧疚，只需拜访森林草坪便可放心。

每年有一百五十万人走进那道大门，我便是其中之一。导览手册上写着，那是全世界最大的一道门，比白金汉宫的大门宽一倍、高5英尺①。手册（也许是为了警示鲁莽的人不要试图取下门）还写道，每扇大门重达5 000磅②。

正如沃先生描述的那样，它就在我眼前，尽管自《挚爱》写完后的若干年间，多次增补扩充——因此，今天的总体印象是，它远远超过了他的描述。

那里是教堂，从小到大一字排开，小号石楠丛教堂极不协调地铺着全屋地毯，大号陵墓骨灰安置所主打爱国基调，配有荣誉纪念厅、历史厅、自由陵墓厅和爱国者厅。“必须是公民或签署效忠誓词后才能进入爱国者厅吗?”我问导游。“不用，夫人!”导游回答说，“任何人都可以埋在这里，只要能支付费用。”（这并不完全属实，因为森林草坪“基于道德考虑”拒收了强奸罪犯卡里尔·切斯曼的骨灰。）

到处是重达数吨的雕塑，有的作品设计得让人触动，如“小鸭妈妈”“小伙伴”“看”“妈妈!”。有的雕塑带有别样的吸引力——如多尊身体被部分遮住的维纳斯雕像，多尊半裸的女巫雕像，米开朗琪罗的《大卫》的复制品等，森林草坪为后者添加了一片橄榄叶，使其带上一种出人意料的失态。

1996年，一次前往洛杉矶郊外格伦戴尔镇森林草坪陵园的参观经历，证实了该产业非同寻常的稳定和繁荣。

风格上没有任何变化。梦想者被安放进荣誉厅，维护他粗鄙梦想的是一只坚定而充满信仰的手——射击场里的雕塑奖品，礼品商店，小号石楠丛教堂。改变的只是范围。南加利福尼亚曾经只有一所森林

---

① 约等于1.5米。——译者
② 约等于2.3吨。——译者

草坪陵园，现在有了五所——完整名单是好莱坞山、塞浦路斯、柯文纳山和原名“阳光城森林草坪”的长滩森林草坪。

在1971年的西尔玛地震中，森林草坪那尊米开朗琪罗大卫像的“真人尺寸复制品”连同那片橄榄叶从基座上掉下来摔个粉碎。十来年后，第二尊雕像安放到位，不见橄榄叶，不过也没好到哪里去。在多个女性团体对其正面全裸像提出抗议后，这尊大卫像便被搬走了。

尽管森林草坪在每个地方都经营殡仪馆和鲜花店，但售卖墓位仍是它的主要业务。当时，从信念谷的5 580美元到璀璨之星台地的10 900美元是它的中等售价，另加15%的永久维护费。如果你想买更好的，支付27 000美元可以葬入阳光天空台地，花31 000美元可以埋在更精英化的荣誉园（其特点是有线播放通俗圣歌，它让有些人联想到永久炼狱）。如果你愿意，可以放置获得批准的雕像，但必须购买四个或更多墓位。

1961年森林草坪的人数是二十万，而每年六千五百人的新来者让该数字大幅增加。环顾四周，我们能看到完整的下葬过程渐次展开。芝加哥有一家博物馆，展出了小鸡的孵化过程：一个隔间放着尚未孵化的蛋，另一个隔间放着即将破壳的蛋，下一个隔间是正在出壳的小鸡，最后是完全孵化出壳的小鸡仔。森林草坪里的这幅场景不禁让人想到那个展示过程。不露声色的草绿色防水布下，是为迎接新来者挖坑形成的土堆。不远处整齐摆放着一片从山谷采来的兰花、栀子花、玫瑰花和百合花，说明这里刚刚结束了一场葬礼。再往前走，几位园艺工正在清理一片摆了也许三天或更长时间的凋谢残花。两处的中间是几十块印着已故居民姓名的平滑铜质标牌。远处，一群人正在进入一间教堂，要么是参加婚礼，要么是参加葬礼，在森林草坪你很难分清两者的差异。

其他的参观景点有一小时一次的《十字架受刑》（“全世界最大的

油画”）和《最后的晚餐》彩色玻璃复制品展出。圣琼斯夫人这样描述梦想者：“在密苏里人中，他一直最钟爱彩色玻璃。”

受刑展厅后面是博物馆和礼品店。伊顿在《共同记忆》一书中说明了开设博物馆的目的和展品收集方法。如果设立了博物馆，人们就会习惯为了获取指导、娱乐和兴趣前往陵园。一开始博物馆的规模可以很小——实际上相当小——也许就是摆了一尊雕塑的一个房间。一旦开了头，它会慢慢发展：“这是经验之谈。人们开始捐赠一些写有名字的物件，并带自己的朋友来观展。”这种新奇的博物学手法的结果就是分门别类摆放的各种小玩意，如旧硬币，犹大因背叛耶稣而获得的报酬谢克尔的复制品，一块印着葛底斯堡演讲词的铜质纪念牌，几副盔甲，几块巴厘岛雕饰物，几卷日本卷轴，几块碎玉，几封出自朗费罗和狄更斯等人之手的书信，等等。

1961 年，洛杉矶遭遇宝石大劫案，博物馆在媒体上获得了头版报道。伊顿博士凭着令人羡慕的搞笑才能，设法将这起劫案乃至实际并无大价值的“宝石”变成好事——他在一半页的广告中，向珠宝盗窃犯发出了最打动人心的呼吁：“我们认为，你不可能是盗窃专家，要不你应该知道，不管是那块名为‘澳大利亚的尊严’的猫眼石，还是那条古董项链都不可能在市场上卖出去。这两样物件很有价值，主要因为它们是古董……现在，那条镶有绿宝石和钻石的项链的零售价并不高，因为宝石的切割方式已落伍多年，除非以古董出售，否则这个物件很难卖。”然而，当他说起那颗猫眼石（有人感到好奇，是谁给它取名“澳大利亚的尊严”）需要维护时，话语才充满了最大的影响力：“我们真的希望你每隔几星期就用甘油浸泡一下，以防宝石破碎。”完全是个教唆犯！作为一个母亲，我从心底祈求你给我的孩子每天服用一粒鱼肝油！

伊顿博士也阐述了在陵园里开办博物馆的深层目的：“博物馆长

期以来就有出售照片、明信片、纪念品和各种小礼物的习惯。”森林草坪的广播系统时常出人意料地响起轻柔而极尽真诚的声音，参观者被召唤到礼品商店（“同时等待《十字架受刑》的下一场展出”）。所能买到的物品有制成森林草坪里某件雕像式样的盐瓶；印上漆纸后贴到土气木头上的建设者信条；印有陵园风景照的裁纸刀和杯碟碗盏；印着主要景点的照片架。一张折叠式明信片上有写给参观者的一个长句，看过种种奇景的参观者无法口齿清晰地念出。句子的开头是“亲爱的________，森林草坪陵园证明了一次具有启发意义的经历”，结尾部分是“我们将会永远记住这次参观之旅”。一大颗塑料核桃上贴着印有“坚果壳里的森林草坪陵园！像砸开果壳那样把我打开……把我捏开，或用刀子把我撬开”字样的邮政标签。里面是一张印有森林草坪彩色风景照的微型书签。一个铮亮的马口铁烟灰缸，被挖成两颗用一支朱红箭头串起的套叠心形。其中一颗心的上方是入口大门的凸起图案，做成十分明亮的古铜色和天蓝色。另一颗心的上方用古铜色和猩红色印着一个大陵墓，象征性地印了几棵绿树。两颗心的上方是用黄色、绿色和红色印成的复杂的树叶和涡卷图案。所有图案上方是一块盾形纹饰，一头鹿靠着一棵高大的向日葵，一幅卷轴上写着“永不回头”。也许就是永不拖欠的意思吧。

为便于一站式购物而开设殡仪馆和鲜花店，森林草坪是各大陵园这一当代潮流的开路先锋。导览手册上写着，殡仪馆“受到英国沃里克郡康普顿怀恩耶茨陵园的启示，设计成英国都铎王朝风格。上等的钢骨坟墓结构用石头、半木和砖块搭建而成”。有二十一间停尸间和一间华丽的棺材间，各种用品的价格从 325 美元（灰色的罩布顶盖）到 25 000 美元（48 盎司重的铜质保护锁，豪华的米色天鹅绒内饰）不等。

森林草坪的董事会如此描述休伯特·伊顿：“我们的建设者忠于

自己的灵魂，今天的森林草坪便是一道有力的证据。”要深入打量他的灵魂，我们必须研究伊顿的官方传记和他的文字作品。

如果艺术的目的是形式和主题的结合，我们就必须承认阿德拉·罗杰斯·圣琼斯撰写的《升入天堂的第一步：伊顿博士和森林草坪的故事》是一份自成风格的艺术品。最为大家熟知的是圣琼斯夫人原创性伤感文章的作者身份，她年轻时在赫斯特做过记者，后来在第一本好莱坞影迷杂志《电影剧本》担任编辑。

很显然，伊顿博士出生时，头顶的那颗命运之星没有把他引到地上，而是地下。他以采矿工程师的身份拉开生活大幕，并很快在内华达州采到了金矿。他和表亲乔组建了阿达文采矿公司，并把建成的企业城命名为鲍勃。正是在这座名为鲍勃的小城，伊顿博士创造了第一个奇迹——后来证明，那只是众多奇迹之一。一天晚上，一群工会组织者（或者，用圣琼斯夫人的话来说，是“一群专干杀人放火勾当的亡命之徒”）气势汹汹地跑到山上的矿洞前——伊顿博士认为，他们身上肯定带着炸药。“‘除非上帝出手，’休伯特·伊顿沙哑着声音说道，‘否则必定有血光之灾。’他身边的领班害怕地点了点头。”

看似满盘皆输之时，夜空中突然充满《甜蜜之家》[①] 描写的那种紧张感。这帮亡命之徒受不了，偷偷地溜下了山坡。“‘看来是上帝出手了。’领班一边害怕地说，一边大言不惭地擦着脸上的泪水。‘依我看，最好表示一下谢意。’伊顿说。”

从此，一个个奇迹来到休伯特·伊顿的家门口。这位命运之子遭遇的第二件事，是他的矿山垮了。“那天晚上，休伯特·伊顿跪在地上的时间比平时要久，他一直受到的教育是，跪着祷告才是合适的。因为创造大地就是为了供人使用，所以人有权请求上帝的帮忙，让他

---

① 英国导演约翰·布莱克利于 1945 年拍摄的一部音乐戏剧电影。——译者

在自己的矿山上找到矿脉。”然而，没有作用。让伊顿感到幸运的是，这一次命运为他安排了别的计划。他在矿山仅仅损失了100万美元，与此后若干年追寻梦想的过程中摆在他面前的财富相比，确实不足为道。我们现在受引导前往的，正是那个梦想之地。

那是1917年，地点是一片破败、长满野草、名为森林草坪的坟地。休伯特·伊顿一边打量眼前的景象，一边艰难地决定，到底要不要接受森林草坪的经理职务。“如果你在伊顿博士七十岁的时候告诉他，是命运把他带到这里，他会带着‘我是密苏里人’的神情粗声粗气地说：‘看来也找不到别的理由了，对吧？’”不管怎么说，他回到旅馆房间，写下了森林草坪的未来景象：“到处是参天的大树、滚滚的草坪、溅水的喷泉、鸣叫的鸟儿、漂亮的雕像、美丽的花朵，宏伟的陵园建筑……吸引大家来这里悼念——那些躺在雕花大理石棺和绘画玻璃棺中的——各位挚爱……这是建设者的梦想，这是建设者的信条。”

陵园概念就这样诞生了。于是，今天的森林草坪是“一座好似与天堂毗邻而居的花园，漂亮得超乎想象，魅力无穷，安宁无限”。

伊顿博士遵从的某些道德准则，来自年幼时爸爸对他的教导。准则有：毅力战胜一切；物有其位、必在其位；值得做，就值得做好；小事就随它去吧，等等。他在追逐梦想的过程中，还与上帝形成了非正式的商业伙伴关系。因为“除非上帝与他同在，否则这将是一种非常孤单的生意”。正如他在扶轮社举办的一次会议上所说：“基督经商是商业上最重大的事。为了基督，我们一定要相应地把生意做下去。”他以密苏里人的直率阐释了《新约全书》，包括每当遇到转折点时就出现在计划书里的那位商业伙伴：“不，在那些教人反对财富的教义中，他没有找到任何价值……不可能请每个人都像圣方济各那样穿上棕色长袍和便鞋。”

伊顿为装点森林草坪四处搜罗艺术宝藏，因此他不时前往欧洲，并一次次得到天意的帮助。很难获得梵蒂冈当局对米开朗琪罗作品《摩西》复制件的批准，但一个“为了以色列之子赶在埃及人前头而能使红海静止不动的人，不应该让自己的雕像复制遇到麻烦，”伊顿说，“当然，少不了四处求情。但我认为摩西至少给我们派来了一个助手。”《最后的晚餐》彩绘玻璃复制品的烧制遇到了一点麻烦，但休伯特·伊顿大声嚷嚷说：“无稽之谈，一派胡言，上帝当然希望完成它。”于是，真的完成了。

如果森林草坪里的很多雕像看上去像是射击场里赢取的奖品，同样事出有因。有的是顶着董事会的反对意见从市场购买来的，但“随着［伊顿］在‘梦想成真’上变成宽严并济的一言堂者，他那份快乐可爱的获胜决心便时常会遇到反对意见”。

尽管建设者的内心想法算是一目了然，但其梦想的多项外在要素，如“非营利性”协会如何运作，所涉资金的数额，资金如何分配等却比较难以得知。森林草坪的各位主管对运营过程中的财务讨论明显不感兴趣。商界的沉默情有可原，但它跟森林草坪陵园的非营利和免税身份似乎不相一致，因为这位梦想者公开说过：“修建它们……是为了让生者庄重地欣赏、受益并获得安慰。”

不过，也有愤世嫉俗者断言，伊顿修建的陵园是为了获利，而对森林草坪的财务结构——经由不时引起纠纷的法律程序才予以公布——的偶然瞥见，支持了众多陵园在伊顿看来都是超乎寻常的营利性房产开发项目的观点。

就休伯特·伊顿来到森林草坪这一过程，美国税务上诉局在1941年的判词远比圣琼斯夫人来得平实。1912年，他受聘担任的不是经理，而是对墓地实行“需求提前”式销售的代理人。在他来之前，墓地的销售大多完成于死亡发生时——即“需求之时”——因此头一年的销售总额只有 28 000 美元。伊顿代表那个简朴而丑陋的渺小墓地所做的上门销售，使销售额增加了 250%——这距离梦想的提出还有五年时间。

截至 1937 年，墓地的年销售额已超过 100 万美元，而其他用品和服务项目（鲜花、明信片、骨灰瓮、铜质标牌和殡仪服务）的销售额也增加了 80 万美元。到 1959 年，年销售额超过 700 万美元，其中墓地销售额超过 400 万美元。

这些钱做什么用了？真的都再投入陵园的美化中了？要是这样的话，它将用大把的钱购买化肥和雕塑。

森林草坪的《艺术指南》提出一个问题："始终有人问：森林草坪何以能在这么漂亮的地方筹集和维护这些宝贝，并免费供大家参观和欣赏？如此漂亮的安息之地何以完全在每个人的财力范围之内?"答案就印刻在通向《十字架受刑》展厅那道台阶旁的告示牌上："森林草坪陵园运营方为非营利性协会。高额收费和大额支出须仅限于森林草坪的改善。"

真好，是的。只是上面提到的有效用词是"大额支出"。

作为非营利性陵园集团公司的森林草坪陵园协会有限公司好比太阳，周围是由伊顿控制的商业集团公司和股权公司构成的银河系。其中，位于内华达州的一家集团公司，即森林草坪公司是一家地产公司。另一家股权公司拥有该地产公司 99%以上的股份。有一家是人寿保险公司（自出售以来），还有一家是抵押和贷款公司。并不拥有土地的非营利性集团公司接受委托，开展陵园的实际经营业务——含火葬场、鲜花店、墓地销售、墓坑开挖、套棺、雕塑、明信片、礼品等。伊顿的土地公司小心翼翼地躲在幕后，从墓地、策划和建坟的销售额中攫走 50%的比例，从神龛、墓穴、套棺和陵墓的销售总收入中攫走 60%的比例（不含捐赠维护费）。

令人不解的是，各现存“陵园”不时需要的扩展用地，以及新设陵园所需的土地并不由陵园公司直接获取。这些土地将留用于陵园的美化，以及中间人利润——现已被土地公司获取——的崇高化。由陵园公司直接购买土地还会节省大量税金，因为土地公司手里的应税土地如果由非营利性的陵园公司拥有，会符合免税条件。仍然令人不解的是，土地公司购买和开发土地所需的费用借自陵园公司，利率只有3%。截至1959年，伊顿的土地公司以超乎寻常的诱人利率，从非营利性公司借用了500多万美元。

总的来说，伊顿的各个商业公司同为人友善的陵园公司令人惊异地完成了一笔笔交易。1959年，他的土地公司以高过折余成本十八倍的价格，将小号石楠丛教堂和另外两座教堂卖给非营利性公司，赚取的利润超过100万美元，从而成为“基督投身商界”的一场漂亮展示。为缓解这笔交易的资本收益税带来的烦恼，陵园公司在价款之外多付4%的利息，每年支付10万美元的分期付款。

这正应了圣琼斯夫人有关休伯特·伊顿的描述：“他是个有灵感的商业理想主义者，他那个计划的伟大正在于它的简单。”

梦想者没有就此止步。1954年，他宣布发现了悼念冲动。他说自己本可以把这种自然力量叫做悼念本能，但他更愿意听从“心理学家和科学家们”的意见，因为他们认为“本能”这个词并不准确。悼念冲动是在人类生物体中发现的一种重要驱动力，它能让人产生一种（正如大家本可猜想的那样）建设墓园的欲望。它也是所有文明发展过程中必不可少的一种因素。

可以采用多种方法，把“跟爱情一样古老且永不会枯竭的”悼念冲动变成现金账户。“让每个销售人员把‘强调精神性’当作座右铭，”梦想者说，“销售人员的职责就是掌握客户身上的悼念冲动力，并劝说他们努力顺应与自身财力相符的那股崇高驱动力……最重要的是，每个销售人员都应该明白，如果得到适当启示，悼念冲动带来的好处将远胜于他自己的一切努力，但要让你的金钱冲动符合悼念冲动的道义性。”

悼念冲动还能用于解决早期梦想中或许出现过的战略失误，即坚持采用小巧而统一的铜质标牌式墓碑。

伊顿若有所思地说，尽管大家一致认为，取消墓碑是一件好事，但墓碑确实有它的用途：它是悼念冲动的“重要帮手”。就我们所知，这个不经意间遭到废弃的“重要帮手”，就是美好而古老的墓碑铭文。在现行的12英寸×24英寸铜质标牌上，根本没有地方书写铭文。的确，小小的标牌为建设一片广袤且几乎连绵不断的草坪——最初的建设者信条就是“滚滚的草坪”——创造了条件，但因为铜质标牌按平方英尺为单位收取费用，它的尺寸规格或多或少限制了收费额度。既然这一冲动是人发现的，当然可以修改，因此，铭文刻制卷土重来，很可能极大地改变陵园的外观式样，把一大片草坪变成标牌的海洋。伊顿建议，墓主人应该考虑制作“大号”铜质标牌——实际上，也就是大到能够写下完整的铭文和历史数据。他说，这将是客户们“最为便捷的悼念冲动发泄渠道”。

第十章　火　化

火化不是结束，而是为达到美丽永恒的纪念而将骨灰入瓮前的准备过程。

——北美火化协会

自《美国式死亡》首次出版以来，全国范围内的火化数量出现明显的增加。1961年，美国有3.75%的遗体实行火化。截至1995年，比例增至21%，且仍在上升。

对火化的偏好存在极大的地区差异。1993年（能获取各州分解数字的最后日期），密西西比州火化率最低，比例最高的内华达州为58%。总体而言，除了佛罗里达州（40%），南方各州的火化率都很低。中西部处于较低水平，新英格兰地区相对较高，西海岸地区最高。

虽然全国及各州的数字都显示火化率正不断上升，但进一步分解到县的数字揭示了是什么人在选择火化。例如，尽管41%的加利福尼亚人选择火化，但旧金山湾区的数字是60%，生活富裕、敢于创新的马林县为70%。佛罗里达州萨拉索塔市是高档的退休人士聚居区，火化率超过70%，而全州的总体水平为40%。

1960年代，天主教会取消火化禁令，因此各主要教派的信众都获准采用这一处置方式。

如何解释火化炉的激增现象?

人们首次得知与美国式死亡相关的事实和数字时，普遍反应是："我不管！我不当冤大头。我就是要火化，我才不要那么多麻烦和浪费。"毫无疑问，火化是一种简单而干净的遗体防腐处理方式。它对热爱自然的人和诗人具有吸引力，因为他们时常设想自己的骨灰被抛撒在阳光明媚的山坡上或偏远的海水里。极力推荐它的既有环保主义者，也包含那些希望看到跟常规殡葬方式有关的所有胡说八道得以终结的人。它对有经济头脑的人有吸引力，因为从逻辑上说，人们都认为火葬费用只有土葬的零头。同时，顺着这条煽情思路想下去，干吗不纯粹绕过殡葬师，直接将遗体送到火葬场付之一炬呢?因为这样做的话，唯一的费用就是适当交一点火化费。

的确，很多国家实行火化的数字在不断上升，很好地实现了经济和简便这两个目的。例如，在英国（1885 年时只有三例火化）有 72%的死尸火化处理。280 美元的火化费平均值包括了教堂等设施的使用费，这在北美的火葬场里通常难以实现。火化用棺材的标准是最简单的"易燃木头，不刷颜料，不上油漆"。为实施骨灰抛撒，要将"骨灰从火化炉中取出，待其冷却后弄成细粉"。在英国，90%的骨灰最终选择抛撒，或像牧师喜欢说的那样"撒播"。有时候，人们将骨灰撒入大海或乡村；更多时候，由火葬场工作人员撒入专门辟出的一块神圣之地即纪念园。大多数火葬场或陵园都有类似的园子，有的园子象征性地收取服务费。

在英国，时兴火化是刚出现不久的一种趋势。火化"运动"发端于 19 世纪。它的拥护者中有众多著名的医生、科学家、知识分子、激进人士和改革者，还有一些属于上层社会。1874 年，成立首届火化协会，其组织者有女王的外科医生亨利·汤普生爵士、作家安东尼·特罗洛普、托马斯·斯宾塞威尔斯、画家米莱斯，以及贝德福德郡和威斯敏斯特郡的公爵等。自然，一向喜欢对现状挑刺的评论家萧伯纳极力赞成火化，并用他一贯的简洁风格对支持观点作了概括："死尸可以火化。所有死尸都应该火化，因为土葬是一种可怕的行为，总有一天会遭到法律禁止，不仅因为这相当缺乏美感，还因为想象中的审判日（明摆着的事实是，每天都是审判日）到来时，如果保存完好的死尸起身复活，他们会将活人挤出地球。"

有的神职人员率先对火化表达强烈的反对意见，他们认为火化会干扰肉体的复活；沙夫茨伯里勋爵对这种观点的看法十分干脆，他问道："如果是殉难圣徒，会有什么结果？"在19世纪70至80年代，为争取这一做法的合法性并提高公众知晓度，火化支持者在多个领域开展活动。他们出版普及读物，呼吁大家支持这一事业；他们就不同类型的火化炉开展实验；他们甚至不顾当局的反对，彼此进行火化，招致公开谴责，甚至受到犯罪起诉。直至1884年，他们的一场官司终于获胜，法院判决火化合法，但教堂和公众仍有不少反对声音；有时，火化程序的执行必须由警察提供保护。总而言之，经过艰难的斗争，人们才最终接受，火化是一种明智而充满尊敬的遗体防腐处理方式。

为了让遗体防腐处理变得简单合理，最早的火化拥趸甘愿冒违法和入狱的风险。要是他们看到自己曾经追求的事业在美国变成如今这个样子，一定会争相躲进自己的骨灰瓮。因为火化跟遗体防腐处理中的其他方面一样，长期以来受到陵园产业和殡葬礼仪的左右，完成哪些步骤由它们提前规定，顾客要遵守哪些规则也由它们制定。因此，如果有人一心不买棺材，不做防腐处理，甚至压根不对遗体做任何处理，都根本无法实现，仅仅因为他选择了火化而不是土葬。

北美火化协会（CANA）与英国的火化协会没有任何相似之处。

实际上，这个协会的构成人员主要就是开办火化业务的陵园经营者。他们的目的不是简化和省钱，甚至背道而驰。该协会在其出版物中规定了自己的经营理念：

> 问：殡葬师必不可少吗？
>
> 答：他提供的服务与其他葬制完全一样，首次上门、遗体防腐、棺材挑选、悼念仪式等过程中都要由他提供服务。
>
> 问：火化最好选用什么棺材？
>
> 答：因为棺材的主要目的是举行悼念仪式时留下追忆照片，因此每个家庭都应该认真考虑。一般而言，推荐使用与其他葬制相同的棺材。

在陵园利益的驱动下，火化通过销售存放骨灰的神龛、骨灰瓮和“永久维护”等手段，不过成了另一种赚钱方式。陵园非常不愿意将骨灰交由私人处理。他们跟我说得很直白：“如果大家都想把骨灰带走，并自行抛撒或掩埋，我们很快就将饭碗不保。”①

就人类死尸的最终处置程序，每个州都有法律规定，如掩埋、建坟、捐出用于医学研究、火化等都在习以为常的方法之列，其中直系亲属均有法律义务履行死者的口头愿望。

但选择火化时，什么叫做“最终处置”？玛莎大叔的骨灰是怎么

---

① 殡葬业成效斐然，加利福尼亚州的游说团体获得一项立法，禁止丧属将骨灰撒入私人或公共地产——相当于强制他们将骨灰交由陵园或殡仪馆处理。然而，殡葬师普遍不愿意承认的是，丧属将骨灰带回家的行为完全合法。我在与该州上至联邦调查局下到县警察局的所有执法机构交谈后得知，并没有警察获得对玛莎大叔骨灰案件展开调查的授权，他们也不愿意以“非法抛撒骨灰”行为逮捕任何人。尽管该项法律完全具有非强制性，但该行业还是用它向丧属施压，要求他们将骨灰移交用于盈利更丰的商业处置。

回事儿？

北美火化协会要让我们相信，“火化不是结束，而是为达到美丽永恒的纪念而将骨灰入瓮前的准备过程”。

北美火化协会的观点与法律断然相悖，因为每个州的法律都将火化规定为“最终处置”方式。同样，大多数州都对遗体和骨灰做了明确区分。例如，法律禁止个人保存遗体，但完全允许家庭成员保留骨灰，而当骨灰不再用于其他处置程序时，会习惯性地交给家庭成员。

陵园的利益到此为止。殡葬师面对火化这一威胁，会有怎样的反应呢？

业界领袖和行业媒体的第一反应，是建议殡葬师竭力劝阻殡仪买家实行火化。他们的方法是把火化过程尽可能讲得对死者大不敬。一位殡葬师建议告知死者家属，要是他们知道火化炉里的情形，甚至不会将一条狗送进去。全国殡葬师协会建议会员们强调“立即处理”这个概念，暗示至亲的遗体可能会被当作垃圾处理。该协会还认为，如果死者家属选择违背传统，无法通过完整葬礼，即瞻仰敞棺中经处理的遗体而获得慰藉的话，应该告诫他们有严重心理创伤的可能，因为长期以来葬礼是一种重要的仪式，事实证明它对死者家属保持心态平和有好处。

随着时间推移，残忍的现实渐渐显示，火化不仅应该坚持，而且越来越多地成为富人和受过良好教育者的选择——这恰恰是能轻易接受殡葬师最高开价的那个群体。至此，该行业做出一百八十度的大转弯，现在的重点的是把坏事办好。

总体而言，他们的目标是将完善“传统”殡葬，再当作火化的附属服务来出售。其行业出版机构的多篇文章公布的修订版本，是“向消费者灌输火化加服务这一概念”。样板标题如下：《美国陵园》1994年11月号，《抵制直接火化——教导火化顾客认识葬礼和悼念的重要性》；《南方殡葬师》1993 年 9 月号，《战胜最简火葬面临的真正挑战?》。

在 1993 年 9 月出版的《殡葬管理》杂志上，编辑罗恩·哈斯特这样写道："骨灰可以成为葬礼的焦点。对一个眼光长远的殡葬师而言，拓展服务、增加收入的潜力无穷无尽。"他引述了一个案例，几兄妹各自买了一只骨灰瓮，各自装妈妈的一部分骨灰："有点比拼能力的味道，也就是比谁买的骨灰瓮最好看。"

迈克尔·库巴萨克的新作《火化与殡葬师：成功应对挑战》做了很好的总结。这本 156 页的书籍被作者称作"一针见血的手册"，向传统殡葬师们传授了火化过程中的潜在利益。"骨灰瓮市场往往受到限制，"库巴萨克写道，"以我的经验来看，骨灰瓮陈列越多，卖得也就越多；卖得越多，抛撒骨灰也就越少……建议骨灰瓮的陈列要尽可能招人喜欢，并敞开口子。"最近听说库巴萨克是全国殡葬师协会的正式发言人，这应该不会让人吃惊。[①]

北美地区以外的火葬场几乎全是公有性质，如果是私有性质，则以非营利为营运基础。哥德尔斯格林位于伦敦郊区，是英国最古老的的火葬场。它是私营火葬场，其盈余用于墓地维护、设施改造和公众教育。它有四个火化炉，每周完成六十次火化。它有三个教堂，最大的可容纳二百二十人，用于接待死者家属及来宾。费用为 365 美元——这在伦敦地区很有竞争力——包括"使用教堂、等候室及所有服务；鲜花装饰；音乐（录音或演奏）；医疗裁判（94 美元）；抛撒骨灰"。

五岁以下的孩子火化不收费，六至十岁收费 90 美元。唱诗班服务收费 80 美元，独唱加收费用，120 美元可用四重奏。神职人员收

① 最新资料显示，他已是国际服务公司的副总裁。

费 90 美元，因为诵经是分外事。支付 450 美元后，可以购买一棵玫瑰花树和五年的维护服务。

从前文所述明显看出，英国有 72%的遗体接受火化，殡葬师的作用微乎其微。因为遗体防腐处理的最终仪式主要在火葬场而不是殡仪馆，大家也就不怎么考虑棺木的华丽度和耐用性，或是遗体防腐处理后受公众瞻仰等问题。英国市场上还能买到贝茨维尔等寿材公司生产的“打嗝”棺材，它确保将遗体缓慢腐烂中产生的毒气释放出来（除非那个速变市场发生的事能与我齐头并进）。

1970 年代初，美国的最新发展势头是成立商业性的“直接火化”公司，以 255 美元（与社会保险死亡赔偿金大致相当）的固定收费标准提供简单的火化服务。多交 250 美元，死者家属可以使用飞机或轮船抛撒骨灰。殡葬师们出言刻薄，把火葬说成“焚烧加抛撒”，甚至是“烧烤加摇晃”。

洛杉矶首先创办了海王星协会，创办者查尔斯·邓宁博士是个喜欢炫耀的人，在电台和电视上做了大量广告。该协会不费吹灰之力就成了经营最成功的遗体火化和骨灰抛撒机构，据最新统计数字，它号称在加利福尼亚州北部地区拥有十家分支机构，在纽约州和佛罗里达州也有营业点。海王星协会之所以大获成功，很大程度上归功于“协会”一词，因为它给公众一种错误的印象，即它与那些通过消费者保护活动而建立良好商誉的非营利性殡葬社团或追思社团有关联。具有慈善属性的各大纽约社团成功地通过州级立法，防止殡仪馆用“社团”命名。加利福尼亚殡葬理事会的相应调查显示，这一做法对消费者有误导作用。然而，当这个招人烦的理事会遭到解散后，问题也就随之废止了。

海王星协会还毫不犹豫地采取了其他暧昧手段。过去数年间，它在各个方面卷入多起诉讼。邓宁将加利福尼亚北部一家从事遗体火化和骨灰抛撒的公司告上法庭，因为这家竞争对手在名称中用了“海王星”——这个名称他没顾得上申请商标，而且早已成为直接火化业务查询者们的口头词。1980 年代中期，海王星协会参与了一桩集体诉讼案，涉及三百个家庭共 2 200 万美元，另加 500 万美元支出……1988 年，海王星协会的飞行员在偏远山区发现 5 342 具遗体的骨灰……1988 年，海王星协会庭外和解了一桩价值 1 270 万美元的案件……1991 年开始的一桩集体案件最近以 680 万美元的代价结案，其中涉及误操作和被混淆的遗体多达数千具。最近，因为不承认有罪，位于加利福尼亚的三家海王星火葬场答应出钱召开听证会，并为开展州级调查提供报销。

尽管面对上述逆境，以及略带积极因素的厄运（加利福尼亚州伯班克市前市长死后四个半月，有人在一台电冰箱里发现他未经火化且严重腐坏的遗体，案件判赔超过 100 万美元），海王星还是做得风生水起。

海王星的火化收费持续飙升。最低收费已经从 1970 年代的 255 美元上涨至现在的 1 200 美元。目前还有各种附加收费：“没有家人和朋友出席的海撒”，125 美元；八人以内在场，395 美元；如要“见证火化启动程序”，另收 295 美元。

海王星的成功并非没有受到传统殡仪馆的挑战。加利福尼亚州奥克兰市的钟声小教堂公布了以下报价：

> 带纸板箱火化：1 135 美元。
>
> 不提供抛撒服务：
>
> 我们发现，抛撒骨灰对死者家属伤害巨大。家庭成员都想知道挚爱亲人的位置，可供他们前往哀悼。

1995年年初，北美火化协会发表了期待已久的火化特别报告——放进炉子是什么样，出来的又是什么样。重点是令人瞠目结舌的结论部分，即85%的遗体没有装入棺材就被送入火化炉——面对该行业用重金推动的“悼念”运动，殡仪服务买家的基本共同认知再次得到肯定。他们一次次地发问，为什么要花一笔不菲的开销，买一口仅用于火化的棺材？

遗体不入棺就推进火化炉，这种恐怖景象直接威胁着棺材制造商，因此他们在这场纷争中投入了大量资源。“全世界最大的”贝茨维尔棺材公司大范围推出一本四色“火化选项”手册。手册将“选项”严格确定为两个数字：火化前举行葬礼，或火化后举行葬礼。你的选择：主菜前还是主菜后进食沙拉。棺材制造公司一直把骨灰瓮当作副业，现在则开始用上全力。贝茨维尔公司推出了令人目眩的“艺术骨灰瓮”系列产品，海豚跳跃的精致海景雕饰是它的一大特色。此外，还能买到用黄铜、木头、“半贵金属”、玻璃和“纯大理石”加工成的骨灰瓮。

是的，“抛撒式骨灰瓮”针对的是希望像用盐瓶那样抛撒部分骨灰，再将剩余部分摆放在壁炉架上的那些人。贝茨维尔艺术骨灰瓮的批发价在70至575美元之间，在殡仪馆挑选购买的价格相应变成了450至1 695美元。

在残酷的现实必要性面前，殡葬师同样在学会适应。一些有先见之明的殡仪馆可以提供“租用式”棺材，用于瞻仰期内临时入殓经过防腐处理的遗体。据北美火化协会特别报告显示，在1995年先瞻仰后火化的葬礼中，不少于28%的遗体被装入租来的棺材。正如大家所想，死人居所的费用远超活人。一到两天的棺材租用价格在600至800美元之间，足以让人在度假酒店无忧无虑地住上一个周末。

因为租用式棺材可以无限制地循环使用——入住者不会造成任何

磨损，所以提供高质量产品用于安放遗体完全符合殡葬师的利益诉求，而成品硬木是最佳选择。殡葬师花费不到 100 美元即可换掉内饰，而且——第一次出租便可双倍收回成本——可以将棺材反复用于出租。

1995 年，当马萨诸塞州通过法律允许出租棺材时，该行业提出强烈反对，说这种做法有传染疾病的可能，“尤其是因为尸液会渗入棺材”。健康官员对此表示不用担心，因为租用式棺材每次使用时都要放入新的布料和硬纸板衬垫。马萨诸塞州的有些殡葬师很快就明白了这个道理。一件存货反复使用就能带来如此丰厚回报，现在他们极力劝说死者家属考虑租用棺材，转而放弃那种廉价的火化容器。

火化受到殡葬师的阻挠乃至束缚，而当所有障碍克服之后，曾经追逐死尸的食尸鬼们开始对骨灰垂涎三尺。多年来，死者家属都想把骨灰撒入或葬入花园或其他中意的地点，但这一天然冲动——如果没在其他地方的话——在加利福尼亚州屡屡受挫，因为这里的法律禁止将骨灰撒入私人或公共领地。最近（1997 年）发生的一件事——在一个储藏柜和飞机库里发现交由受雇飞行员撒入大海的 5 200 盒骨灰——证实了这一残忍限制带来的广泛影响。

如果骨灰瓮卖不动，为什么不把骨灰转交给飞行服务公司用于海撒呢？看似合理。但真是这样吗？说到这里，口头禅还是为了钱。数十家殡仪馆先向死者家属收取 100 至 200 美元的服务费用，再以平均 30 至 60 美元的价格，找个倒霉鬼去完成抛撒任务。谁都懒得查证，是否真的完成了他们的指令。以平均数计算，我们便能发现，殡仪馆靠这笔看似可有可无的副业，赚取了 526 000 美元的利润。初步调查同时表明，付钱把亲属骨灰撒入大海的大多数受害者从来没有被告知过，他们有权将骨灰带回家。如果知道有这个选项，他们当然不会选择花钱请人抛撒骨灰。

在整个殡葬行业，就遗体的最终处理方式而言，火化至今还像是后妈生的丑陋弃儿。令人遗憾的是，现行州级法律只起到帮助殡葬业摧毁消费者想要一场简单而便宜的葬礼的诉求。殡葬业者一直鼓吹，火化比土葬面临更多的法律挑战。他们辩称，之所以时常违背死者希望简葬这一明确意愿，是因为他们有意避免受到那些认为此种处理方式会“伤害情感”的家庭成员的起诉。然而，研究表明，只有一起案子与此行为相关，且案件遭到法官的否决，理由是如果他的意愿在生前有过书面表达，那么遗体防腐处理的主要权利归于死者。

后　记

1996 年 12 月，北美火化协会发布一份报告，激起火葬支持者为赚取最大利润而前所未有地搜罗“创意概念”。据北美火化协会推测，到 2000 年，美国将有 26％的死亡人口接受火化，而到 2010 年，以类似方式处理遗体的比例将增至 39.9％，这将是 1985 年时火化率的三倍。但方式不会完全相同。殡葬业者已经目光向前，给自己想好了别的计划。

1997 年春，由《殡葬服务从业者》主办的“火葬成功关键要素”研讨会发布了其中一项计划。为“避免出现混淆”，研讨会呼吁学者们提出在火化前“身份查看”的要求。其中一场名为“如何每打一个火化电话就增加 1 400 美元乃至更多”的报告揭示了这一策略的更大动机。报告者讲道：“看着妈妈躺在纸板箱里，有的家庭成员禁不住会问，我们有没有更好的东西可用。”强制家庭成员查看的残忍性不禁令人大感吃惊，直到大家想起，这正是“火化成功的关键要素”之一。有一个例子，母亲的遗体经过防腐处理后，家人们选择了火葬，而令人讨厌的“身份查看”经历让家庭成员们心烦意乱，后来他们经由美国殡葬及追思协会征询联邦贸易委员会的意见，消费者能否拒绝这一程序。毫无疑问，他们可以拒绝支付部分殡仪馆正在收取的这笔费用。

火化成功的另一个因素呢？“如果死者家属没有购买骨灰瓮，要求他们购买盛放骨灰的临时性容器。但记得在容器的各个面贴上（或印上）‘临时性容器’标签。如果你们通常将骨灰先放入火葬场提供的容器再转交给死者家属，请记得给容器贴上‘临时性容器’标签。这极有可能使死者家属升级换代那个临时性容器。”《殡葬服务从业者》杂志建议道。

第十一章　公众所需

殡葬职业得以存在，仅仅因为它得到了公众的认可……现行的方法、设施和商品得以存在，是因为公众从中找到了愿意付钱的价值，尽管这不得不牺牲其他东西……

这些价值都是真实的吗？是否出自更高更好的动机？是否具有促进和激发功能？物有所值吗？答案就在公众的反应中。如果公众接受这些事物，那么答案就是肯定的。

——文学士、殡葬师爱德华·马丁，《殡葬服务心理学》

殡葬师们经常讲，对我们现行的殡葬做法有责任的是美国公众，而不是殡葬业，因为他们要求对遗体使用“最好的”防腐处理和殡葬用品。“我们不过是满足了公众所需”，这就是他们的话。

这个说法很有趣。不太容易想象，在现实中公众的这一要求是如何表述并让殡葬服务销售人员得知的。例如，一个刚失去配偶的人，难道会走进殡仪馆告诉他们“我要确保给老婆做一次彻底的消毒和防腐处理。棺材一定要舒服又耐用。啊，对了，务必确保她穿着实用的鞋袜下葬”？

也许，这种事不会经常发生。但我们知道，这种事确实发生过。出于对殡葬业公平起见，兹举例说明，一位心智健全且对自身愿望心知肚明的葬礼买家希望并要求得到最好的服务。

案例中的奥古斯特·彻里尼先生是一位五十七岁的机修工，曾做过废品经销商和车库老板。他的月平均收入在300至400美元之间。作为独子的彻里尼先生与年迈的母亲同住，后者于1943年去世，享年九十九岁零七个月。彻里尼先生承担葬礼的安排职责，找来殡葬师兼家庭友人西尔维奥·尼尔利先生。

事情的后续发展，在加利福尼亚州圣马特奥市高等法院原告奥古斯特·彻里尼对被告西尔维奥·尼尔利的庭审笔录中有详细回顾。

在法庭书记官的打字记录中，我们看到了活灵活现的奥古斯特·彻里尼先生。我们了解到他的希望和恐惧、生活经历、人生哲学、处事方式和动机。就某些方面而言，他正是殡葬师们梦寐以求的人选，是殡葬业杂志里经常写到的那个多愁善感又感情真挚之人的具象。只是他向殡葬师索赔5万美元这一点，让他略带一点阴影。

从尼尔利先生来到彻里尼先生家里开始，庭审拉开序幕。原告的辩护律师梅尔文·贝利先生正进行法庭询问：

问：［贝利先生］他来你家的时候，你跟他有过交谈吗？

答：［彻里尼先生］嗯，他走进我家，然后问我，他能否搬动遗体，我告诉他，我想先跟他谈一谈。

问：你跟他谈了吗？

答：是的，我跟他进厨房讨论这件事，我跟他说了我的需求，我跟他交谈的内容，是我告诉他，我妈妈有什么要求。

问：这个事，你是怎么跟他说的？

答：嗯，我告诉他，我妈妈希望葬在一个没有蚂蚁或蚊虫叮咬的地方。

问：你母亲提过这个要求吗？

答：她提过这个要求。

问：顺便问一下，当时你母亲神志清醒吗？

答：哦，是的，非常清醒。完全没问题。

问：你还跟他说了别的什么吗？

答：嗯，我告诉他，母亲有 1 500 美元，我打算将那笔钱全部用于她的葬礼，她还会收到其他几笔钱，所以我想要一口密不透气的棺材，因为——

问：你告诉他，你想要——

答：我告诉他，我想要最好的遗体防腐处理，我还想让她躺在一口密不透气的棺材里。

问：当时，你知道密不透气的棺材意味着什么吗？

答：嗯，我知道，就是不透气不进水的棺材。

问：很好，你还跟他谈了别的事吗？

答：我告诉他，我需要的就是那些。我不在乎要花多少钱，但我的确拿到了属于她的那 1 500 美元，她即将陆续收到的钱，我也会用来办葬礼。

问：很好。当时你还跟他说了别的什么事吗？

答：我还告诉他，我打算给她做个铅盒，等到战争结束之后吧。当时没法做铅盒，我是个机修工。我想自己做一个铅盒。

问：你要自己做吗？

答：是的，我有铅盒样本，也有设计方案，我告诉他，我的想法是先把她葬入地下室，直至战争结束，这样，我才可以做好各项准备，按照她的愿望去安葬她。

问：顺便问一下，你一直跟你母亲住在一起吗？

答：她有时会住到南城，但我们差不多每天都要去附近陪陪她。

问：那么，你告诉他你要在战后给她做一个铅盒后，还跟他谈了别的事吗？

答：嗯，我们谈到了遗体防腐能够保存多久，他的回答是“永久保存”。他就是这么说的：“我们要在她身上采用一种新的防腐方法，差不多可以永久保存。”

问：打扰一下。请继续。

答：我说：“那可就是很久了，对吧？”嗯，他的回答是：“他们给卡鲁索做过防腐处理，他们给林肯做过防腐处理，用的就是这种方法，他们还在卡鲁索身边点上了大蜡烛，我们有一种新的防腐处理办法。我们能够把工作做到最好，她差不多可以永久保存。”……

问：那么，第二天，你跟他又有过交谈吗？

答：第二天，他告诉我，我要去一趟他所在的殡仪馆，挑一下棺材……

问：于是你就去了？

答：我妻子陪我去的。

问：你们过去后，跟他继续谈过吗？

答：嗯，是的，他把我们带到摆放棺材的地下室，让我全都看一遍，然后挑一口我们觉得最好的棺材……我开始四处查看，我妻子跟着查看。我们俩定好了要买的那一口。于是，我问他，那口棺材是不是密不透气，他回答说：“哦，是的，那是我这里质量最好的棺材，是一口铜质棺材。”他告诉我，那是一口棺材，不但是一口铜质棺材，而且是一口密不透气的棺材，他还说，那口棺材质量最好。他告诉我：“这可是战前货。”他还说：“实际上，这口棺材——我想自己留一口，万一哪天……我希望自己也能躺进这样的棺材。”……他给我报了个价，然后告诉我：“那么，就 875 美元吧，包括跟整个葬礼有关的所有项目。”他还说：“绝对包括跟整个葬礼有关的所有项目，

875 美元。”[1]

问：好。

答：于是，我根据他的话来判断，这口棺材的质量最好——价格似乎也很合理，于是我告诉他，我们就选那口棺材。

（那天晚些时候，彻里尼母亲的遗体被送到他的家里。）

问：在家里有过交谈吗？

答：嗯，等我走进去的时候，她已经被放好了，我老婆和我原本决定把她放在饭厅，等我走进去的时候，他已经把她搬到了客厅。

问：你当时有跟他谈过吗？

答：是的，他说："好吧，我觉得把她放在这里挺好的，因为这里有窗子，她能享受新鲜空气。"他说，之所以把遗体放在前厅，是因为那里有一扇窗子。

问：好。

答：他还说，最好有点微风，吹一点新鲜空气进来。

问：好了，你有没有跟他谈过，要他尽快举行葬礼？

答：让我想想。我不记得我们讨论过马上举行葬礼。我当时的心情很难受。他说起这种新的遗体防腐处理方法。他抬起她的脸，让我看她脸上的皮肤，多有弹性啊，它——

问：他跟你说了那是一种新的防腐处理方法吗？

答：是的，她的脸上很有弹性，皮肤尤其如此。

问：他说过这个话吗？

---

① 类似葬礼目前的费用为 8 000 美元及以上。铜质棺材起售价为 4 000 美元，大号可高达 25 000 美元。

答：是的，他说他就是这么认为的，他告诉我，他们有一种新的遗体防腐处理办法，很有弹性……

问：好，于是当时你跟他讨论了付钱的事儿？

答：我问他，一共多少钱。他说：“就 875 美元。”于是我说：“好，我想把妈妈的戒指给她戴回去。”我说：“等她从地下室移入最终的安息地时，我想把那只戒指给她戴回去。”我说：“我想给她穿上小拖鞋，可我当时做不到。”我说：“我想让她穿戴整齐，清洗干净。”我还说：“我愿意为了这事儿再加 25 美元。”于是他说：“好吧。”他说：“如果你想这么做，我们照做就是，分文不取。”于是，我额外给了他 25 美元的支票……哦，我还提醒他，等他们最终将她移入墓地时，记得要固定好，他回答说：“这些你就不用担心了。”他说：“我保证把所有事情办妥。”于是，他接过支票，我问他可否陪我小酌一下，他也答应了，于是我们在厨房喝了几口。

（也许在那个时候，小酌是这种负责人最不需要的。现在将场景转到塞浦路斯森林草坪陵园。）

问：你母亲的遗体被送到那里后，你跟着去了吗？

答：是的，我参加了葬礼，她的所有仪式都是在那里举行的。嗯，有人用一个带滚轴的家伙把她拉走了，我们就走了出去。尼尔利先生——我走到车旁问他要不要进去看看，在搬运的过程中是否做了适当调整，或者别的什么，确保她被密封严实。于是他走进去，然后又走出来，我问他：“你们都把她密封严实了吗？你们给她梳洗整齐了吗？”他回答说：“伙计，不用担心这个。”他还说：“我会把所有事情办妥。”

彻里尼先生似乎是个例外的——不，是个完美的——殡葬服务顾客。他不但在尼尔利的殡仪馆高兴而自愿地挑选了最贵的殡葬服务，而且跟塞浦路斯森林草坪陵园签了一笔1 100美元的地下室合同。殡葬业坚持认为，有关服务的各种观念要与死者相配，而他对这种观念的方方面面都心领神会并签字认可。他对防腐处理师的手法崇拜有加，坚持采用最好的容器入殓遗体；实际上，他还觉得875美元是合理价格，并不断暗示自己愿意多付钱。

初看之下，这仿佛是一次厄运，也就是在所有人中，彻里尼先生坚持认为“卡洛琳·彻里尼的遗体经允许后，的确变成了一堆早已腐坏分解且爬满蛆虫的腐肉”，并以疏忽和欺骗罪名向法庭起诉那位曾经的殡葬师朋友。然而，这件事的内在逻辑也许就是这样，以至于在彻里尼先生被劝说而做的上述事情中，只有一个人会提出诉讼，因为除此之外谁还有兴趣去查明一个人被埋葬后处于什么状态呢？

葬礼后两个月，彻里尼先生第一次产生怀疑，怀疑铜质棺材里是否一切正常。

彻里尼先生养成习惯，经常来安放母亲灵柩的地下室——他每个星期要往陵园跑上三次、四次，甚至五次。有时，他是去了结自己所说的地下室情结，更多时候他只是去看看自己的母亲。有一次，他发现有许多蚂蚁“在地下室四处乱爬”。他向陵园管理人员投诉，后者答应用一点杀虫喷剂；他也向尼尔利先生反映了问题，后者向他保证，没什么可担心的。

此后的一年半，尽管喷了杀虫剂，蚂蚁状况日益严重：“我发现蚂蚁越来越多，我还发现许多四处跳动的丑陋虫子。对，我原来见过这种可怕的小虫子，就是那种叮人的小昆虫，它们不是飞，而像在四处乱跳。”

这一次，他跟尼尔利先生做了一次长时间的促膝交谈。后者坚称，遗体会跟下葬日的状态一样完好，也许就是手上略微发霉。尼尔利先生说，蚂蚁从来不“打搅”经过防腐处理的遗体。为证明自己的观点，他还取出一瓶福尔马林溶液；他声称，自己可以割下一片新鲜的上等马肉、牛肉或其他什么肉，然后蘸上福尔马林溶液，便“没有什么东西会去打搅它了”。

很显然，彻里尼先生在头脑里想了好久，他必须亲自调查这件事。他带着妻子、家庭医生和尼尔利殡仪馆的一个防腐处理师，来到塞浦路斯森林草坪陵园，撬开了棺材。家庭医生一下子大叫起来：“老天，怎么这么乱，依我看，这是做得最差的防腐处理。”

法庭上，那位殡葬师着急忙慌地为遭到围困的同僚发表辩护意见。辩护专家证人团包括多名执业殡葬师和时任旧金山殡葬科学学院院长的唐纳德·艾希沃什先生。无可否认，这些人处境艰难，为了替尼尔利先生收集证据，他们被迫公布了日常对公众严格保密的一些真相。辩护理由——也许在这种情况下唯有如此——是根本不存在所谓的“永久保存”；防腐处理的结果往往无法预测；因此，尼尔利先生不可能跟彻里尼先生签署那份所谓的协议。结案前，“保证你的挚爱永世安全”这一理论，也就是贝利先生兴高采烈地扔给他们的一幅广告标语，被心有不甘的专家们撕扯得稀巴烂。他们还承认，昂贵的金属“密封型”棺材，如果真有这种东西的话，只会加快分解。法官判决赔付彻里尼先生 10 900 美元。

至于公众所需的另一个观点，让我们看看《旧金山纪事报》在 1961 年发表的一份街头行人调查报告。采访方法很难说具有科学性，因为它只是拦下街头走过的前八个行人，并向他们提出“什么是你希望的殡葬种类?”这个问题。不过，答案十分有趣。八个行人都对最简方式表达了支持，普遍的回答是“非常便宜的那种……”“只做一场简单的天主教仪式……”“我希望办一场静静的葬礼……”“我不管排场不排场……”其中一个人说道：“他们可以把我扔进海湾喂鱼，无所谓。”还有一个人说：“只要他们确定我死了就行，才不管他们后来把我怎么样了。一具死尸就像一双烂鞋。让你的家人为你跑当铺，这太可笑了。”

奇怪的是，殡葬师们早就意识到持有上述观点的不只是彻里尼先生一人，但他们一点都不着急。毕竟，这些人无法亲自安排自己的葬礼。当丧钟响起时，现实必需品——挑选棺材以及其他用品——将掌握在至亲手中，从统计学角度可以肯定的是，他们会通过一场花销适度的葬礼来表达自己的失落情绪。

在一段电台采访中，一位殡葬师尤其强调了这一点。提问者说，有些州有法律规定，必须尊重死者对于葬礼方式的明确意愿。他问道，如果死者生前要求丧事简办，而死者家属坚持办得适当隆重一些，该怎么办？这位殡葬师以罕有的直率回答道：“嗯，在那种时候，你会听谁的？”

很有可能由殡葬师做出裁决，什么才是“合适的”葬礼。同时，死者这方面的遗愿不太可能具有最终发言权。哪怕他是美国总统。

富兰克林·D. 罗斯福对自己“担任美国总统期间遭遇死亡后”举行的葬礼留下了相当详细而明确的指示。几条指示用铅笔写成，出现在一份日期为 1937 年 12 月 26 日——即他的第二届任期之初——的四页纸文件中，收件人是他的大儿子詹姆斯。

> 在白宫东厅举办一场至为简单的葬礼。
>
> 不进行遗体瞻仰。
>
> 全程使用炮架而非灵车。
>
> 棺材绝对简朴，黑木即可，遗体不做防腐处理，也不密封棺材。
>
> 坟墓不砌砖块、水泥或石头。

关于后面几条指令，詹姆斯·罗斯福这样写道：“据我们所知，他从来没跟任何人讨论过这个问题。我们了解父亲，我们的推测是，他觉得遗体防腐处理是对个人隐私的可恶侵犯，他内心也许还很想举办一场传统的宗教仪式：‘尘归尘，土归土，让往生者安宁。’”

罗斯福家里没人知道这份文件。下葬几天后，文件才在他的一个私人保险柜里被发现。这是一种普遍现象，普通人家里有人过世，殡葬要求或因为藏在保险箱而迟迟找不到，或因为写在遗嘱上而在葬礼举行后才得以宣读；具有讽刺意味的是，白宫也遭遇了这种不幸。此外，白宫负责安排葬礼细节的助手们似乎跟同样情况下的普通人一样措手不及，很容易受到殡葬师的左右。

1945 年 4 月 12 日，罗斯福的死讯传遍全世界，令很多人五味杂陈。对数百万美国人而言，代表着突然且灾难性地失去了 20 世纪一位最具领导能力的人，一个时代随他而去。而对家住亚特兰大，晚饭后在抽烟时听到电话铃声的殡葬师弗雷德·帕特森先生而言，那是（用《南方殡葬师》里的话来说）“一声召唤——或许是当代殡葬师最宏大最重要的一次体验”。

打来电话的是罗斯福在佐治亚州温泉市去世时在场的白宫助理威廉·哈塞特先生。罗斯福夫人给他的任务是购买棺材，因为对这种事情完全缺乏经验，他咨询了罗斯福的秘书格蕾丝·图丽小姐，以及在总统最后时刻一直承担照护任务的霍华德·布鲁恩医生。两个人都很确信，罗斯福先生希望像母亲那样，使用简单、庄重同时较为坚固的带铜质衬里的红杉木棺材，

从这口红杉木棺材的订购记录来看，很显然在殡葬师帕特森和几位焦躁的总统助理之间有过不止一次交谈。伯纳德·艾斯贝尔提供了哈塞特的下列对话记录：“哈塞特说，他想买一口带铜质衬里的硬质红杉木棺材。帕特森告诉他，铜质衬里的在战争初期就找不到了。不

过，他有一口普通的红杉木棺材——哈塞特插话问，是不是至少有6英尺4英寸长。帕特森说是的——但那口棺材已经卖出，第二天就要运往新泽西州交给另一个殡葬师。他补充说，他有一口上好的古铜色铜质棺材，可以——哈塞特以温和但态度相当坚定的佛蒙特人语气说，他希望立即将那口红杉木棺材送到温泉市。帕特森问，可否把两口棺材都带上，因为他觉得，万一他们会选中那口古铜色的铜质棺材呢。哈塞特说可以。”

帕特森在《南方殡葬师》杂志上描述了有关这口棺材的进一步对话，不过这次是跟布鲁恩医生：“他［布鲁恩医生］跟哈塞特经过商量……要求只送那口红杉木棺材，但我提了个要求，万一需要更换呢，所以，他同意我们带上那口铜质棺材。”

这种情况下展现优秀而光荣的表现，在字里行间帕特森先生强烈地透出的这一愿望无可厚非。于是他出现在聚光灯下，站在同僚和全国人民的面前。在获准带着两口棺材来到小白宫之前，他一定经历了一个艰难时刻。

帕特森带了助手，开着两辆灵车来到温泉市，一辆装普通的红杉木棺材，另一辆装“上好的古铜色铜质棺材”，那是全国无缝铜棺公司编号21200的一口棺材。对于最终选择哪口棺材，帕特森讲述了问题的解决过程：“罗斯福夫人于11点25分到达，她看过总统遗体后，就安排葬礼召开了一次会议。有人问布鲁恩医生，棺材的事儿怎么办。他与跟随罗斯福夫人一同前来的海军中将麦金泰尔商量。交流中，据说海军中将提到了‘铜’这个字，因为那口铜质棺材就有铜质饰面，当然最后就用了它。”

尽管并不明显，几位总统助理有没有觉得被骗了？我们不得而知。

重要的是，罗斯福先生的要求都要遵照执行：不安排遗体瞻仰。

罗斯福夫人确信，他一定不想这么做。她说：“我们经常交流这件事，国会大厦举行葬礼时，一个人躺在那里接受瞻仰，人们成群结队地从敞开的棺材边走过，我们都很讨厌这种做法；我们早就做过决定，永远不要这么做。”

某些要求未能执行，唯一的原因只能归咎于那个不幸的情况，即找到指令太晚。然而，比较罗斯福总统的文字和参与者的记录，是一件十分有趣的事情：

罗斯福先生：遗体不做防腐处理。

弗雷德·帕特森先生：三位助手不间断地工作五个小时，为总统化了合适的妆容，并确保做了足够的防护……这个案子很难，我们尽了最大努力，我们相信，会在各个方面让所有人满意……星期六上午，威廉·高乐先生（来自华盛顿的一位殡葬师）打电话给我，说组织硬挺、肤色很好，那些瞻仰过他的人都说：“跟他老年时看起来一个样，显年轻。”

罗斯福先生：遗体……不密封棺材。

威廉·高乐：星期六晚上 8 点 30 分，棺材盖上，内盖拧上。外盖用水泥封口。

罗斯福先生：坟墓不砌砖块、水泥或石头。

詹姆斯·罗斯福先生：棺材放入水泥墓室。

罗斯福先生：全程使用炮架而非灵车。

帕特森先生：因为弹药车迟迟不来，棺材被放入我们那辆塞耶斯-斯科维尔-凯迪拉克灵车。

1963 年 11 月，本书首版三个月时，为总统葬礼担任主管的几名总统助理再次领教了这项任务的困难程度。就达拉斯市几位殡葬师和华盛顿围绕约翰逊·肯尼迪葬礼的安排事宜的协商过程，两位作家描述了诸多细节。

阿瑟·施莱辛格在《罗伯特·肯尼迪和他的时代》（霍顿·米夫林出版公司，1978年）一书中描述了罗伯特·肯尼迪抵达贝塞斯达医院时的情景：

> 太多细节。死者家属想知道，棺材应该豪华到什么程度。“我受到的影响……就是有个女人写了一本关于（殡葬）开支的书……她叫杰西卡·米特福德（《美国式死亡》）……我记得，基于杰西卡·米特福德的书做了决定……我记得，事后想过这件事，是不是办的朴素了些，我还记得想过，每个人在做这种决定的时候，一定都十分艰难。”

得知高层吸取了我的意见，不用多说，我应感激不尽，但深入调查发现——跟富兰克林·罗斯福的葬礼非常相似——罗伯特·肯尼迪和他助手们精心制订的计划进行得磕磕绊绊。占上风的毕竟是殡葬师。

威廉·曼彻斯特在《总统之死》（哈珀与罗出版公司，1967年）一书中，对葬礼的讨论有更多细节描写。他对达拉斯那位提供棺材将约翰·肯尼迪的遗体运回华盛顿的殡葬师做了如下描述：

> 在约翰·肯尼迪这件事情中，橡园草坪殡仪馆的维龙·奥尼尔是个有趣的角色。他个子矮胖，毛发浓密，职业性的沉默寡言，话语里带着浓厚的得克萨斯口音，油光可鉴、梳着背头的缕缕灰发一分两半，而他经营的殡仪馆的创办者可能是沃或者赫胥黎吧。殡仪馆里有铺着满屋地毯的“睡眠室”。里面播放着宗教背景音乐，还为饥肠辘辘的至亲配备了咖啡吧……（第291页）

约翰·肯尼迪的随从人员提出，用棺材把遗体运到达拉斯帕克兰纪念医院，奥尼尔得到指示后，一路小跑来到挑选间并

> 选了一口最贵的棺材，是埃尔金棺材公司的“布莱塔尼亚”型产品，双层夹壁，密封式硬铜，重800磅。

场景转到华盛顿。戈弗雷·麦克休准将告诉罗伯特·肯尼迪，硬铜棺材在运输过程中损坏严重：“破损严重，一个把手掉了，装饰物严重变形。”罗伯特·肯尼迪决心坚定，“他不会允许用一口破旧的棺材举行国葬”。四位助理接受委派，找到同样历史悠久的高乐殡仪馆——位于华盛顿的这家殡仪馆曾经督办过罗斯福总统的葬礼。他们将结果向罗伯特·肯尼迪做了报告。

曼彻斯特对棺材价格协商过程的描述跟施莱辛格大致相当，但细节叙述更加具体：

> 罗伯特·肯尼迪读过米特福德小姐对于向死者家属漫天要价的翔实的曝光报道，同样读过的还有星期五下午与萨金特·施奈芙形影不离的“和平队”精神病医生约瑟夫·恩格里希博士。罗伯特·肯尼迪……觉得自己跟欧唐奈尔（总统的特别助理）……谈过价格问题……他清楚地记得有个女孩跟他说过……“棺材价格有500美元和1 400美元，也有2 000美元”。她还提到了防水和可选设备问题。在米特福德那本书的影响下，他对高价退避三舍。他要了一口1 400美元的棺材，事后他想，自己是不是有点小气了；他觉得，人们在做这种决定的时候，一定非常不容易……（第432页）

曼彻斯特指出，这个价格差不多是仅仅两年前“棺材加葬礼”的平均收费标准……即 1961 年时 708 美元……的两倍。随着他的调查逐步深入，更糟糕的事情接踵而至。

后来，高乐要了一把白宫的幕僚职员。他卖给他们一口“用五百年历史的硬质非洲红杉木手工打磨而成的马瑟鲁斯 710 型棺材”，并开出 2 400 美元的账单。接着，他又加入殡仪馆价格最贵的套棺，开出一张“服务已提供费用已支付”的 3 160 美元的总账单。

那么奥尼尔呢？在“服务已提供”被一位眼尖的注册会计师发现并一番讨价还价后，他最终向肯尼迪家族开出的账单是 3 495 美元。于是，尽管罗伯特·肯尼迪为不被敲竹杠而做了令人称许的努力，但还是功亏一篑；最终这个家族向殡葬师的钱柜里一共投入 6 655 美元。

被这些不道德交易激发好奇心的曼彻斯特继续调查，前往达拉斯的殡仪馆拜访了维龙·奥尼尔：

> 实际上，正如他向本书作者承认的那样，他一直想召回那口棺材。为了收回棺材，他跑了华盛顿两次。这事被传到相关部门，为避免事情公开，有人付了他一笔钱。棺材批发价是大家严守的商业秘密，但应作者的要求，一位注册殡葬师和一位陵园经理向埃尔金棺材公司就布莱塔尼亚型号产品价格提出了谨慎的询价申请。两人收到的报价一模一样：1 150 美元。如此一来，奥尼尔的账单意味着 2 345 美元的利润。

最后，威廉·曼彻斯特记录了高乐殡仪馆的遗体防腐化妆术引发的反馈：

阿瑟·施莱辛格和南希·塔克曼穿过绿厅走了进来。“太可怕了，”阿瑟在报告里写道，“我越走近，看起来就越不像他。蜡质太重，妆化得太浓。”南希不住地低声咕哝，那张脸很像“商店里作为小玩意出售的橡皮面具”。他催促鲍勃“盖上棺材”。……沃尔顿［威廉·沃尔顿，艺术家，肯尼迪家族的朋友］打量了好一会儿，越看越生气。他对鲍勃说：“千万别让棺材敞着。看上去一点都不像总统。简直就是一件蜡模。”

于是，棺材就一直盖着。合众社（UPI）做了如下评论：

当杰奎琳·肯尼迪夫人做出让肯尼迪总统盖棺接受瞻仰的决定时，她的举动符合众多宗教领袖对死者家属的希望……他们觉得，专注于遗体是异教徒行为，不符合基督精神。值得指出的是，肯尼迪这场葬礼的其他细节，同样代表着人们对美国殡葬业促成的殡葬风潮的背离。应肯尼迪家族要求，没有鲜花。全程不见凯迪拉克灵车，棺材盖着国旗，由一辆炮架车拖行。

第十二章　殡葬时尚

遗体防腐处理被划入的不是风俗、民俗或制度类，而是时尚类……遗体防腐处理的社会实践是有关着装、奢侈品和礼仪的时尚类型。

——克罗伯，《遗体防腐处理》（《美国人类学》1927 年 7—9 月号）

丧葬习俗的有趣之处在于，它为我们了解生活习俗及社会状况提供了诸多线索。单是“文物研究者”一词就能让我们想到这样的场景：目光温和的历史学家或在一堆陈旧的墓碑中东翻西找，或抄录着一段段雕刻平实拼写随意的墓志铭，或据此推测过往时代的古雅人群和家庭生活方式。有无意中透出的智慧：寡妇写给丈夫的墓志铭是“安息吧——直至我们再相聚”。有快乐的异想天开：

里边躺的是我，马斯特·本布罗德。
请宽恕我的灵魂吧，上帝。
如果你是马斯特·本布罗德，
而我是上帝，我就会这么对你。

有表达受苦受难：“哦，基督啊，当你召唤时，我就会醒来，但请让我睡一小会儿吧——我已经累趴下了。”也有矫揉造作：“这里只放了一口棺材，嵌入的宝石还在发光。”

为了弄清背景，考古人员十分倚重在坟堆、墓地和墓碑及周边发现的东西；借助死者身上的工具、珠宝、家庭用具和符号，他们重构总体的文明状态，推断完整的宗教和道德信仰体系。

无可避免，30 世纪某个眼光超前的考古小分队，会在研究我们当下的丧葬习俗后，努力重构我们现在的文明水平。这事儿想想就令人沮丧：他们在森林草坪陵园一番挖掘翻找，令他们大呼小叫的发现成果，是批量生产的大理石巨物，扁平的铜质标牌（跟问候卡片和歌唱电报一样，附录文字选自陵园办公室保管的核准清单），以及在地底发掘的外形与机场礼品商店的铜质或银质礼品盒十分相似的金属棺材。再往下挖他们就会发现，每口棺材里都有一块内装弹簧或乳胶垫泡沫的舒适床垫，上面放着一个标准化的涂着口红或呈古铜色的美国智人标本，根据性别各自穿职业西服或丝滑女装。让考古学家尤其迷惑的是，由六七层彼此堆叠的地下空间构成的租用式陵墓的内在意义。他们可能很想知道，这些租户是否因为灾难突降而正在做某种礼仪性的沉思动作？他们一边忙碌而潦草地做记录，一边描述男女合葬的伴侣墓穴：这才是永远相伴。为了相比较，他们可能会背诵更早期文明中安德鲁·马维尔的诗句，他对娇羞的女友如此说道：

坟墓是美好而私密的所在，
但我认为此处不宜谈情说爱。

他们可能轻率地得出结论，20 世纪的美国住了一群喜欢模仿的因循守旧者，他们醉心于机器制造的小玩意和批量生产的劣质艺术品；他们的主流宗教信仰是原始迷信和肤浅的死亡态度的怪异混合，同时混杂明显的恋尸癖倾向。

我们的丧葬习俗来自何处？关于这个问题，很少有人做过专业研究。有数千本著作描述、分类和理论分析上起阿兹特克人下到祖鲁人从古到今的葬礼程序，但有关当代美国人丧葬习俗的书几乎一本都没有。

全国殡葬师协会意识到这一疏漏并急于补正，因此对两位作家委以重任，罗伯特·哈本斯泰因和威廉·拉莫斯经过一番探索，找到了一些答案。结论性成果《美国殡葬师的历史》和《世界丧葬习俗》均带有全国殡葬师协会的印记，并成为该组织一系列活动的促销主题，“为附近的每位神职人员购买一本！”“把它放进图书馆！”都是他们的宣传口号。这场促销取得了一定成功。实际上在大多数图书馆，都只能找到由这家殡葬行业协会资助出版的以美国殡葬为主题的图书。

美国殡葬业的御用历史学家如此描述现行丧葬习俗的源头：“经过长期而缓慢的发展，深深植根于西方文明史的美国人现在一致认为，死者享受由世俗职业群体提供的专业殡葬服务。服务项目包括防腐处理、瞻仰化妆、葬前等待、人人使用漂亮且对遗体起保护作用的棺材、照顾死者家属感情的庄严而仪式化的葬礼、表达个体和群体信念……”他们还在别的场合说过：“美国丧葬习俗的源头可直接追溯数千年前有关上帝、人类和来世本质的早期犹太教—基督教信仰……尽管源头十分古老，但在这个如今普遍自称基督徒的地方，就如何对待死者而言，它的重要性无论如何强调都不为过。”

在两个充斥着错误信息的段落里，作者向我们保证，美国的丧葬习俗不但基于神圣的习俗和传统，而且与长期公认的宗教信条一脉相承。这些文字不只是对未来殡葬改革者发出的警告信号；在这个对待死者的行为十分敏感的地方，任何胆敢轻视或篡改社会基本理念和传统的人都要三思而后行。

是“经过长期而缓慢的发展，深深植根于西方文明史”，还是短时间快跑，深深植根于追逐金钱？稍加回顾就能断定，现在的丧葬习俗跟七十五至一百年前的丧葬习俗没有任何相似之处，“西方文明史”中也没有任何东西支撑丧葬习俗延续并缓慢发展的论点。相反，当代美国殡葬业的显著特点（遗体美化、金属棺材及套棺使用、花店购花、“殡葬师”的办公室无处不在）都是近几年才形成的产物，为实现行业利润的最大化，每个特点都经过了系统设计和调整。

20世纪美国丧葬习俗的责任也不能归咎于“犹太教—基督教信仰”。西方宗教信仰很少论及遗体处置方式。对遗体处置方式有过明确表述的教义声明无一例外强调简朴、逝者的平等，以及对精神层面而非生物遗体的高度重视。

罗马天主教会要求遵从以下简单指导：“(1) 有尊严地安放遗体；(2) 遗体旁提供灯光；(3) 胸部放置十字架，或者将双手在胸前呈十字交叉；(4) 在规定时间向遗体喷洒圣水并熏香；(5) 将遗体埋入墓地。”犹太教明确禁止与葬礼相关的展示过程：“兹提出严格要求，犹太教徒使用的简单木棺绝不允许出现饰品，里外均不摆放鲜花。严格禁止使用羽饰物、天鹅绒棺罩及类似物品，不鼓励炫耀或展示财富；同时，犹太教堂负责安排丧葬事宜，从而不让这个沉闷的产业有立锥之地。”在当今以色列，无棺下葬是一条规则，给死者套上简单的裹尸布后埋入地下。普遍使用埋葬容器之前的几百年，英国圣公会的《公祷书》即已成书，其中并未提及与葬礼相关的棺材，通篇是遗体、肉体等字眼。

美国葬礼的中心环节，即遗体防腐处理又是如何呢？实际上，这道程序的“根”以一种最不像根的方式，漂洋过海穿越了几个世纪。它的历史一波三折，其精彩部分值得一看，因为遗体防腐处理（按一位停尸房教材作者的说法）是“现代停尸服务的基础，即让综合性殡仪馆和营利性殡葬服务成为可能的重要因素”。

的确，用化学品保存遗体、用油彩装饰，以便于瞻仰的做法由来已久——但并没有犹太教—基督教那么久。对人类遗体的这种处理行为起源于异教徒埃及人，在公元前2世纪时达到顶峰。之后，遗体防腐处理一直处于颓势，直至在20世纪美国成为殡葬服务的标准程序时才恢复元气。

尽管古埃及的遗体保存方式和所用材料与当今美国存在差异，但他们在死者身上大费周章却有着惊人的相似之处。无论在埃及还是在美国，目的都是尽可能地战胜死神。

从希罗多德的描述来看，埃及人的尸体防腐处理方法很像是粗暴地制作人体标本。去除内脏和大脑后，先用棕榈酒冲洗遗体，再用香料清洗干净。放入盐溶液浸泡七十天后，取出遗体洗净，先用亚麻布条缠裹，再放入“人形木箱”，最后葬入墓室。

古埃及没有遗体整形术。希腊历史学家狄奥多罗斯·西库路斯写道：“他们把处理完毕的遗体交还给亲人；身体的每个部分都保存完好，连睫毛和眉毛都原封未动，整个外形完全没有改变，还能看出脸型……真像是一场逆向巫术。”埃及人不用遗体整形胸罩；相反，他们对胸部填塞和塑形后，再用铜扣做出乳头。他们趁遗体尚处柔软时对其修复，将男性涂成赭色，给女性涂上黄色，再用油彩勾勒面部细节，用假发弥补自然毛发，用指甲花涂抹指甲盖。在一具十八王朝时期的木乃伊上甚至发现了冥鞋——一双用泥土做成的凉鞋，金属鞋底，镀金鞋带。

埃及人保存遗体，是因为他们相信，逝去的灵魂有一天要回到尘世的躯体内，如果躯体不见，灵魂也终将消失。尽管只要付得起钱便能进行遗体防腐处理，但古埃及对它的应用绝不像今天的美国那样普遍。普通农民根本不会做遗体防腐处理，但是令人好奇的是，他们的尸体历经岁月保存至今，一如那些去掉内脏且浑身涂满香料的富裕同胞。人们承认，埃及木乃伊具有完好的保存状态，靠的不是防腐处理材料，而是因为这里的沙漠和空气不但格外干燥且没有细菌滋生。古希腊人对这两个因素心知肚明，但他们并不琢磨如何保存肉身，而是埋入好酒以慰死者。他们将遗体火化，主要是因为相信，火焰的力量能够释放灵魂。对于遗体防腐处理历史学者而言，被传统历史学家称为古希腊黄金时代的光辉时期恰是黑暗时期的开始。

犹太人不支持遗体防腐处理，这跟视其为异教徒风俗的早期基督徒没有区别。3世纪时的圣安东尼将这种做法斥之为罪过。当今的美国人如果不愿意遗体防腐处理师的手艺给自己带来改变并摆在殡仪馆接受瞻仰，完全可以回顾阿塔纳修为他的激情辩护所做的记录：

> 如果你还在意我，如果你还记得我是你父亲，就不要让人把我的尸体运到埃及，免得他们依照那边的风俗，对我进行防腐处理，并把我摆在他们家里，因为我正是为了［避开］这个下场而来到沙漠。你知道，我一直对此提出规劝，求他们不要这么做；你也知道，我是多么责备那些遵守这一风俗的人。那么，挖一个墓坑，把我埋进去，把我的尸体藏到地底下，你要严格遵守这番话，不要告诉任何人，你把我埋在什么地方……

随着大量的人口改信基督教，埃及逐渐放弃将死尸制成木乃伊的做法。

然而，对尸体做防腐处理并没有全面进入颓势。因为帝王的死意味着权力交接，因此他们的遗体需要展示，纵观历朝历代都会发现，将遗体公开展示成了提供死亡明证的政治权宜。因此，先是罗马采用各种各样的遗体防腐处理手段，随后扩展至整个欧洲大陆，但仅限于显耀贵胄或与之相当者，富人则把它当成一种显摆手段。

据说亚历山大大帝的遗体被浸在蜡和蜂蜜中保存；查理曼的遗体经过防腐处理后穿上皇袍，以坐姿葬入墓中；卡纽特的遗体也做过防腐处理，还有很多英国统治者步其后尘；因为被视为英雄，纳尔逊勋爵被装在白兰地酒桶里从特拉法尔加运回英国。伊丽莎白女王立下遗愿，不做防腐处理。但局势的发展超出其控制，她的遗体被装入衬铅的密封棺材后，在白厅强行葬前停放三十四天。期间，一位担任看护的宫廷侍女报告说，棺材中的遗体“突然爆开，撑裂了木头、铅衬和盖布；第二天，人们又给她梳洗了一遍”。

尽管作为一种职业或宗教信仰的遗体防腐处理直至 20 世纪都未能恢复，但各个时代都有大量的江湖术士或神经错乱者，声称自己找到了埃及人的防腐技术，或主动献出自创的改良型腌制技术。18 世纪，法国人和英国人加入其中，出于完全不同的动机——需要一种更有效的法子，把尸体保存下来用于解剖学研究——做起了实验。

隐秘的恋尸癖者不时地找从事解剖学研究的内科医生、外科医生、药剂师和药材商，在保存已故朋友或亲戚的遗体上谋求他们的服务。这一古怪行为有很多例子，其中最有趣的要数 18 世纪著名的解剖学家威廉·亨特医生完成的那项任务。总之，亨特医生算是个非常精明的人。他在解释自己对矛盾性的厌恶时指出，自己习惯于“尸体的被动服从”，轻易不会容忍别人违拗自己的意愿。伊夫林·沃笔下的一位遗体化妆师对此深有同感：“能为不顶嘴的人服务，我非常开心。”1775 年，亨特医生和一位同事给江湖庸医和“超级牙医”马丁·范·布切尔的妻子做遗体防腐处理。重点是，范·布切尔夫人的婚姻财产协议书中写明，“只要她留在地面上”，她的丈夫就可以支配她的财产。遗体防腐处理得十分成功。那位“保存完好的女士”（一位好奇的参观者后来这么称呼她）穿着精致的亚麻布长袍，被放入一口有玻璃罩的箱子后，安置在客厅里，范·布切尔向来访者介绍情况时，一律称她为“亲爱的故人”。那位保存完好的女士声名鹊起，范·布切尔不得不在报纸上刊登启事，将她的参观时间限定为“每天上午9点至下午1点，星期日除外”。几年后，范·布切尔再婚，新婚妻子强烈反对把“亲爱的故人”摆在自家客厅，坚持移走。从此，“亲爱的故人”被放置到皇家外科学院的博物馆。①

两种差别迥异的兴趣——一是科学探索，二是把尸体做成装饰性纪念品既能彰显魅力也能带来经济回报——对早先的防腐处理师有激励作用；19世纪，在托马斯·霍姆斯“医生”这位罕见人物的操纵下，两者愉快地走到了一起。殡葬师一直用冰块保存遗体，一位殡葬业作家幽默地称之为“冰河时代”；霍姆斯率先走出冰河时代，现代殡葬师说起他时，往往满含深情地称其为“美国遗体防腐处理师之父”。霍姆斯首先普及了大规模保存遗体这一观念，并成为这个新奇职业的第一位致富人。

霍姆斯从小就对尸体有浓厚兴趣（实际上，正因此他被医学院逐出校门；他喜欢满不在乎地把尸体放在不该摆放尸体的地方），当内战打响时，他看到了大好良机。他奔向前线，如饥似渴地做着遗体防腐处理，以此向阵亡士兵家属收取100美元的费用。四年左右的时间里，处理完4 028具（他自己的数据）士兵遗体后，霍姆斯以一个富人的身份回到布鲁克林。

“人人使用漂亮且对遗体起保护作用的棺材”（这里用到的“漂亮”一词似乎有点奇怪）是20世纪的一个全新概念，这个提法显示

① 一次前往伦敦参观时，我就参观范·布切尔夫人向英格兰皇家外科学院提出申请。馆长办公室在给我的答复中说：“一点不假，已故的马丁·范·布切尔夫人曾经在本院的历史藏品中占有一席之地。但令人遗憾的是，1941年5月时，伦敦大轰炸让本院遭到重创，最终将她和众多宝贵财产化为灰烬。”

出一定的足智多谋。令人吃惊的是，就连广泛使用丧葬容器也是西方文化并不久远的发展成果，追溯起来不到两百年。直至 18 世纪，除了非常有钱的，很少有人装在棺材里下葬。使用棺材，特别是金属棺材，是现代美国的典型现象，这在以往时代和世界其他地方闻所未闻。

不出意外，随着 19 世纪工业技术的发展，棺材设计师达到了非凡的高度。他们先后试验玻璃、水泥、赛璐珞、混凝纸浆、印度橡胶；他们发明了鲁布·戈德堡式的荒谬装置，命名为“声明信号”——这是一套用导线和铃铛组成的复杂装置，如果有人无意中被关进棺材遭到活埋，那么他可以发出警报。

19 世纪，被视为新奇发明的金属棺材并非没有受到挑战。伦敦宗教法庭的法官斯托厄尔勋爵对此提出警告；1820 年，他被要求审理“吉尔伯特诉布扎德”案。争议的问题是，是否有权使用铁棺这种新型专利产品埋葬遗体。教堂看守人抗议说，如果教区居民养成使用防腐棺材埋葬尸体的习惯，那么几代人之后，将找不到下葬之地。

斯托厄尔勋爵说：“相当肯定的是，任何人都有权葬入教堂墓地，这在我们的诸多权威性法规中都能找到，但不大容易找得到允许其同时埋入一个大箱子的有关规定。”他对取消下葬箱子的意图表示了支持：“客观理由是尸体会加快分解，而周边土壤迅速吸收毒物对发酵过程的毒性具有缓解作用。”

然而，金属棺材日趋完美的过程势不可挡，审判逻辑不会让它停下脚步。就在“吉尔伯特诉布扎德”案审理后的一百年，位于芝加哥的希尔寿材公司记录了它取得的一次重大胜利，并在其 1920 年出版的《殡葬用品目录》中写道：“铜棺研究：当罗伯特·富尔顿说他可以用蒸汽推动轮船时，他的朋友们都确信，是他的脑子出了问题——这种事情无法完成。当本杰明·富兰克林说他可以从云端获取电流时，认识他的人都认为他有些疯狂——这种事情无法完成。当我们的设计及生产部说他们能且即将生产出一种无可匹敌的铸铜棺材时，他们的朋友和生意伙伴纷纷摇头表示同情，认为这是一项无法完成的任务。上述三条愿景都变成现实——汽船、电流，以及希尔无双铸铜埋葬容器。”

20世纪突飞猛进，生产的金属棺材前所未有地坚固耐用，它长期的甚至“永久的”品质成了全行业引以为豪并自我庆贺的理由——在一个天然存在荒废的制造领域，这（正如斯托厄尔勋爵所指出的那样）可能代表着某种优势。正如我们所见，目前金属棺材的销量超过了老式的木头棺材。一种全新的惯例被建立起来，请问哈本斯泰因和拉莫斯二位先生，它们的根源又有多深厚呢?

哀悼符号无所不包。从中世纪的英国到殖民时期的美洲，头盖骨和交叉腿骨都是常用符号，从墓碑到棺罩再到棺材制作店，与死亡相关的每个物件上都能看到它们的影子。葬礼浪费形式多样，如式样齐全的整套丧服、雇人哭丧、一连数天大宴宾客、向生者赠礼——全身都是戒指、围巾、针织物、书籍，以及最为常见的手套。

直至19世纪中叶以后，殡葬用花才冲破教会领袖的反对，出现在英国或美国，而现在它不但成为主要的哀悼符号，更是一大笔全国性的支出项目。

从殖民时期到19世纪中叶，美国人的殡葬纯粹是家庭事务，亲近的友人们担当了与遗体有关的大部分职责。他们清洗遗体并摆放到位，套上裹尸布，找当地木匠订购棺材。他们把棺材从家里徒手抬到教堂，之后再从教堂抬到墓地，挖掘墓坑的往往也是他们——除非有教堂司事愿意代劳。棺材盖上棺罩后，先在教堂举行葬礼，到了墓坑边再举行一场简短的入土祷告。从去世到葬礼的这段时间，遗体安放在客厅，由死者家属轮流照看，实际原因是发现生命迹象的可能性一直存在。最早的殡葬师主要来自跟殡葬有关的三种职业：车马出租所的管理人（由他提供运尸车和灵车），木匠或橱柜制造者（由他制作棺材）和教堂司事（通常由他敲响丧钟并挖掘墓坑）。在一些较大的城市，接生婆和护士打出广告，说自己可以提供专业的遗体安放服务，他们因此也被加入城市电话簿。殡葬师的工作主要是保管。这项工作包括按照目录或从自己的营业场所供应棺材、安排搬运折叠椅（如果在家里举行葬礼，这种情形十分常见）、负责抬棺人员、负责将棺材搬上及搬下灵车，以及遗体葬入墓坑前的所有必要杂务。

19、20世纪之交，殡仪人员给自己安上了funeral director（殡葬师）的头衔。从那时起，也许是为了践行自身的语义学内涵，他们开始在殡仪活动中担任指挥任务，并悄无声息地将自己的性格强加于遗体的处理方式。

对即将到来的某些变化，豪亨楚在1900年出版的《现代殡葬师》一书中做了预测。豪亨楚率先将现代殡葬行为背后的一些重大猜想形成了文字。“死亡不是什么好事”，他如此写道。接着他提了几条建议：“友人希望在能力范围内购买最好的东西……很多制造商树立优秀典范，装配豪华展示间，好让殡葬师把顾客带到这里，展示自己最为精致的产品。这对各方都是一种教育……值得推荐。”豪亨楚关于殡葬销售员的劝告虽然在多年间愈加详尽，但基本内容不变：“木箱必须先看后买。普通柏木箱子摆在贴纸纸箱的边上，因为两者的差别不言自明，而后者更能卖出好价钱。”对于收账，他提出告诫：“哀悼之情打折快，账单放得越久，收账越麻烦。”

1900年，遗体防腐处理还是一种例外，而且主要在家中进行——尽管豪亨楚提到，加利福尼亚出现了一种新趋势：把死者的遗体运到殡仪馆接受化妆和防腐处理。他提出采用独创的方法向公众销售遗体防腐处理业务：“我们建议，无论冬夏，遗体都应该防腐处理。

让大家接受这个观念可能有些难度，但经过几次尝试，等大家意识到，把遗体放在温暖的房间是很令人舒心的，可以免遭寒冷，而冰冷的房间让人心情忧郁，再推广这个习俗就比较容易了!”不过，这位精明的殡葬业者似乎没有说到现代殡葬业最有利可图的一面——为遗体瞻仰做的准备工作——因为他反对在敞棺状态下举行葬礼。他说：“毫无疑问，人们会出于好奇对死者看个不停。”

新生的殡葬业脚步蹒跚，它还要走上很长一段路才能发展成羽翼丰满的滑稽表演。

第十三章　最新职业

殡葬师是一种高尚甚至神圣的职业……执委会相信，削减价格将产生毁灭性后果，因而特此告知各位生产商，大家需要的不是价格低廉，而是质量上乘……遗体存放六十天后，外观最佳者可获得1 000美元奖金……已通过一项决议，要求报纸在报道殡仪程序时避免用语轻率。

——《向阳》杂志，1885年①

上述报告选自1885年关于全国殡葬师协会早期会议事项的一篇报道。一个世纪后，反映的问题继续引发殡葬业的关注：在高度竞争的环境下，如何做一个既高尚甚至神圣，而又成功的商人？如何持续提升这类特殊产品的质量？如何与媒体和公众建立成功的关系？

特殊的公关问题一直跟殡葬业形影不离，其产生的原因正是这个行业的本质属性。这是一项很难引人关注的工作，但他还是不断地尝试，且十分努力。近年来，他在固有困境中奇怪转向，对那些不符合传统、宗教或常识的死者兴趣大增。他把自己逼到了死角。这种做法背后的主要缘由与现实背道而驰，但他还是坚持不懈；无论如何，他创造的幻境一定要得到广大消费者的喜欢，毕竟他已经投入了那么多钱。跟其他行业成功的商人一样，殡葬销售人员首先必须相信自己和自己的产品。

无论如何，他都不只是商人。他的工作有创造性的一面，把一具尸体变成漂亮的追忆照片，这是一种美学回报。以此为题的文字作品表现了他对技艺的自豪，对手法的入迷，以及为改善而持续的努力。

在一则化妆采用正品蚕丝油动脉防腐液的广告中，作为内容之一刊登的一份证明书，体现了它可能让殡葬师对防腐处理形成的倾情投入，即真正的为艺术而艺术。跟其他手艺人一样，防腐处理师以应对挑战为满足，并时常舍不得离开自己的最终产品。这份证明书描述了一个相当艰难的案例："防腐对象……是一位六十九岁的女士，身高 5 英尺 2 英寸，胸围 48 英寸，臀围 48 英寸。死于心脏病。她在暖和的公寓房里躺了四十个小时才被搬走。"作者继续列举这个案例的其他不利条件，如在遗体搬运至验尸所时，某个笨手笨脚的人留下了一连串针眼儿。不过，正品蚕丝油帮了大忙："体表渗透缓慢均匀，化妆效果相当不错……到第四天，面部浮肿均匀消退，化妆效果仍然相当不错。实话实说，从各方面看，在这种情况下我不知道其他防腐液是否有这样良好的效果。"他意犹未尽地写道："我真希望她再待上四天。"最后这几个字多么切中要害！从一定程度来看，又是多么可以理解。

每种技艺都培养出自己的卓越执业者，即那些看似为了工作而活着的人。出生于 1884 年的伊丽莎白·"玛"就是这样一个真正痴迷于殡葬服务的人。《殡葬管理》杂志在一篇向这个非凡女人致敬的文章中回忆说，"玛"从少年时期开始从事遗体防腐工作，一做就是一辈子："正是在人生初期，她对打理死者产生了兴趣。随着兴趣日增，她开始协助村里的殡葬师，为过世的友人提供打理和准备服务。""玛"从来没有退缩。二十出头，她就成为一名注册防腐处理师，后来当上了一所防腐学校的校长。她一直从事这项工作，从少女到老妪，

① 该杂志后来与《棺材》杂志合并，改称《棺材与向阳》。

一干就是六十年：“很显然，她对这份职业有一种近乎倾情的投入。”

殡葬师们经常说“举办葬礼是为了活人”，但不时出现的证据表明，他们对尸体有一种可怕的热情和真正的牵挂，而且一待就是那么长时间。他们对不再开口的人类遗体似乎真的倾注了感情，就像孩童对待一只泰迪熊；他们似乎真的关心交由他们打理的遗体的舒适与幸福。1921 年《棺材》杂志描述了一种化学药品，“喷入死者口中，能预防和阻断牙周病。”多个州规定，当着遗体的面使用“亵渎、下流或污秽的”语言是一种刑事犯罪，加利福尼亚州便是其中之一。

当殡葬业者用笔写下自己最喜欢的服务对象时，其结果是一行行梦想抒情诗。约翰·埃克尔斯先生在自己的教科书《太平间科学》里说：“美国的动脉式遗体防腐护理……是全世界一致赐予我们的发明、独创和科学研究王冠上的又一颗明珠……实际上，从记录结果来看，没有哪个职业像我们的遗体防腐处理这样取得如此迅速的进步……总体而言，现在殡葬业是人类事业中最具活力的职业。殡葬师是文明进步的捍卫者……”如此生动的比喻——就是那些明珠、王冠和进步捍卫者——相当恰如其分地表达了现代殡葬师在说到他们的工作和自己时喜欢使用的概念。如何激发公众对“殡葬业”产生同样的热情，是一个更有难度的问题。

爱德华·马丁先生在《殡葬服务心理学》一书中，认为殡葬师这个角色“类似于学校教师，他对自己的教学对象有所了解和信任，但他必须采取好的法子，让学生熟记背牢。我们的课堂由一亿五千万美国人构成，对他们的教育不能一蹴而就。”他还说：“公众舆论取决于对公众的教育，跟他们讲什么，他们就信什么。”

有证据表明，这一艰难的教育过程主要为殡葬师自己认可，对此普通公众要么无动于衷，要么充满敌意。换句话说，殡葬师们很大程度上生活在自己的梦幻世界里，想着让公众“接受”他们的产品。他们似乎认为，只要把什么东西经常而大声地喊上几遍，它就会成为一件真事儿。“独自伤心是这个职业的基础，”他们大声说道，“新型殡葬师就是悲伤医生，或是在尽可能短的时间里把非正常心理恢复到正常心理的专业人才。”

但公众仍旧乐呵呵地自行其是，认为（每当大家想起这件事时）赚钱才是殡葬业的存在基础，最好把非正常心理恢复到正常心理这事交给受过专业训练的精神科医生，而大家对现代殡葬手法既没有提出过要求，也没有口头表示过同意。殡葬业的销售工作实际上由两个方面组成。一是说服人们认可殡葬业希望出售的殡葬服务具有的正确性和重要的美国特色，同时让大家相信，就殡葬事务而言，必须遵守殡葬师确定的标准和程序——毕竟他们对这种事最清楚。二是塑造前所未有的高尚殡葬服务承办商形象。

殡葬师一直试图证实，其产品的风格和价格一是以“传统”为基础，二是基于他们提出的一种理论，即现行殡葬行为反映了具有美国特色的高标准。正如我们所知，“传统”理论很难解释清楚；事实往往背道而驰。因此，他们不时调用某些咒语，即具有重大启示意义的至理名言，为他们的教化功能助一臂之力。有一句话在殡仪界定期出现，那就是格莱斯顿的一句引言，据说他曾经说过：“看一个国家或地方如何对待死者，就能精准测算其人民所具有的同情心，对国家法律的遵守情况，以及他们对崇高理想的信仰程度。”① 大家多么希望

① 本书出版一段时间后，我遇到了前首相的直系后裔弗朗西斯·格莱斯顿。当我问起他那位声名显赫的先辈曾经做出的那段评价时，他立马产生兴趣，并给他在牛津大学认识的学者们写信询问。长长的回复接踵而至，但没有一封信能够认定威廉·格莱斯顿说过那段传说中的话语。在研究过程中，其中一个数字提到了另一个名叫格莱斯顿的人，即约瑟夫爵士临死之前说过的一句话。他是首相的父亲，八十七岁，死于利物浦。他的临终遗言是“我要喝粥”——这句话虽然算不上惊天动地，但从历史角度来说至少相当精准。

他活到 20 世纪，用那把随身携带的卷尺丈量一下钱伯斯殡仪馆印制的日历。在配图文字“钱伯斯塑造美丽身躯”的上方，印着一位乳房硕大、一丝不挂的年轻女郎。另一位预言家是本杰明·富兰克林，有人不时拉他作虎皮，还说他曾经讲过：“要了解一个地方的特色，只需要看看他们的墓地。”本杰明老头真聪明！他要是去看看森林草坪陵园，肯定无须再去洛杉矶。

在努力构建良好公共关系的过程中，殡葬师们处处受限，无法就他们是什么样的人、每种角色具有什么样的重要性（即他们如何看待自己），以及应该在内部和公众面前强调哪些方面等问题达成一致。殡葬师首先是商人、防腐处理师、编外精神病医生，还是各种角色的大杂烩？从他们的行业领头人、协会负责人、书籍和宣传品撰写人，以及本领域其他理论家的言论看得出，在这个问题上他们处于迷茫状态。

“遗体防腐处理是殡葬服务职业得以存在的基础，多年来一直如此。在我们这个行业提供的服务中，只有这个方面完全不依赖情感状态——尽管有诸多不足与之相伴”，《美国殡葬师》在编者按中如此写道。权威人物哈本斯泰因和拉莫斯看法相左。他们认可的观念是，殡仪服务主要依赖“人类关系中的心理技能，因为它对恰当应对情感和死者家属不可或缺”。而另一本专业杂志是这样认为的：“商品推销是殡葬服务业的命根子……”有人做过值得赞赏的努力，将上述几种相互矛盾的看法折中处理，在《美国殡葬师》杂志上一篇题为《殡葬服务的实用理想主义》的文章中宣称：“除非合理践行，否则最高理想没有任何作用。如果仅仅从服务角度考虑问题，殡葬师很可能在一年甚至更短时间内关门大吉……如果他被逼迫到关门大吉的地步，那么他的崇高理想和服务意愿还有什么作用？”就这样，实用理想主义又转回到商人角色，转回到“成本、销售方法，以及他所付成本的业务终点”这一问题上。

殡葬业者不时相互提醒，伦理道德（不仅是那些古老的伦理道德，还通常包含“最高伦理”）、情感状态、为人正直、行业标准（同样强调“最高标准”）、道义责任、开诚布公、合作精神、性格特征很重要。他们还彼此劝勉，做人要真诚、友好、庄重、迅速、守礼、平和、快乐、善良、悲悯、倾听；说标准英语、不出口成脏；加入共济会、哥伦布骑士会、商会、童子军、家庭教师协会；参加公益活动；与雇员和客户愉快相处并公平交易；不说竞争对手的坏话；不废话，要注意言行，远离闲话和诽谤。简而言之，他们渴望得到尊重，受人喜欢和理解——这是相当符合人性的愿望。

然而，就在大家开始思考他们到底有多友善——因为它自己不断地重蹈覆辙，上述词句难免叫人昏昏欲睡——的时候，我们的眼睛却注意到《殡葬管理》杂志上刊登的类似内容：“大家必须把孩子的葬礼——从去世到下葬——当作树立良好信誉并维持情感状态的大好时机，否则我们这个产业将不复存在。”《全国殡葬服务杂志》也写道：“购买习惯深受嫉妒心和环境的影响。在评估一个家庭的购买可能性和购买潜力时，千万不要忽视这两个因素的重要性……嫉妒心的本质类似自尊心……也就是要跟隔壁邻居看齐……有时候，为了确保他们从高利润产品中做出选择，我们很有必要这么说：‘这口棺材跟某某某的那口十分接近。’”

这是商人在追求肮脏订单并啄食死者家属的悲伤、懊悔和自责，还是在道义行为上坚持高标准的专业受训人员？

殡葬师们真的非常愿意划归到后一类别。多年来，围绕“专业性”和商业身份，殡葬界展开过激烈讨论，而坚持认为殡葬就是专业的一方在全国殡葬师协会占了上风。

同样不出所料的是，那些老生常谈式的宣言让它具有了合法性。

样稿统一提供，并在会员之间不断流传："我不是埋葬者。他的使命已经完成，淡出了我们的视野。我是殡葬师。我是百病医者。我们归属的行业，跟律师、医生或牧师没有什么两样。"

1951年，《殡葬管理》杂志报道了全国优秀殡葬师协会在这方面的又一次成功突破："新瓶装旧酒这事交给全国优秀殡葬师协会来处理。我们先后经历过'后隔间''展示室''售卖室''棺材展示室''棺材室'等阶段。现在，全国优秀殡葬师协会推荐大家使用'挑选室'。"

1939年，全国殡葬师协会就公众对殡葬业的态度调查项目发布新闻稿，其中满心期待地写道："请在本报道标题中不再使用undertaker一词。"最迟到1962年，《美国殡葬师》杂志还在斥责《纽约时报》，因为它"长期坚持使用相对过时且毫无意义的用词undertaker和coffin，而拒绝使用已广为接受并富有内涵的对应词funeral director和casket。"

殡葬用词时起时落。1932年，mortician一词遭到《芝加哥时报》的禁用，"不是因为对殡葬师们希望得到尊重的想法缺乏同情，而仅仅因为单词本身。如果他们没有为了自救而摆脱那套词汇学思想的意识，我们也不会因为支持他们干了蠢事而心怀愧疚"。可追溯至内战时期的casket一词就遭到了霍桑[①]的批评，说它是"一个肮脏的现代词汇，让人一想到要被埋葬就被迫缩成一团"。艾米丽·博斯特[②]用过，虽然有些不情不愿："尽管挑剔的人喜欢用coffin这个单词，尽管他们在口头语中从不使用casket一词，但我们最好遵从现代商业用法，认可这些文章中的casket。"

---

① 纳撒尼尔·霍桑（1804—1864年），美国浪漫主义小说家。——译者

② 艾米丽·博斯特（1872—1960年），美国礼仪作家。——译者

错综的行业协会反映了这个行业内部复杂的愿景和观点。虽然单个殡葬师可以（且总是）从属于一个以上的行业协会，不同的行业协会可以（且总是）在某个具体问题上齐心协力，但行业协会之间不能做到永远协调，因为它们在很多问题上代表了相互冲突的经济利益。

有的协会名称仅描述其所代表的成员，如全国殡葬师协会、犹太殡葬师协会、全国丧事承办人协会。其他协会选用的名称不仅富于想象力，而且很有抒情意味，如黄金规则国际秩序和全国优秀殡葬师协会。

为了让成员单位在其广告和信头上显示自己的徽标，名头响亮的行业协会往往将会员资格限定为一个社区一家殡葬机构。在公众看来，“被选中”意味着某家外来机构的正式认可，但实际上他们是相互推选的。

作为领头羊的全国优秀殡葬师协会是全国规模最大发展最成功的一家协会。他们向我解释说：“你得找会员作担保，应邀入会。”

尽管所有的行业协会都喜欢用“专业”来称呼殡葬服务，但他们对这个词的理解大相径庭。全国优秀殡葬师协会之所以用到这个词，似乎是因为它听起来悦耳，却丝毫没有考虑它的全部词义。全国优秀殡葬师协会强调的是带有推销性质且资金充裕的商业手法。他们喜欢的是预订销售、预付款式殡葬业务和价格广告，因为他们的会员单位主要依赖大业务量。

威尔伯·克莱格先生既是全国优秀殡葬师协会的执行主任，也是位于埃文斯顿市的全国殡葬服务基金会的主任。该市有一所管理学校，开办的课程有广告学、市场分析、赊账与收款、伦理行为、信件书写、殡葬服务销售技巧等。基金会设在一栋两层楼高的仿殖民风格大厦内，其配套设施有一间“用于从事销售研究的挑选室，目的在于改进销售、展示光线（房间内有五种以上的灯光），并采用二十五组棺材平衡线路演示洽谈过程及装饰情况”。接近通道和抗拒小径都是克莱格先生的智慧结晶，在此向所有人展示。里面还有一间套棺挑选室，目的是帮助殡葬师“营造‘高质量’氛围，诱导人们购买高质量套棺”，同时向殡葬师们展示“如何采取更好的营销手法鼓励购买更高质量的产品，从而提高套棺的销售利润”。

创办于1880年代的全国殡葬师协会是时间最长、规模最大、最有影响力的殡葬业协会。从一开始，全国殡葬师协会就致力于其专业身份；从一开始，它的矛盾就十分明显，这么多年过去仍然没有得到解决。1884年它通过的第一条伦理规则是“也许，除了神圣的牧师，没有哪个行业比殡葬师更强调高尚的道义所具有的强制必要性。严格的道义原则是它唯一的安全指南”。但它在头一年通过的一份决议中说，“作为殡葬师，我们坚决谴责定价低于15美元的成人规格的有盖式棺材生产”，从而让尽可能维持高价成了它的推论性组织目标。

全国殡葬师协会为自己的州级组织提供服务，服务项目有新闻公报、留意法律变化、开展游说活动、就成本核算办法和其他商业程序向成员单位提供咨询。它每年举办一次会议，棺材制造商、寿衣公司、套棺销售员和防腐处理液供应商可以展销自己的产品。它派人参加州级机构的年会并做讲话。它在成员单位之间开展的调查项目既包括运行成本、收入等，也涵盖阅读习惯这种明显相隔较远的话题——它在1958年开展的一项调查骄傲地显示，有56.7％的殡葬专业人士阅读“报纸、商业刊物、杂志和书籍”，而在总人口中的相应占比只有40％。

全国殡葬师协会相当关注公共关系。它拍了几部电影，如与商业改善局合拍的《殡葬服务——美国方式之一》和《为生者服务》。协会有两大公关辅助读物——分别是它与商业改善局联合发布的小册子《每个家庭都必须了解的殡仪及下葬事项》和它自己每年发布的《殡仪事项与数字》——并不时敦促成员单位使用。

商业改善局得到了很多人的高度敬重，他们以为它是监管机构，目的是保护公众免遭不法商人的侵害。公司制定的行为准则经过其批准后，必定能起到减少疑惑和平息批评的作用。我吃惊地发现，每个家庭必须了解的“事项”中，有那么多听起来都像是全国殡葬师协会的广告内容，而经由殡葬师派发的数十万份小册子，在所有重要问题上都与全国殡葬师协会保持一致。我问商业改善局，那些小册子“事项”的内容来自何处，他们回答说，来自全国殡葬师协会以及其他（未知）渠道。例如，小册子里有一个“事项”“基于全国殡葬师协会提供的数据信息”，内容是“每个殡葬机构提供的殡葬服务，都足够满足所有经济状况及品位爱好”。还有一个“事项”——“大多数殡葬师认为价格广告行为不符合道义……且公众大多认可这一观点”——同样写的是“全国殡葬师协会的官方态度”。

截至1990年代中期，让那些在主大街开设综合性殡葬机构的传统殡葬师们大感惶恐的是，最执着的广告投放人是那些低成本低支出的火葬服务提供商。大多数殡葬机构仍然不愿意向公众公布价格——更不要说做价格广告——尽管联邦贸易委员会要求它们在应询时提供价格信息。

近年间，就殡葬服务及棺材的现行收费情况，全国殡葬师协会以及其他行业协会都会向成员单位提供年度预估报告。全国殡葬师协会和美国殡葬师联盟（FFDA）提供的预估报告相差无几。1995年，美国殡葬师联盟预估“殡葬服务及棺材”的金额为4 211美元，另加770美元的套棺费用。产业观察家并不怀疑，在行业成员间公布这些数字会起到确立统一价格底线的作用，是一种违背反垄断法律的行为。于是加了一句警示语：“全国殡葬师协会发起本调查活动是为提供数据，让您籍此比较贵机构的殡葬运营数据。不过，您不必将本调查结果用于贵机构的殡葬服务定价。”这句警示语不禁让人想起禁酒令时期曾经售卖的葡萄酒砖[1]上用显眼文字印刷的那句话：“千万别让葡萄酒砖浸水且在室温条件下放置一周以上，它会因此变成葡萄酒，生产及拥有含酒精饮料皆为非法行为。”

1930 年，全国殡葬师协会创办了一所殡葬学研究机构，名字学术气十足，叫殡葬研究所——据全国殡葬师协会的历史学家研究，其实际功能是“向各类传播媒介发布有利于有组织殡葬服务的相关信息……应对指向本行业的各种敌意及攻击性观点”。

一直以来，全国殡葬师协会不断致力于提高殡葬师认证中的教育要求。完成防腐处理——或殡仪馆学——课程所需时间从 1910 年的六个星期逐渐增至现在的两年左右。在听起来高大上的学府机构——卡尔桑德堡学院、马尔科姆 X 学院、温森斯大学，学生还可以拿到应用科学副学位。

或者，人们只需在新英格兰国家教育学院学习四十个星期便可拿到殡葬服务毕业证，在其十六门时长为十个星期的课程中，学生必须修读“现代职业的问题与焦点”“殡葬服务的推广与营销”“修复艺术”等课程。

但各州的教育要求互不相同。防腐处理师的认证要求——一般而言，他们毕竟是下属，是殡葬机构的雇员——比雇用他们的殡葬师的认证要求更为严格。怀俄明州对殡葬师证没有教育要求。有六个州只要求高中学历，外加一至两年的学徒经历。在这个行当，“职业”一词的含义实在很难界定。

全国殡葬师协会本身没有对会员资格制定过教育、道德或伦理方

① 1920 年，美国通过禁酒令法案。部分葡萄种植园主为满足人们的饮酒需求，绕开法令规定而将葡萄汁脱水制成葡萄酒砖，酒砖溶入水中可得到葡萄汁，进而制成葡萄酒。——译者

面的标准。实际上，唯一的资格似乎就是会费和一张州级许可证。

大多数专业组织得以存在的主要理由，是在其成员之间维持道德行为标准，并对偏离上述标准的成员实行纪律处分。就此而言，全国殡葬师协会存在一定困难，因为招致公众严厉批评的种种行为——如欺诈性销售和高收费——在其官方政策表述中无法受到谴责。《殡葬管理》杂志对这一困境的评论是："［全国殡葬师协会］对其下属成员缺乏或没有控制权。它必须接受隶属于州级协会的所有会员，而包含的人员上至年业务量达五千笔的大公司，下到课堂学员及电话推销员。的确，全国殡葬师协会制定了伦理标准。但它对会员资格没有提出最低要求……对电话推销员之类的人没有任何限制。"

全国殡葬师协会虽然不会向现实境况这种小事低头，但在1961年它为职业地位大声疾呼："这个十年结束前，专业性将会成为殡葬行业的一大标准。"这声疾呼的背后不只是希望获得身份和认可。它的希望是，凭着职业身份的殡葬师取得的成就，它可以方便地对价格广告行为采取法律措施——这正是全国殡葬师协会长久以来的目标。因为被有关法院根据宪法判定无效，董事会早就废弃了针对行业和公司广告行为的限制措施。另一方面，学术行业的成员制定了伦理准则，这些准则一度由法律强制实施，禁止采用广告行为。

在专业性这个问题上，愿望和现实之间的巨大差异——也就是夸夸其谈的道义价值和令人烦恼的商业必然之间的相互冲突——也许很好地解释了殡葬师们对批评的高度敏感。哪怕是针对其运营任何环节的最细微的反对性建议，哪怕是针对其真诚、优点和正直品格的最细微质疑，都会引发一阵阵痛苦哀号，把他们一个个变成勇敢的荷兰小男孩，纷纷伸出手指堵住堤坝上的窟窿眼。

几代人以来，一段段戏院笑话、一幅幅黄色漫画和一句句文学妙语把殡葬师当作笑柄，这似乎产生了一种根深蒂固的迫害情结，有时甚至近似行业性偏执。光是一个个演讲题目就暴露了它们惴惴不安的内心状态。在一次会议上，我们看见这样的发言标题："大伙儿要拿我们怎么办?""此刻也许你正遭到别人的非议。"

在处理社区关系时，殡葬师们普遍采取了一种假想敌态度，而且时常表现得相当离谱。有过一出旧剧——也许起源于 W. C. 菲尔兹?——说一个酒吧侍者想赶跑一只讨厌的苍蝇。他拿着擦玻璃的毛巾追打苍蝇，四处乱窜的过程中将一个个酒瓶碰翻在地，顷刻之间酒吧一片狼藉。终于，苍蝇停在他的鼻尖上，这下，酒吧侍者抓起一个完好的酒瓶发出最后一击，毫厘不差地击中了自己，而那只苍蝇毫发无损地嗡嗡飞走了。殡葬业对公共关系的处理方式往往让人想到这位酒吧侍者。

敌人似乎无处不在——当然，有的潜伏在竞争对手中间，但也有的藏身于神职人员、医学领域、人体组织库、陵园经理和媒体中间。殡葬行业的出版物数量众多，好像每一期都要反映某个方面的问题，有的是觉得受到了迫害，有的是觉得深受误解和诽谤。

第十四章　多事的神父

“对贪财的神职人员而言，一定要有可靠证据表明，殡葬投资不会抢夺教堂或牧师的收入。”这个突兀的句子出现在 1961 年 4 月出版的《全国殡葬服务杂志》上。它同时提出一个观点，殡葬服务突然招致大量批评的三大最主要原因是“宗教、贪婪和对社会改革的强烈渴望”。

该杂志在另一期上更加完整地表达了同一观点：“牧师或许是我们最复杂的问题，但也是最容易解决的问题。大多数宗教负责人都不愿意受到牵连。但是，有的负责人……觉得自己应该保护教区居民的经济利益，并把他们引向更加‘值得的’目标。他们有人发现教堂奉献箱的收入越来越少，不禁十分受挫，将一腔邪恶的愤怒发泄到可能赚了大钱的殡葬师身上。”

这是一场单方战斗中的火力齐射，这场战斗不时在有些神职人员和殡葬服务的某些领域间激烈上演——说它是单方战斗，是因为殡葬师们随时紧握双拳，准备采取守势，神职人员则普遍没有意识到，一场战争已经打响。

问题的核心是这样的：殡葬师们反对神职人员介入他们的业务，即在选购棺材和其他丧葬用品的过程中，神职人员引导教区居民养成节制习惯。在很多神职人员看来，他们在大家感到悲伤或需要时承担的辅导角色正不断遭到篡夺，他们认为极度重要的神圣宗教仪式正不断遭到曲解，而这都让他们发出了谴责。

并不少见的是，这场冲突进入了媒体。大量的教会刊物涉及这一主题：宣传册、小册子和教会杂志纷纷刊登文章说明，殡葬过程中的宗教意义在于信仰表达。这些文章强调牧师们的建议在离世时的重要性、殡葬服务的精神本质、现实看待生死的必要性，以及先于需求就对葬礼类型有所考虑的恰当性。

他们的建议有时更加深入："根据你的财产情况考虑开支问题。保存遗体的念头，连同我们这个时代的通胀压力，已经让有些人在墓穴和棺材上花费了大量钱财。然而，我们都知道，肉身终究要回到它来时的状态……这意味着，我们应该在购买棺材、墓穴和其他附加服务时保守一些，将时常有限的资金用于满足生者的需求。我们要认识到，这往往也是死者的愿望……"

从殡葬师的角度看，这就是吵架，写到纸上已经够糟的了，而到挑选棺材这种关键时刻，如果神职人员陪同死者家属一同出现，则是一种战斗号令。"有神职人员陪同的死者家属才是麻烦事"，一位殡葬师如此写道。

这件麻烦事的出现，让《殡葬管理》杂志形成了好几条直击要害的建议，从参与讨论的殡葬师们的来信便可一窥究竟：

> 对牧师陪着死者家属进入棺材展示室，说服他们购买最低标准的丧葬服务这个问题，可能有一个办法可以解决……殡葬师应该适当做一些"售前准备"……然后，带着死者家属进入展示室，向他们推荐几款棺材，给他们看价签，并让他们意识到，选择殡葬服务是一件极其私密的事，死者家属完全可以自己完成，还要告诉他们，你希望他们在不受他人打扰的情况下完成这个过

程。这个时候，把牧师请进你的办公室，让死者家属讨论挑选事宜。

通过“请牧师进办公室”把牧师和挑选者分开的计谋，这位作者写得更加直白：

> 我们让死者家属先去挑选室看棺材，如果有牧师跟随，会稍后去跟他们会合。我们告诉牧师，有点事情想跟他私底下聊一聊；我们发现，如果向他请教问题，他似乎会对有人讨教受宠若惊，这样一来，我们就可以让他待在私人办公室，直至死者家属完成挑选过程。

也许是怕上述观点没有完全说清楚，第三位作者更加详细地描述了如何将丝毫没有疑心的上帝使者从教区居民的身边诱开：

> 牧师们的介入似乎越来越多，在我们看来，这种情况总的来说危害越来越大……我们在挑选之前要强调一点，挑选过程只有死者家属才能参与……我们要极力强调这一点，尤其如果有牧师跟随前来。同时，如果有牧师跟随死者家属一起，我们还要提前考虑某个话题……比如，他的教堂又新增了某样东西、教堂的停车问题、让他感兴趣的某个本地少年俱乐部、他们举办的高尔夫球比赛、政治问题（目前在本国本地区的热门话题）或既能拖住他又能使他感到开心的任何问题，趁此期间，死者家属完成挑选过程。

第四位作者承认了失败：

我们镇上就有这么一位多事的牧师，我深信，这种情况没办法解决。我们都试过！

与这些观点相比，大多数牧师的意见非常温和，甚至十分容忍。他们偶尔表达的批评意见平和而收敛。与我讨论过此事的一些牧师承认，在与殡葬师们打交道的过程中，屡屡受到强烈的试探。他们大多数人——包括那些在高收费爱炫耀的殡葬师看来最喜欢开口抨击的死对头——对殡葬界的价格暴徒和“正直而讲伦理的殡葬师”做了明确的区分。有的牧师认为，在某种意义上，殡葬师就是一群受困于自己铺着满屋地毯的殡仪馆的囚徒；他们给殡仪馆配备那么多昂贵玩意儿和豪华饰品，为了维持其花哨状态，只能收费高昂。

我力争与不同信仰的多名神职人员接触，以了解宗教人士对殡葬服务的态度问题。实际的礼仪要求有哪些？死者是什么身份？对“遗体瞻仰”的态度如何？如何看待将遗体用于医学研究的捐赠遗嘱？目前开展的一般性殡葬服务与教会传统的遵循程度有多紧密？神职人员应该参与死者家属的葬礼洽谈过程吗——他应该陪同他们进入挑选室吗？以上就是我所列出的问题。

尊敬的詹姆斯·派克时任加利福尼亚圣公会教区主教，对“多事的”牧师直率地表示了支持。他呼吁，家里有人去世之后，第一时间——也就是说，在咨询殡葬师之前——找自己的牧师。牧师应当陪同死者家属前往殡仪馆，目的是帮助他们顶住过度消费的压力。无论如何，不管是柏木棺材，还是气派耀眼的坚固铜棺，只要送入圣公会教堂，都会盖上棺罩再举行葬礼——“其意义是将展示功能降到最低程度。我们认为，尘世的躯壳不应受到这样的糟践”。尽管牧师强烈赞同节约使用殡葬资金和简单装饰，但完全尊重个人选择棺材的自由：“当然，如果有人坚持要在殡葬花费上做点傻事，那也完全随他。

有时候，问题出于自尊心，很明显是受到了某些殡葬师价格广告的怂恿。至于补救措施，很有必要提前开展教育——如棺罩的使用及其目的，我们为什么坚持在举行葬礼的过程中盖上棺材等。”

如何理解葬礼开始之前，把遗体安放在停尸房睡眠室的行为？“这可能会给亲人带来一定的舒适和平和感。我们发现，失去丈夫的妻子可能想最后再看死者一眼。这是私事，取决于死者的家人。”虽然派克主教对提前“开棺”的做法态度中立，但他坚决反对葬礼中途及结束后打开棺盖的做法。“这不仅是我个人的看法，”他说，“我们有个传统，不主张出席葬礼的人在葬礼结束后再去‘瞻仰遗体’。换句话说，前期工作完成，盖上棺材盖之后，就让它一直盖着。”

派克主教解释说，从神学角度而言，肉体具有神圣目的，它是个体人性的容纳之处，“它在来生会接收全新而合适的表达手段和关系方式”。遗体已不是本人，更像一件被丢弃的衣服。然而，作为人性的外在及可视标志，它应当受到我们的尊重。同理，葬礼过程中摆放的棺材具有象征意义，类似于游行队伍中的一面旗帜。火化不应遭到反对，相反，大多数新教徒牧师觉得这种想法很好。不摆放棺材的悼念服务也完全应该得到许可，实际上，这种做法已经越来越多。

既要尊重遗体，也要有人捐献遗体用于医学研究，两者之间相互矛盾吗？“没有，将遗体积极而有建设性地用于医学研究的行为绝不意味着不尊重。实际上，在遗嘱中指定捐献是一种高尚行为，是一件好事。我们既相信耶稣复活日的到来，也相信生命得以延续的是他的灵魂，而不是凡胎肉体。”

说起葬礼献花，派克主教解释说，虽然人们有送花的自由，但不应该鼓励。为纪念死者而慈善捐赠的做法越来越普遍。“实际上，人们送来大量鲜花，被很多教堂放在走廊或偏房——除了插上两个花瓶摆在祭坛旁。”

最后，派克主教强调说，教堂——而不是殡仪馆自己的“礼拜堂”——才是举办宗教性葬礼的合适之处。如果有人邀请，清教徒牧师也会替非教会人士主持葬礼。大多数教堂不会收取任何费用，东部地区的某些教堂对不是奉献成员的人收取少量费用，但“跟举办一场葬礼的总体花费相比，不过是鸡粮一把”。死者家属可能愿意给教堂司事适当的酬劳（“那取决于他们自己”），而音乐演奏者往往要收费。

说了这么多，其实对殡葬师都是不管用的安慰话语，他们急于将自己的所有商品和服务交到死者家属手中。因为，防腐处理师的劳动成果如果放入关闭的棺材中秘不示人，那么他的手艺还有何用？如果严丝合缝没有接头的棺材被棺罩一遮了之，那么“采用无缝铸造技术制造的没有缝隙没有接头的铜棺”还有何用？如果葬礼在教堂举行——重中之重——那么它那间带有可变灯光、铺着厚厚的全屋地毯、安着软垫座位、带着柔和冷色装饰、演奏着皮尔切管风琴的自带“礼拜堂”还有何用？如果死者家属强烈要求，根本不用棺材呢？最后，如果牧师为死者家属提供建议并加以安抚，那么殡葬师担任的悲伤治疗师的“专业”角色还有何用？

派克主教表达的诸多观点得到了犹太教领导人，即位于加利福尼亚州伯克利市贝斯艾尔会堂的西德尼·阿克塞拉德拉比的赞同：“在犹太教惯例中，简朴是一种规矩。没有必要为举办葬礼而背负债务。犹太教传统强调使用简朴棺材。”他十分赞同希特勒时代前的德国犹太教习俗。无论贫富都使用简单而相同的棺材，“可能就不会为葬礼攀比较劲”。阿克塞拉德拉比建议说：“要问价格，别不好意思提出问题。”但他发现，人们普遍不喜欢做这样的调查。

尽管犹太教要求举办葬礼的过程中摆放棺材，但阿克塞拉德拉比并不赞同敞棺葬礼：“我不喜欢瞻仰过程。这完全不符合犹太教规定。

我尤其不喜欢葬礼结束后，排着队瞻仰殡葬师的手艺，这个过程应该以某种细微的方式，消除生死间的差异。瞻仰遗体容易重揭伤疤。”不过，跟派克主教一样，这位拉比也认为在某些情况下，死者家属可能一看到死者的面容就得到了慰藉。

至于睡眠室，他觉得这是个社交体验问题，即人们可以在此相聚——人们争相说着“看到你真高兴”——但“有时候忽略了死者”。

阿克塞拉德拉比说到了一件尴尬事儿，一个寡妇求他陪伴前往殡仪馆，帮着协商葬礼费用。殡葬师报了一个最便宜的价格。拉比提出异议，说他跟这位女士说过，价格还可以更便宜，殡葬师一听，立刻变了语气。从那以后，阿克塞拉德拉比就不大愿意掺和殡葬服务的费用问题。

尊敬的劳伦斯·克罗斯是伯克利社区教堂的牧师，他的态度恰恰相反。尊敬的克罗斯主持过六千场以上的葬礼，跟各种类型的殡葬师打起交道来得心应手。

他非常强调区别对待的重要性，一种是讲求公平道义有良知的殡葬师，另一种殡葬师通过“心理压力”抬高殡葬费用。“你不能责怪所有的人，”他说道，“把他们说成一个类型的做法不准确。”他提到了所在社区的几个殡葬师——“都是些得体而真诚的人，开展工作时遵从的是最高理想。”他们中有很多人希望本行业在理念和做法上有一些意义深远的变革，其中一个人甚至因为同伴精明的业务交易而精神崩溃。“然而不幸的是，在这两种殡葬师中，高价型占了主导。”尊敬的克罗斯说道。

说起在挑选室发生的一次小冲突，他冒出的亚拉巴马口音——因为他就出生在这个州——显得他像一个复仇天使。尊敬的克罗斯所描述的挑选室洽谈过程，丝毫看不出微妙的“三角计划”和“基石法”。“你最先看到的是一口富丽堂皇的棺材——真像一扇粉红展示窗。你会以为那是女王的珠宝展览。里面铺着绸缎，安放在一块厚实的白色地毯上。继续往前走，你就看到另一口棺材。这口棺材同样漂亮，色调略淡。你又看了几口棺材，最后来到尽头。再也没有棺材了。你看过的棺材标价都很高。这时候，很多人都这么说：‘唉，我都买不起，但这里只有这么多——我想还是买一口得了。’然而，如果顾客再小气一点，说一句‘我没有那么多钱。我们还是把遗体送到别处吧’，殡葬师就会给你打开一扇你根本不知道的大门。”

尊敬的克罗斯在椅子上怒气冲冲地挪了挪身子，谈论的话题让他变得激动起来。“你进入另一个房间，里面摆着五六口棺材——颜色没有那么鲜艳——价格也比较低。到此，心理因素开始发挥作用。一般人以为，自己好歹躲过了比较昂贵的棺材，这至少节省了好几百美元。但你如果小气得像个魔鬼，还可以坚持说，眼前的棺材比你准备的钱要昂贵。于是，你会经历同样的程序。殡葬师又打开一道你根本不知道的大门，里边的棺材价格更便宜。如果仍然足够吝啬，不愿意花这么多钱，你会被带到最后一个房间。殡葬师拉下一块烫衣板似的东西，你会看到一口很不中看的棺材，颜色可能呈紫色。便宜的东西颜色都很难看，而且没有把手，也没有衬里。如果你还是不愿意购买，他会领着你穿过一条漆黑的水泥过道。你来到停车库，所有的灵车都停放在这里。他取出一个盒子。就是用钉子钉在一起的六块木板。”

“那个东西他要收多少钱?”

“你出多少他收多少。”尊敬的克罗斯带着复仇天使一般的眼神回答道。

那些视神职人员温和而偶然的搅和为另一种“威胁”的殡葬界人士最近遇到了来自上帝的绝对拥趸们的威胁。它出现在全国各地，出人意料的是，发起人是一群天主教神父，他们坚决谴责的不是某个殡葬师，而是整个行业。

马萨诸塞州贝林汉姆市圣布莱斯教堂的詹姆斯·康诺利神父是其中之一。在通过《全国天主教报道》（1995 年 8 月）向殡葬师发起的猛烈抨击中，康诺利神父对殡葬师参与天主教徒葬礼的合法性提出了质疑。

他解释说，天主教认为葬礼弥撒是针对信仰社群的典礼活动，所有成员都应该积极参与死亡仪式。同时，他对殡葬界人士普遍寻求取代教区居民角色的做法深表担忧。

接着，在被《殡葬管理》杂志斥为“胆大包天”的一份声明文件中，康诺利神父如此写道：

> 殡葬师对那些自投罗网的死者家属拥有巨大的权力。看着这种权力变成一种操纵，真是令人伤心。他们企图破坏我们正在从事的事业，这样的企图似乎不仅涉及某个当值的殡葬师。美国人似乎被殡葬业弄得无能为力。聪明而独立的人们好像已经变呆，让自己任人摆弄。
>
> 他们被人牵着上车，又从车里牵着走进教堂，穿过过道，坐进座位，再走进坟墓——仿佛除此之外他们什么也看不见。

教区认为，接手这件事的时候到了。“我们向他们宣布，进入教堂举行葬礼的入场行进不再由他们带队。我们会在前门接待他们，教区会接管遗体，弥撒结束后，再在前门交给殡葬师。”康诺利神父说。他接着描述了殡葬界各位弟兄惊诧而怀疑的反应：

> 在所有的生活不确定性中，有一种确定不变。殡葬师们笑容可掬、友善洋溢、温情脉脉，一直对神父们尊敬有加。我一直以

为这些亲切的老伙计是一群高贵而恭敬的人。接着，我发现他们当着我的面就变脸了……好像是要在教堂里爆发游击战争……殡葬是个大产业。也许，他们是教堂老大，而一直没有人告诉我们。

很快，《殡葬管理》杂志就有理由为神职人员更加过分的一次介入事件哀号不已。地点位于亚利桑那州凤凰城，一名教区牧师同样禁止殡葬人员进入教堂，并宣称“在非必要时，或未经神父请求时，对天主教仪式感到不习惯的人，以及非死者家属成员和非教区居民，不必参加神圣仪式和行进过程”。确定无疑，后一句引文出自亨利·瓦西里耶夫斯基神父。

十五年前，亨利神父就对死亡的高昂支出深感愤怒，觉得有责任在这方面做些事。他意识到，解决问题的关键在于教育消费者，并弄清高度保密的棺材批发价。于是，他组建了跨信仰殡葬信息委员会（IFIC）。这是一个由不同教派联合组成的特别小组，组成人员有本地神职人员、社会工作者以及社区领导人，职责是对该产业展开调查。启动过程十分谨慎，委员会开设了一条信息专线，安了两部电话，分别用于录制西班牙语和英语留言。打来电话的人会得到五家殡仪馆的名称，全套殡仪服务只需要 650 美元。委员会的调查显示，该地区某些殡仪馆同一产品的收费高达 1 800 美元。

从那时起，亨利神父就怀着巨大的奉献精神，投入大量精力，亲自接听电话，向全国的听众公开自己的信息网络。

他提供的事项及数字范例中，包含了令人眼花缭乱的各种数据，全是他对得克萨斯州休斯敦地区一百二十家殡葬机构展开价格调查的结果。为便于比较，他遵循了以下原则：

棺材零售价在 428 至 600 美元之间——金属、三种颜色可选——（批发价为 285 美元。他说，合理利润率为 50%～100%。）

合理的“传统型”葬礼殡葬服务费——800 至 1 400 美元。

合理的全套殡葬费用（含金属棺材、颜色可选、防腐处理、遗体瞻仰）——1 450 至 2 500 美元。

亨利神父发现，本地区有十六家殡葬机构能以推介的最高 2 500 美元或更低价格提供全套殡葬服务，于是将其写入自己的报告中。同时列入报告的还有三家棺材零售商，可以按照上述价格将指定的棺材送到殡仪馆。

他还列出了休斯敦地区一百家殡葬机构的报价表，它们对同一产品和服务的价格最低 3 000 美元，最高 9 910 美元。有些殡葬机构的棺材利润是批发价的五倍之多。

高档殡葬机构——相同服务及用品的价格在 7 000 至 9 910 美元之间——列表如下：

韦斯特海默森林公园	7 020 美元
沃特利普殡仪馆	7 133 美元
赛特加斯特-科普夫	7 161 美元
橡树纪念园	7 595 美元
罗恩戴尔森林公园	8 309 美元
赛特加斯特-科普夫-凯尔比	8 420 美元
乔治-路易斯殡仪馆	9 910 美元

上述列表十分有趣，因为七家殡仪馆的所有者都是巨型企业集团国际服务公司。罗伯特·沃特利普是国际服务公司的创建者和董事会

主席。

洛汶公司紧随其后，它是北美地区的第二大集团公司，在休斯敦地区就有五家殡仪馆，它们的最低报价都是 5 990 美元。

尽管大型集团公司在过去偏爱高端销售，为更好吸引高端消费者而投入资金，以改造殡葬机构的设施设备，但大家千万不要以为，低端人群就无人理会。低端殡仪馆纷纷被收购，有的遭到关闭，从而减少了竞争，目的往往是为了诓来更多低端消费者。穷人多付钱，这是众所周知的道理，大型集团公司不会对此坐视不理。我们的调查人员查明，丹佛市一家殡仪馆充当国际服务公司的幌子，将一口覆着灰布的棺材——类似棺材如果摆放在高端殡仪馆，很可能会引发恐慌——以 1 995 美元的价格零售给顾客。这副棺材的标准批发价是 140 美元。国际服务公司的成本更低，因为它能拿到大幅折扣。

本调查还涵盖了本地区二十家殡仪馆的名字，他们以不到 700 美元的价格提供直接火化业务，火化盒和火化费一并包含。国际服务公司和洛汶公司下辖的殡仪馆对同一服务的报价分别是 2 745 美元和 3 985 美元。如需了解更多信息，可点击 www. xroads. com/～funerals 访问亨利神父的网站。

任何人——哪怕是牧师同僚——只要殡葬业的不法行为成为他的特定目标，就无法逃脱这位复仇天使的正义怒火。跨信仰殡葬信息委员会还对它认定的操纵殡葬服务的神职人员进行了揭露。根据其专门小组的认定，有的牧师与殡葬机构勾连，由后者提供赠物或大额的殡葬服务抵扣券。以委员会的发现成果为题的一篇专题故事发表在《亚利桑那共和报》上，揭示了几种进贡方式，如向神职人员提供乡村俱乐部会员资格、乘坐殡仪馆的飞机出门旅游、赠送运动会入场券等。

在蒙大拿州，一位殡葬师习惯在 4－H 集市买来半头牛，放在冰箱里供当地一位牧师使用。一位殡葬师买了一台休闲越野车供当地一位牧师出门旅游，另一位殡葬师则送了这位牧师一部 BB 机。

那么，当然也有那种无处不在又更加隐蔽的挂历。殡仪馆将挂历提供给教堂，教堂再把它们分到教区居民的手中。挂历上显眼地印着殡葬机构的名称，后者因为向布道坛做贡奉而不时受到感谢。

还有一起案例，绿色大地殡仪馆向斯科特戴尔永援圣母天主教堂的午餐会提供了几箱“救援性”啤酒。当被问起此事时，这位神父说，这种赠送行为确实让他感到很不舒服。他说，不存在问题，但这种贡奉就是一种广告行为。“我们希望收到礼物，但与此同时，我也不想咬住送礼的手指。”殡葬师的发言人对此的看法相当一致。“殡葬师送东西是一种请求推荐的合法行为，”他在报道中说道，“我是在强推业务吗？完全正确，我……当你送出东西的时候，你总是希望自己会得到推荐。所以你才会这么做。通过与牧师和神父建立关系和友情，你肯定指望它能给你带来几笔业务。”

第十五章　联邦贸易委员会

1975年，经过为期两年的高密度调研，联邦贸易委员会消费者保护局高调宣布了针对殡葬惯例的“贸易规则”提案。该规则引发全国的报纸和杂志同时刊登文章，为消费者权利取得的重大胜利而欢欣鼓舞。提案的核心是以下几项要求：

*消费者有选择权。*现行殡葬惯例实行基于多项费用的一揽子报价法，并声称“本报价涵盖殡葬服务全部事项”。联邦贸易委员会的规则要求实行项目化，以让消费者有权选择或拒绝有关事项，如遗体防腐处理、使用睡眠室或悲伤咨询（!）。项目减少，费用随之降低。

*电话咨询时必须提出报价。*长期以来，殡葬师拒绝执行电话报价，理由是此类信息“过于敏感”，不宜在电话中讨论。蜘蛛对苍蝇说，来殡仪馆一趟吧；一旦进去，几乎没有逃脱的希望。

*尤其禁止殡葬师谎报与遗体防腐处理有关的法律规定。*他们必须告知买家，法律上根本不要求执行这一不太靠谱且费用昂贵的程序。（正如一位殡葬行业的代言人说过，这是“殡葬行业的经济基础”。）他们不能对买家说，使用棺材是“法律上的要求”，因为这同样是谎报行为。

*价格最低的棺材必须与其他棺材一同摆放。*一般而言，最便宜的棺材会藏在不起眼的盥洗室或地下室，只有最执着的买家才可能发现

它的存在。

> 应当禁止殡葬服务提供商向消费者宣称，“永久密封型”棺材能对做过防腐处理的遗体实现长期或永久性保存。

阿瑟·安杰尔于1972年至1978年间担任联邦贸易委员会的律师，也是本规则的主要执笔人。他向我简要描述了这套规则的缘起。“在1950年代至1960年代的很多年里，联邦贸易委员会一直是个死气沉沉的衙门机构，人员主要是毕业于二流学校的迂腐律师和政客推荐的狐朋狗友——主要是南方人，”他说，“在1970年或1971年左右，因为联邦贸易委员会未能履行市场监管使命，以及未能保护消费者免受违规操作的侵害，拉尔夫·纳德提出全面批评，随着他关于该部门的报告的出台，这一状况开始出现重大变化。”

之所以发生变化，是因为尼克松总统的女婿艾德·考克斯是“纳德的突击手”。他把报告交给总统后，总统有些不耐烦地说，自己不可能依据拉尔夫·纳德的一份报告就采取行动，但他同意委任一个由美国律师协会下属律师组成的最高级别小组，对联邦贸易委员会的履职行为展开调查。

该小组肯定了纳德的调查结果，于是，该小组的组长迈尔斯·基尔帕特里克改任联邦贸易委员会的主席职务，而它的法律顾问罗伯特·皮托夫斯基担任消费者保护局的局长职务，受命整饬该机构。

“大约始于1970年，在之后四年左右的时间内，联邦贸易委员会开始重新雇用一大批律师，他们都是从全国一流院校毕业的积极分子，”安杰尔说，“我就受雇于1972年，成为了团队的一员。”

在我看来，他对这些新鲜血液的描述——“年轻，有闯劲，对来自政客和游说团体的压力视而不见”——类似于1930年代的新政拥护者，他们为深陷困局的消费者展开的救援战斗同样尽心尽力。首先，他们试着确定弱势群体，即穷人、死者家属、残疾人、老年人等。第二步是对影响上述人员的违规行为提出针对性方案。“其中一个上榜项目就是‘殡葬’，”安杰尔告诉我，“我们随后阅读了你写的书、露丝·马尔韦·哈默的《高昂的死亡成本》、行业杂志等等。”于是，对哥伦比亚特区的殡葬价格开展了试点调查，并最终形成这份行业调节规则。

对普通读者而言，联邦贸易委员会的规则提案看起来有些温和而不会遭到反对，毕竟它的用意就是要让殡葬买卖行为符合公平交易原则，同时要求殡葬师不要在涉及遗体防腐处理和棺材使用的法律规定上谎话连篇。但该产业的反应明显带有好战色彩，仿佛是在回应战争号令。这是一场耗资不菲的战争，《美国殡葬师》杂志宣称说，同时把联邦贸易委员会举行的听证会说成是“一场苏联式的固定套路”。他们的用词相当火爆。当时，霍华德·雷塞尔是该行业最具影响力的代言人，他在全国殡葬师协会的内部刊物上发表文章，将规则提案抨击为“由联邦贸易委员会发动的一场隐藏式攻击，意在颠覆美国殡葬习俗的处事原则；这套原则是美国公众在我们这个社会中的历史发展结果，每当家里有人去世，它都能有效满足人们的需求……这意味着，该规则可能会带来颠覆性后果”。

纽约州殡葬师协会前任主席约翰·卡伦先生做得更绝。他在纽约举行的联邦贸易委员会听证会上作证时，声称该规则是“对美国生活方式的一种威胁”，并指责联邦贸易委员会“践踏了美国的灵魂”。《殡葬管理》杂志表达了同样的观点：“联邦贸易委员会正在向信奉上帝、重视家庭的传统美国强行灌输怀疑论和无神论的生活方式……”

根据法律要求，联邦贸易委员会要就规则提案在全国的六个城市举行听证会，由双方——消费者和产业人士——的代表人物宣读证词，并接受对方的交叉询问。我应邀出席在洛杉矶举行的听证会，为规则提案做支持性作证；令我感到吃惊而高兴的是，对我进行交叉询问的产业代表人不是别人，正是霍华德·雷塞尔本人。

听证会场挤满了正反两方的支持者，洛杉矶追思社团的各位会员、唯一神教派教徒、贵格会教徒和洛杉矶最好的殡仪馆各位西装革履的首席执行官同坐一屋，媒体记者做好了记录准备。我宣读了一篇简要的提纲性证词，说殡葬规则将如何对一些坏透顶的殡葬师起到限制作用。随后，我回到座位上，热切地等着雷塞尔先生的提问。

为了证明殡葬师事实上兼有指导死者家属选择购买具备审美愉悦性棺材这一“悲伤咨询师”的义务，他提出了几个假设性问题，于是我跟着他走进了殡仪馆这个快乐的虚幻世界：

> 雷塞尔：约翰·琼斯死于肾脏疾病。他全身都有黄疸。他的妻子正在查看一口棺材，内饰让黄疸更加明显。[殡葬师] 应该推荐别的棺材，以便让这位妻子和其他家庭成员看到更具审美愉悦性的场景吗？
>
> 米特福德：嗯，我喜欢人棺相配这个说法，也就是那口黄色的棺材。我的意思是，如果我死于黄疸，我更愿意来一口黄色的棺材。同理，如果死于猩红热，我会使用红色棺材。

支持规则的会员们从观众席发出了满意的掌声，黑西装们面无表情。但雷塞尔先生没有就此止步，顽强地坚持着：

> 雷塞尔：乔安娜·史密斯是个大块头。
>
> 米特福德：我们都长得有点胖。
>
> 雷塞尔：她丈夫正在打量一口棺材，而殡葬师清楚，那口棺

材不适合她用，因为棺材的尺寸不对，质地也不合适。他应该给这位丈夫提点建议吗？

米特福德：嗯，也许她的丈夫正想嘲弄她一番。也许他一直在告诉她："你该减减肥了。"而现在终于扯平了。谁知道呢？

一方面，从表面上看，规则获得通过的前景十分光明，而在幕后，殡葬师的利益也取得了一些成就。行业领袖们劝说普通殡葬师，向各自的当选代表施加压力。捷报频传，正如全国殡葬师协会时任法律顾问托马斯·克拉克先生祝贺一个行业小组开展的游说活动时所说："在与不同的国会议员打交道这件事情上，你们很多人发挥了作用……要知道，我们搞定了七十三名国会议员，其中有十三名参议员签署决议，对联邦贸易委员会予以谴责。"

没过多久，阿瑟·安杰尔和联邦贸易委员会的其他同僚就感受到这场运动带来的压力。他告诉我："截至1976年，联邦贸易委员会针对诸多权势利益的激进态度和积极作为激起了变本加厉的游说活动。代表各个群体的游说团体纷纷涌进国会山，抱怨那群年轻的狂热者正在失去理智，而且听不进任何道理。联邦贸易委员会开始感受到压力。为了安抚对手，联邦贸易委员会的一些领导人开始对各个计划采取温和的节制措施。试图弱化殡葬规则便是手段之一。"

到1978年，已有两项内容遭到废弃：要求将最便宜的棺材和其他棺材一同摆放，禁止试图对买家的殡葬选择施加影响。正如大家所知，阿瑟·安杰尔不但心灰意冷，而且正确地预见到，整个规则将继续遭到破坏。于是，他退休了。

联邦贸易委员会的内部零件运转缓慢，步伐（从结果来看）却相当微小。在参与者眼里，这个过程似乎变得遥遥无期——从1973年到规则提案予以公告的1975年，再到召开多场听证会后规则最终通过的 1984 年，阿瑟·安杰尔和他的同事开始对殡葬行业展开了研究工作。

截至 1985 年，所有各方都看似将根据规则内容向殡葬购买者提供至少最基本的保护。

然而，在那一年我收到了一封来自 H 先生的信件。七十六岁的他是加利福尼亚州帕洛阿尔托市的一位居民，正在考虑自己的葬礼事宜。为了不让女儿操心葬礼的安排，他打电话到一家殡仪馆，询问简单火化的收费情况。殡仪馆回答说，大约 300 美元。接着，H 先生要求殡仪馆提供一份书面报价单。当他收到报价单时，价格变成了 525 美元。

H 先生对联邦贸易委员会的“殡葬规则”了如指掌，因为他做过详细研究。于是，他给旧金山地区办公室写了一封投诉信。他给我寄了一份这封信的复印件，同时附上联邦贸易委员会工作人员的回复内容：

> 对可能违反规则的人我们只有有限资源可以采取正式行动。我们的行动旨在纠正那些对数量众多的消费者产生影响的违规行为。

在我看来，这十分荒唐，H 先生难道不是普通公众的一员吗？殡仪馆的不实陈述难道不正是联邦贸易委员会的规则应当制止的行为吗？

我找到该地区办公室的一位律师，跟他讨论了这封来信的内容，但我们的谈话内容并不让人感到放心。“我们不能代表个体。这只是一桩个案。”他告诉我。我问他，什么叫“数量众多的消费者”？他回答说，没有具体数字。三个？六个？一百个？“我无法回答。”他说道。

我十分沮丧，于是打电话到华盛顿，找到了联邦贸易委员会的帕特里西娅·贝利专员。她一下就听出了问题的症结，然后，事情的进展十分迅速。地区办公室主任从贝利专员那里了解到这件事的细节之后，立即开展调查，并认定对 H 先生此事的“处理方式有误”。他向我确认，写那封信的员工和与我交谈的那位律师已受到“适当警告”。

与此同时，我觉得这件事提出了几个令人困扰的问题：有多少潜在的殡葬服务购买者有 H 先生那样的气魄，坚持给政府机构写投诉信，并给一位从未谋面的作家写信？大家都要给首都华盛顿打电话才能解决难题吗？但至少多亏了贝利专员的干预，我们有充分的理由相信，联邦贸易委员会的工作人员再也不敢以这种高人一等和不屑一顾的态度，对待一个合理合法写来投诉信的人。事实证明，并非如此。

我记得给《生活》杂志的一位编辑打电话询问，当某篇文章的主角投诉，自己的谈话内容遭到杂志社的错误引用、本人遭到杂志社的诽谤和不公正对待时，他们会怎么办。“哦，我们首先是开除墨菲，这通常会让心生不满的一方感到满意。”他解释说。当然，墨菲这个人并不存在，开除他只有一个目的，那就是安抚一位生气的读者。

以 H 先生之名做了十年的努力后我才发现，我和贝利专员都成了类似策略的牺牲品：很明显，对某些想象出来的工作人员予以所谓的“适当警告”成了让我们闭嘴的一句便利谎言。

1995 年 2 月，我联系上联邦贸易委员会旧金山地区办公室负责执行殡葬规则的杰罗德·莱特律师。我问他，如果有人像我很久以前遇到的那位帕洛阿尔托市通信人那样给他的办公室写信，他会怎么办？莱特先生拿出一封格式信函，落款日期为 1995 年 2 月 3 日，内容是：

对可能违反规则的人我们只有有限资源可以采取正式行动。我们的行动旨在纠正那些对数量众多的消费者产生影响的违规行为。

万变不离其宗……

继续问到执行情况时，莱特先生告诉我，从1984年到1995年2月，一共有三十八宗针对殡葬师的案子“被正式立案”，其中，只有两起案子进入审判程序。针对违规行为的罚款在1万美元至10万美元之间，平均约为3万美元。

据他估计，平均八个月到一年的时间才能处理一起案件。十一年的时间里，平均每年处理的案件数量略大于三起，这似乎是一种精挑细选。我问莱特先生，联邦贸易委员会单项计划的开展情况如何，即为该规则的执行分配了多少工时？他继续采用职业的官僚术语，说联邦贸易委员会在全国范围内雇用了大约六百名律师和三百名经济学家，“大约一半的人会负责消费者保护措施。说到殡葬规则的执行情况，也许在六百个工作日内，涉及这一规则的占到了两个”。但他无法估计，他本人为殡葬规则的执行情况投入了多少时间。

1990年，根据其经济分析局的审查结果，联邦贸易委员会毫不意外地做出结论，“本规则未能导致殡葬收费的普遍降低”。此后，在向该行业的游说团体不断妥协之后，它放弃了消费者保护这一借口，为前所未有的盈利时代扫清了道路。

1994年6月，委员会通过一项针对该规则的修正案，允许销售人员在不可拒付的费用中加入日常经营费，涵盖的细目清单包括保险费、税费、人员薪水、停车场等公用区域的维护费，以及尤其不能缺少的未设限额的盈利许可金。这样一来，联邦贸易委员会只需一丁点工作，就取消了仅仅十年前引入的项目化做法和消费者的选择权。现在，在联邦贸易委员会批准的不可拒付费用的掩护下，一揽子定价法复仇般卷土重来。与之同来的，是在定价和利润方面令殡葬师们欢呼雀跃的双重上升。

殡葬卖家还通过增加费用这种手段，让本已迷惑的消费者更加摸不着头脑。过去，联邦贸易委员会还没有制定殡葬规则前，一揽子收费是标准做法。而在过去的艰难时光里，消费者至少知道，所有殡葬收费中包含了棺材费用。然而，现在的标准收费单变成了这个样子：

庞福瑞殡仪馆通用收费单

殡葬师及其他人员基本服务费	1 525 美元
遗体转运至殡仪馆	255 美元
遗体防腐处理，或	370 美元
如不做防腐处理，则收取冰冻费	375 美元
穿衣、化妆、入殓	215 美元
瞻仰遗体使用设施费，按日收取	290 美元
葬礼使用设施费	315 美元
灵车	235 美元
花车	85 美元
轿车	115 美元
豪华轿车	120 美元
服务费及设施费合计	3 375 美元

上述数字还必须加上棺材费用——该殡仪馆的报价区间为 500 至 2 500 美元——以及报价区间为 525 至 6 500 美元的套棺费用（现在，几乎所有陵园都要求如此）。

之所以把位于华盛顿特区的庞福瑞殡仪馆作为事例，是因为它的价格位于全国的中间水平。

如果再加上最便宜的金属棺材的费用 2 000 美元，那么殡葬师的账单就变成 5 375 美元，而这不含陵园和套棺的费用。

以得克萨斯州休斯敦地区为例，上述同样商品和服务（不含陵园及套棺收费）所需的费用既可以低至 1 585 美元，也可以高达 8 420 美元。

莱特先生告诉我，联邦贸易委员会从来没有认真调查过，殡仪馆是否遵守了殡葬规则。然而，总有一些意志坚定的人散见于全国各地，他们多是不拿薪水的志愿者，出于某种原因——往往跟殡葬师直接有过纠纷——执着于纠正殡葬行业的不当之举。丽莎·卡尔森就是这样的人，她一直是消费者权益倡导者，也是非营利性组织佛蒙特州追思社团的活跃分子。

佛蒙特州每年死亡五千人左右，既是一件幸事也是一件难事，这取决于一个人的观点。因为处理死者的殡仪馆多达七十家，意味着每一家殡仪馆平均每周只有 1.4 个顾客。1994 年，丽莎·卡尔森对本州 87%的殡葬机构做了一次价格调查，结果她发现，全都没有完全遵守联邦贸易委员会的殡葬规则。联邦贸易委员会宣布其更温和的新规后，价格形势加速恶化。1995 年，卡尔森女士给联邦贸易委员会写了一封言辞激烈的信，说“各种变化已把消费者推到极度危险的境地”，且“有效地摧毁了消费者保护体系”，因为新的殡葬规则允许实行“捆绑式”收费——而原有规则对此予以禁止。从全州范围看，自通过规则修正案一年以来，本已臃肿的不可拒付费用增加了 28%。她引述斯旺顿市一名妇女的遭遇，1993 年，这名妇女花费 2 900 美元，为自己的母亲举办葬礼。1995 年 6 月，她父亲去世，同样的葬礼花了她 7 100 美元。

联邦贸易委员会从来没有系统调查过，殡仪馆是否遵守了殡葬规则，就在杰罗德·莱特肯定地告诉我这件事五个月后，突然——出人意料啊，出人意料——在 1995 年 7 月 6 日这一天，联邦贸易委员会大张旗鼓地举办了一场新闻发布会，标题是“联邦贸易委员会联手州检察官在全国范围内打击拒不提供消费者信息的殡仪馆”。发布会援引联邦贸易委员会消费者保护局局长朱迪·伯恩斯坦的话说：“联邦贸易委员会与各州检察官联手，从把受到举报的违规行为作为打击目标，转向采用寄送零容忍告知书等主动手段，并持续跟进采取迅速而可靠的执法行动。”

发布会解释说，主动手段就是“向特定地区的殡仪馆派出试买性顾客，以确定这家殡仪馆是否向顾客提供了分项价格单”。当然，在联邦贸易委员会呼呼大睡的多年时间里，这正是丽莎·卡尔森和全国的追思社团的同事们一直在从事的工作。（实际上，自十四年前颁布殡葬规则以来，在三十八起因违法行为而被处以罚款的案子中，超过一半是由殡葬消费者监管小组告发所致。）

至此为止，一切顺利，尽管读到后面，事实证明打击行为并没有蔓延至全国，因为它只涉及田纳西州四百三十六家殡葬机构中的七家，且全都位于纳什维尔市。同时，那也不算多么严重的打击行为，因为只有三家被处以罚款，金额只有区区 4 000 至 16 000 美元——这点钱，殡葬机构只需举办一两场殡葬服务便可轻易收回。

其后六个月，也许是在田纳西州的行动中累着了，联邦贸易委员会态度低调，不再说话。1996 年 1 月 16 日，又举行了一次新闻发布会，说在佛罗里达州的七百九十四家殡葬机构中，有五家——全都位于坦帕市——被联邦贸易委员会最新认定为遵守情况较差：一场全国范围内的“打击行动”。四家被处以 4 000 至 35 000 美元的罚款，一家因为哭穷而免遭处罚。这场声势浩大的全国性打击行动很快又进入另一个阶段，联邦贸易委员会宣布在德拉威尔地区展开了一次“清扫行动”。这一次抓住了五家违法机构，四家被处以 3 200 至 7 700 美元的罚款，第五家再次因为“财务状况”而被放过。

这就是这场“全国性打击行动”的数据总和，在整整一年的时间里，它想方设法放过全国四十七个州后，发现违规的殡葬机构不过十七家（尽管 1990 年联邦贸易委员会报告，全国不足 30%的殡葬机构遵守了有关规则），而它收到的罚款一共为 104 000 美元。

问题依然存在：经过这么多年的无所作为之后，为什么在 1995 年突然宣布这场“全国性打击行动”？这是谁的主意？

据联邦贸易委员会负责“清扫行动”的律师汤姆·科恩说，这些问题无法回答。“这不属于公共信息。”他说。当然，人们可以推测，联邦贸易委员会里的某个人，或某些人开始对公众持续不断的监督行为，如丽莎·卡尔森坚持不懈的调查活动、其他消费者保护团体在全国各地同时举行活动、“20/20”播放了一部殡葬纪录片、我对杰罗德·莱特的采访记录、我那位执着的研究助理凯伦·莱昂纳德给联邦贸易委员会打去的无数个电话感到略有不安。

联邦贸易委员会不温不火的爆发式行动意在向国会和消费者保护机构保证，自己已经登上保护公众利益的舞台吗？或者，那不过是为了干扰人们对它可耻的失职行为的注意力？因为它甚至没有采取任何措施，对欺骗和犯罪行为有所控制，而这不但成了该行业的常见病——把价格定得前所未有地高，在死者家属身上大肆获利——更是对以殡葬及陵园设施预付费名义交到它手里的数亿美元托管资金的滥用。

只有这一次，政府行为没有引起该行业的大声嚷嚷。当《殡葬管理》杂志的私下流通刊物《殡葬观察》于 1996 年 1 月 29 日刊发以下报道时，其中的原因似乎一下就明了：

全国殡葬师协会与联邦贸易委员会达成协议：

殡葬专业人士非常高兴地获知，规模和影响力足以与联邦政府达成协议的唯一一家全国性组织已经就殡葬规则的执行情况签署一项大胆创新的协议。原有的冲突性执法方式并未取得显著成效，于是有人提议新的尝试。

很明显，这里的“有人”不是别人，正是全国殡葬师协会自己，因为联邦贸易委员会于1995年1月19日就发布了这一计划：

该计划由全国殡葬师协会提出，并将由全国殡葬师协会与联邦贸易委员会共同予以执行……通过该计划，殡葬业将与联邦贸易委员会携手，致力于解决殡葬规则价格公布要求的低执行率问题。

根据新的计划，殡葬机构不再因为违背规则而被处以罚款。联邦贸易委员会发布的消息说：“未能向试买顾客提供总价单的殡葬机构，可以选择加入殡葬规则违反者计划（FROP）。在此计划下，殡葬机构将向美国财政自愿交纳一笔费用，该笔费用低于联邦贸易委员会因违反殡葬规则征收的民事罚款数额……加入该计划的殡葬机构将享受到降低刑事罚款、降低向财政支付免税款和免费培训等好处。”

联邦贸易委员会的正式让步就说这么多。《殡葬观察》杂志的报道更值得一读，因为联邦贸易委员会在关于公众消费的声明中被省去的诸多重要内容都包含在这篇报道中。我们由此得知，

联邦贸易委员会违规者计划的具体内容包括：联邦贸易委员会不再公布被指控违反本规则的殡葬机构的名称。违反本规则的

殡葬机构将免于被起诉至联邦法院，也将免于针对殡葬机构及其所有者的强制令。此外，违规者将获得一枚徽章，以让消费者知晓，该机构已加入本计划，并自愿同意遵守殡葬规则的所有条款。

怪不得全国殡葬师协会的执行会长罗伯特·哈登欢欣鼓舞地告诉《殡葬观察》杂志说："该计划创造了一种双赢局面。"

虽然有了殡葬规则违反者计划，但联邦贸易委员会能够保证，那些受到它青睐的违规者——现在应该被称作"殡葬规则违反者计划入选者"——就能隐匿机构名称吗？不可能，只要那些爱惹麻烦的"追思者"——一位殡葬业作者发明的词语——能够想出办法。美国悼念及追思社团（FAMSA）一直致力于根据《自由信息法案》实施权利保护，已将违规殡葬机构的名称公布在了网站 www.funeral.org/famsa/frop.htm 上。

美国悼念及追思社团是全美国一百二十五家非营利性悼念及追思社团的联盟组织，跟它当前的目标相比，这只是他们迈出的一小步，它不啻整合联邦贸易委员会的所有规则，并代表长期被忽视的消费者——用联邦贸易委员会自己的话来说——真正"采取主动行动"。变革清单上的首要事项，是取消不可拒付的费用，并将陵园纳入规则覆盖范围。

第十六章　死者地球村

过去数十年间，殡葬业布局发生了巨大变化。无须赘述，最重大的变化是出现了一家独大的局面，该行业乐此不疲地称之为“死亡护理”产业。几家跨国公司在该产业的每一个方面都留下自己的烙印，不仅是提升殡葬业服务水平和价格标准的主要驱动力，也是联邦贸易委员会无耻投降时的主要获利人。其中几个主角，即国际服务公司、洛汶集团和斯图尔特公司于1984年合并，成了当之无愧的龙头老大。

为了追溯其光辉历程，我们最好从它提交给股东的1995年度报告开始看起。这份报告洋溢着巨大的成就感：“1994年是国际服务公司有史以来最具活力的一年，在营业收入和净利润两方面抵达了新的里程碑，而且在欧洲殡葬业站稳了脚跟。”它的营业收入首次超过10亿美元大关。除已经分别拥有美国和澳大利亚9%和25%的殡葬机构外，它的最大成就是收购了英国15%左右的殡葬机构。

到1995年中期，踏上猎食之路的国际服务公司又吞并了一家大型的美国股份公司，即拥有二十三家殡仪馆和五十四处陵园的直布罗陀陵墓集团公司；它同时完成对法国最大的殡葬连锁企业里昂水务公司①的并购，由此在欧洲谋得了一席之地，因为该公司在法国拥有九百五十家殡仪馆，殡葬业务遍及瑞士、意大利、比利时、捷克和新加坡。

国际服务公司在1995年的营业收入超过15亿美元。在1996年，它的预付费式殡葬收入超过23亿美元，预付费式墓地的销售收入增加了2.51亿美元。

有了如此辉煌的成就，现在就看死神的表现能力了。在这件事情上，祂靠得住吗？《殡葬管理》杂志的打分比较悲观；它指出，随着癌症和心脏病治疗领域的医学进步，死亡率肯定会处于下降趋势。

经纪公司和投资分析人可不这么看，他们对诸多所谓新型“并购企业”表现出浓厚兴趣。高盛集团在分析企业前景后，预见了一幅美好的未来场景：

> 自1940年以来，根据复合依据计算的合并死亡率增速约为1.1%……再往前走，婴儿潮一代将逐渐老龄化，六十五岁以上人口的占比将持续增加，这两个因素会让合并死亡率不断上升……美国的老龄化现象将会让死亡护理产业在未来体验到相当稳定的需求……

芝加哥集团同样满怀希望。“投资组合里增加精选型死亡护理股票后，其价值会得到可观的提升。”其中一项优势阐释如下：“消费者很少进行比较购买，这是因为其购买频率很低，平均十四年才会发生一次。在很多情况下，死者的亲人所购买的选项，远比早先定下的价格昂贵。”它还提出了告诫：

> 现在越来越多的人选择火化，这应该被看作本行业最大的风险。我们同意，这的确是风险，但我们并不认为风险有想象中那

---

① 世界三大水务集团公司之一，于1975年至1995年开展殡葬业务。——译者

么巨大——同时，它也可能带来诸多机会。再者，本行业参与人员青睐的积极型战略战术也存在内在风险。本行业的定价惯例可能招致更严格的监管。

1996年2月，美林证券公司指出：

第四季度的运营成果十分强劲……然而，年度增长率低于我们51%的预估值。差额的原因是美国的死亡率持续保持疲软。

摩根大通公司于1996年2月发布了一条令人乐观的大幅标题："国际服务公司：1995年表现强劲，1996年值得期待。"在此，持续疲软的死亡率也被视为一个不可小觑的问题：

纵观1995年，北美地区的死亡率低于历史趋势。业务量比上年下降了3%……

但希望仍然存在。正如约翰·贝杰曼[①]在诗歌《致19世纪的葬礼》里所写的那样："这种寒冷天气/带走了很多老年人。"摩根大通公司的公告里继续写道：

1996年的头两个月，随着北美地区出现极寒天气，第一季度的死亡率应该接近历史趋势，即大约8.8的千人死亡率。按照我们的理解，在已经出现极端天气条件的欧洲和北美，1996年前五个星期的营业量实际上出现了上升，而欧洲似乎出现了迹

① 约翰·贝杰曼（1906—1984年），英国作家、桂冠诗人。——译者

象，即将达到或超过第一季度的计划。

让国际服务公司大获成功的两条策略是“聚合”和匿名——对该行业而言，这是两个全新的概念。

在全美国的两万两千家殡葬机构中，绝大多数是小规模经营，每年完成的火化业务在五十到一百例之间。该产业的评论人员将高价归咎于此；他们指出，殡仪馆每个星期处理一到两例火化业务，却要为满足这么几个顾客的服务而维持一整套的火化师、设备、灵车、殡葬用车、销售人员等。正如一位分析师所说：“拿全职的钱，做兼职的事儿。”

国际服务公司像一股刮进行业的旋风，一扫旧时代的陈旧方法，代之以“聚合模式”，即流水线大规模生产的最新趋势。国际服务公司借用麦当劳把食物的准备和管理功能高度集中的成功做法，经过精挑细选后率先在特定的大城市买下若干家殡仪馆、陵园、花店和火葬场。

第二步是将业务的基本要素迁到中心站点。“聚合”这些活动场所的灵车、轿车、业务用车、驾驶员、调度员、火化师，以及各种各样的办公室人员，如会计人员和数据人员——他们提供的服务量，相当于原来五六家或更多独立营业的殡仪馆，费用则大幅节省。不用说，通过“聚合”方式节约下来的钱不可能传递给消费者。国际服务公司的价格大幅上升，目标是实现30%的增长率。在休斯敦市场，有着二十家殡仪馆和陵园的国际服务公司占据了主导地位（占比75%）；据最近统计，它的价格比本地区的独立殡葬机构高出60%，在首都华盛顿则高出40%。洛汶集团旗下殡葬机构的价格正趋于接近国际服务公司。

尽管上述巨头只拥有全国10%的殡葬机构，但它们即将成为重点市场里的主要供应商，占到全国殡葬数量的20%。顾客对聚合策略完全没有意识，因为国际服务公司极为成功地采用了匿名政策。通常而言，本计划在收购约翰逊的永恒安息教堂之后，不但保留该教堂的名称，而且也会留用约翰逊本人——他被任命为按时领薪的经理，从而确保了识别度和商誉度的连续性。当你有需求的时候，你会想起可爱的老约翰逊先生，因为他是你们一家打了多年交道的一位忠诚的老朋友，所以你会找到约翰逊先生的殡仪馆，约翰逊先生跟你打过招呼后，带着你走进棺材挑选室，完成葬礼的签字手续。你不知道的是，亲爱的死者已经被快速转运到别的地方接受遗体防腐处理。拉回来后，他看上去年轻了二十来岁，妆容精致穿戴考究地躺在约翰逊先生的“睡眠室”，等着朋友和家人们来见上最后一面。你同样不知道的是，约翰逊先生的礼拜堂现在是一个吃人不吐骨头的地方，所有东西——尤其是价格——全都不同于以往。

你作为被约翰逊先生领进棺材挑选室的顾客，可能以为眼前就是几口随机摆放的棺材。就在他带着你缓步前行时，没有丝毫线索让你察觉这是约翰逊先生的雇主国际服务公司精心构思的策略。国际服务公司给澳大利亚雇员提供过一本指南手册，读起来就像是一部电视短片的脚本，舞台提示一应俱全：

> 洽谈过程进入棺材阶段时，我们希望你采用以下方法：
>
> “____先生，____女士，我接下来协助你们为____挑选一口合适的寿材。”
>
> 进入挑选室，走到房间中央，站在经典皇家系列的后面。安排死者家属站在经典系列的前面。

“请允许我给你们介绍我们的经典皇家系列产品。本系列按照欧洲当代寿材风格设计。这套产品系用玫瑰红杉木精心地［原文如此］制作，侧板刻着精细黄线。这口寿材体现了大师工艺，内壁全部衬有绸缎。定价为 1 595 美元。”

现在，移步向右，站到经典王室系列的后面。

“请向右移步，我们来看看最新的设计款式，我们把这一款称作经典王室系列。本产品融传统人形棺材和方形棺材为一体[①]，给人一种外廓更宽的感觉，因此更受大家欢迎。材质是玫瑰红杉木，做了抛光处理。这款产品将澳大利亚本地木材和工艺木材融为一体。其价格是 1 995 美元。”

走到左手边的白珍珠系列旁。

“这是我们的白珍珠系列产品……它被设计成了传统的人形寿材……它的制作材料是工艺木材。价格是 995 美元。”

走到侧后方角落，站在汉诺威系列的边上。

接着，对汉诺威系列产品做一番热情洋溢的介绍，其定价为 2 995 美元。然后，多伊或类似的其他工作人员会向死者家属告知如下内容：

---

① 原文是 coffin 和 casket。当无特别意义时，这两个单词均译作“棺材”或“寿材”，此处突出 coffin 具有人形外廓的特点，而 casket 指形状规则且上部可打开以供瞻仰遗容的棺材类型。——译者

“你们如果有什么问题，我会在一会儿之后回到这里（走到楼梯快要到头的地方）。”

最后有一句舞台提示：

允许你所接待的死者家属想待多久就待多久，但注意不要对他们不理不睬。领会他们的肢体语言。

在澳大利亚的报价可能比美国同款高出两倍或更多。还要注意，coffin绝对不能出现在美国殡葬界的词汇表里。但在南半球，跟美国以外的其他英语国家一样，casket这个字都可能指的是盛放珠宝或其他贵重物品的装饰性盒子。澳大利亚人正在被国际服务公司洗脑，强行接受殡葬师赋予的殡葬容器概念。

国际服务公司在最新的陵园销售人员指导手册中，已经对其初始合用词汇表（见第五章）略作更新（强调字体为原文所加）：

国际服务公司陵园术语表

为与纪念公园计划保持一致，国际服务公司的所有陵园逐渐形成了一套**专用术语**。正如构思精巧的小铜牌、长满花草的园子和货真价实的雕塑取代了冰冷且往往十分张扬的墓碑，本行业正把那些**粗鄙**而让人产生压抑想法的词语换成讨人喜欢的词语，以让人联想到**美感和尊严**。长期以来便与陵园相关的**某些词汇**有时会增加人们的销售抗拒力，因为它们让人联想到消极、病态，且令人沮丧的画面。以下是与消极词汇相对应的**积极动作词汇**列表。后者应该尽可能从销售用语中予以剔除。

以下是国际服务公司的部分“不死”词汇：

应　用	意　义	不　用
Casket Coach	灵　车	Hearse
Display Area	棺材室	Casket Room
Interment Space	坟　墓	Grave
Opening Interment Space	挖　墓	Digging Grave
Closing Interment Space	填　墓	Filling Up Grave

挖墓人有问题。用来填墓的泥土不能叫 dirt，而必须叫 earth。下葬之前举行的葬礼不叫 funeral，而叫 memorial service。死者生前生病不叫 sick，而叫 ill。他死了，不说 die，而要说 passed on。对他的遗体做防腐处理不叫 embalmed，而叫 prepared。参加葬礼的哀悼者不叫 mourners，而要说成 relatives 和 friends。

被洛汶集团公司收购的殡仪馆自有一套提高棺材价格的法子，这在内部被称作“第三单元目标销售法”。它利用心烦意乱的死者家属具有的一种倾向，即避开最便宜的棺材，而在价格的选择上提高一个档次。这意味着把新并购殡仪馆开出的最低定价的棺材放在一边，转而挑选更为昂贵的产品。因此，当顾客挑选了第三单元的目标产品时，他最终卖出的棺材正好让自己获利丰厚。类似做法在合并企业里十分普遍，并被他们称作“再销售①”。

合并企业采用强盗手法，获得的利润令人羡慕。在洛汶集团公司最近一次提交给证券交易委员会（SEC）的报告中，将其殡葬业务的毛利率确定为令人大感惊异的 41%。同一时期，国际服务公司的殡葬业务利润率仍然可喜地高达 25.3%。

① 原文是 remerchandising。——译者

据非营利性的北得克萨斯追思社团所做的调查显示，三大并购巨头，即国际服务公司、洛汶集团和斯图尔特公司旗下殡仪馆的收费标准一直高于该地区独立执业的殡葬机构。洛汶集团旗下位于得克萨斯州阿马里洛市的一家殡仪馆收取的“基本服务费”（被联邦贸易委员会称作不可拒付费）为 1 638 美元。据调查，该地区另外三家殡仪馆的收费平均数为 863 美元。

《时代》周刊的一次价格调查显示，阿马里洛市独立执业的博克斯维尔兄弟公司的火化收费标准为 185 美元，而洛汶集团旗下的 N. S. 格里格斯的收费标准是 425 美元。

正是因为有了上述数字，洛汶集团才在最近提交给证券交易委员会的报告中，将消费者缺乏的“价格敏感度”说成是殡葬业“充满魅力的行业特征”。

合并企业的股东们有理由为利润猛增的报告感到高兴，但那些受害的顾客该怎么办呢？

安・R. 麦钱特夫人在写给美国殡葬及追思协会的一封信中，报告了自己那段痛苦而羞愧的经历，也许可以作为一个典型：

> 六个星期前，我四十三岁的丈夫非常意外地死于得克萨斯州克利夫兰市。当地只有两家殡仪馆，所有人是同一家大型集团公司。我们有两个孩子，当他心脏病发作时，他们听到他摔倒在地上，因此，你们可以明白，当我第二天去殡仪馆洽谈殡葬事宜时，是一种什么样的状态。我以为洽谈过程大约也就三十分钟，相反，整个过程花了我三个半小时。完了之后，我求他们放我回家。不行，我还得亲自挑选墓地，因为法律有规定（他们就是这么跟我说的，如果得克萨斯州有这条法律，我真的很有兴趣做一番了解）。

我只收到过他们寄来的一份收据。上面的第一项收费是1 990 美元的专业服务费。遗体防腐处理 525 美元，穿衣及化妆225 美元，瞻仰 255 美元，葬礼 425 美元（举行葬礼的地点是我们常去的教堂，但殡仪馆说，不管在教堂还是在什么地方举行，收费标准都一样，这听上去不太像话，对吧?），将遗体拉到殡仪馆的运费 125 美元（他们告诉我，县里支付了交通及验尸费，这听起来不是重复收费吗?），灵车驾驶员 275 美元，花车及驾驶员95 美元，十八号海洋蓝绉纱衬里钢制棺材 2 095 美元（那是他们最便宜的一款，他们打开门后让我挨个浏览，我找到了自己想要的，幸运的是，就在我惊骇得快要晕倒在摆满棺材的屋子里时，我兄弟及时扶住了我），水泥套子 425 美元，葬礼签到簿 25 美元（就是供吊唁者签名的一个小本子），悼念卡 25 美元 100 张（我要是当时有时间，在自己电脑上可以制作得比它好得多），死亡证书 18 美元，总额是 6 503 美元。但这不是全部，我还给他们签了一份 9 097 美元的保险转让书，所以很显然有一笔 2 594 美元的墓地费。我知道，那块墓地价值 895 美元，所以我就买了两块。我不知道其他是些什么钱，因为我既没有收到这部分钱的收据，也没有收到价格清单。

我买的墓地挨着一个朋友，她购买的时间不到两年，价格是395 美元。周围地区所有的陵园和殡仪馆都被某个大公司收购了（我需要搞清楚这家公司的名字），很显然它把所有费用都上调了一倍多。陵园说，唯一可以便宜购买墓地的办法是提前购买，这样可以节省 200 美元。他们好像没看出，我还没有死，所以我这也是提前购买，也可以支付 695 美元。我让他们从账单中减去895 美元，因为我自己并不想要那块墓地，但几个星期后，我可能会以 695 美元的价格完成提前购买。他们说，我不能这么做了，因为他们已经知道我是谁。

下葬后两个半星期，陵园销售经理带着一位销售代表来到我家，“慰问”拜访，实际上是为了卖墓碑。第二个星期，他们打来电话，答应了我提出的2 700美元的想法。又过了一个星期，他们打来电话，说他们拿到了新的价格单，所有的价格都上调了。那真的是最后一根稻草，所以我明确无误地告诉他们，我认为他们是在宰客，因为人们都不清楚自己在做些什么，签些什么。那位女士挂了电话，从此再没有人给我打电话。

两天前，我收到了人寿保险公司开出的核对单，收件方分别是我和佩斯-斯坦西尔殡仪馆。我还没有走到这一步，因为我想弄清楚，我有什么样的法律权利，我是否有权申请退款。这些家伙在合法抢劫，还要满嘴仁义道德，仿佛他们真的是在关心别人，那不过都是胡说八道。

我要申请退回2 200美元，其中2 000美元是他们用来宰我的专业收费，200美元是我那块墓地。我认为这完全不公平，他们在其他项目上高收费，又赚了我一大笔，难道你们看不见吗？

请通过电邮向我讲明答案或意见，因为我真的需要在下个星期前拿着这份核对单找到他们，要不他们会把我丈夫挖出来烧掉。（陵园有规定，如果不付钱，这就是下场。）

安·R. 麦钱特

国际服务公司在年度财务报告里夹进了一张可以撕下的卡片，上面写的是“供国际服务公司尊敬的股东们了解殡葬服务的个人之需”。卡片内容是：

作为国际服务公司的股东，您可能已经注意到，敝公司的名称从未在建筑物或陵园里出现过。如果您本人、您的家人或朋友需要我们提供服务，或者想了解提前规划的各种好处，通过以下随附的800电话，您便可以快捷地与敝公司取得联系。

正如敝公司可让您的公司得以成长和发展，我们也能在您遇到丧亲之痛时向您提供帮助。

正如我的一位记者朋友所说，结尾写得很漂亮："如果您在悲痛之时收到本信息，请接受我们的真诚致歉。"另一方面，就收读卡片而言，还有比这更合适的时间吗？实际上，它让股东实现了一石二鸟：既对如何办理丧事实现了迅速决断，与此同时还提升了自己的股价。

我拨打1－800－9CARING后，获知了国际服务公司在全国多个城市的殡仪馆名称。后来，有十几家机构向我提供了价格单。价格单有好几页，涵盖了各种各样的"服务"和商品，着实令人眼花缭乱，如棺材、套棺、寿衣等。国际服务公司下属各家殡仪馆的随附说明文字实际上大同小异，而为了弄清来龙去脉——如果有的话——这些文字才是大家要注意的地方。也是在这个部分，联邦贸易委员会于1994年颁布的殡葬规则的全部含义才变得明显起来。

首先是按照联邦贸易委员会的要求做出的一份声明："以下所列是我们可向顾客提供的商品及服务。您可只选择您所需要的项目。然而，您选择的任何殡葬方案都将包含基本服务及运营支出这项收费。"

关键点就是那个"然而"。那意味着，不管你是否"选择"或"想要""基本服务"项下的任何内容，不管愿意与否，你都要支付这笔费用。就此，他们还用大写字母加了说明："殡葬师及其他人员的基本服务费。该笔费用用于我们的基本服务及运营支出，将添加至你所选择的殡葬方案总费用中。”

“专人全年全天候负责首问回应”。也就是说，有人接听电话，而这个人很可能就是个接受过训练的办公室文员，被安排在了这个中心节点岗位。

“洽谈会议”。殡葬机构的说法，意思是解决销售问题。

“与陵园、火葬场以及/或其他涉及死者最终处置的有关方面协调服务计划”。这类似于你的旅行社需要跟航空公司、租车公司、旅馆等方面综合协调你的出行计划。

“办理并录入死亡证明和处置许可证”。死亡证明由医生和验尸官提供。非医学死亡证明信息必须由死者家属提供。处置许可证是一些简单而程式化的表格，通常由殡葬师本人签字后投入邮箱。

“神职人员辅助填写与殡葬相关的各种表格”。需要通过这些表格从保险公司、社会保险、退伍军人管理局、工会等途径获取死亡补助金。需要的主要信息呢？姓名、地址、社会保险号码、死亡的时间和地点。

“还包含运营支出，如设备维护、设施及库存费用、保险及管理费用、一般性政府合规费用”。越来越看不懂了。在此，买家要接受评估的项目有停车场维护、办公家具打扫等，而他首先必须在“政府合规”这个项目下交一笔钱，以让殡葬机构不违背相关法律。

上述“服务项目”大多可由死者家属完成，再说，它也只会花去殡仪馆人员很少量的时间。这便是联邦贸易委员会向行业游说团体做出懦夫式忍让的最好事例。

联邦贸易委员会现在所说的“最基本服务”或“不可拒付”费用，被该行业不那么好听地叫做“附加费”。尽管不只有连锁式殡仪馆在滥收这笔费用，但它们做得最为显眼：

亚利桑那州凤凰城	A. L. 穆尔父子公司（国际服务公司）	1 295 美元
亚利桑那州凤凰城	影子山殡仪馆（国际服务公司）	1 295 美元
加利福尼亚州萨克拉门托市	哈里·A. 瑙曼父子公司（国际服务公司）	1 145 美元
加利福尼亚州圣迭戈市	克莱尔蒙特殡仪馆（国际服务公司）	1 145 美元
华盛顿哥伦比亚特区	约瑟夫·高乐父子公司（国际服务公司）	1 870 美元
马萨诸塞州斯普林菲尔德市	拜伦公司（洛汶集团）	2 465 美元
纽约州纽约市	弗兰克·E. 坎贝尔公司（国际服务公司）	1 395 美元

位于得克萨斯州休斯敦市——国际服务公司的世界总部即坐落于此——的韦斯特海默森林公园殡仪馆以“基本服务”名义收取的费用是 1 682 美元，相当于该市二十家国际服务公司所属殡仪馆的平均标准。森林公园最便宜的“传统型”葬礼费用为 7 020 美元，该费用包含一口金属棺材，有三种颜色可选（批发价低于 400 美元）。森林公园还吹嘘自己有一处墓园、一座附赠地宫的在建陵园和一个名为“草坪地宫”的创新项目，即位于草坪之下的地下墓穴。玛西亚·卡特尔是休斯敦的一位长住居民，精力充沛而且绝不服输的她花了数天时间来弄清韦斯特海默森林公园的价格清单；多亏了她的顽强决心，一张内容完整的图片才得以展现出来。

玛西亚碰巧在韦斯特海默森林公园有两个地宫，她父母于 1960 年为此支付了 1 705 美元。她父母去世后，在别处进行了火化。多年来，玛西亚都在不定期地努力，想要退掉这两个地宫。韦斯特海默森林公园拒绝赎回。“他们告诉我，那两个地宫没什么价值，因为所处的位置是陵园里的‘老旧户外’区域，”她对我讲道，“大家现在想要的地宫都位于新建的空调区域。”随即，玛西亚提出将地宫捐给当地的教堂或养老院，以供贫困家庭使用。“墓园公司告诉我，禁止将地宫转让给‘陌生人’的行为。我问他们，这是否侵犯了我作为合法所有者的权利。但他们回答说，至于谁可以埋进去，墓园公司保留最终决定权。至此，我对这个问题完全没了兴趣，它就那样在滑稽荒谬和正义愤怒间不断摇摆。”

1995 年春季，我就上述事项与国际服务公司的创始人兼首席执行官罗伯特·沃特利普在休斯敦安排了一次采访。我与休斯敦的比尔·巴瑞特进行过数次相当友好的电话交流，此人的完整头衔是国际服务管理公司交流部主任。就在我们定下会面日期后，我收到了巴瑞特先生发来的传真件：“我非常抱歉地告知，沃特利普先生在未来数月的旅行及商业任务令其无法安排时间与您交流。”

这样的消息真是令人难过。我早就热切地盼望着跟沃特利普先生做一次大开眼界的长谈。但取消这次采访的理由，可以从巴瑞特先生的一篇文章中一窥究竟；文章刊登在《国际服务公司内参：一份供国际服务公司雇员及分支机构阅读的出版物》，一位心生不满的国际服务公司前雇员将它扔给了我。巴瑞特先生告诫读者：“跟媒体打交道是件十分严肃的事情。你的业务形象和声誉都可能面临风险。如果在准备过程中你能得出结论，接受采访完全不符合你的利益，就千万别去。”

1995 年 4 月，在美国陵园协会大会上，巴瑞特先生在题为《危机形势的识别与应对》的讲话中，做了详细说明。节选如下：

1. 确定问题。是生死威胁还是单纯的令公司难堪？……

2. 控制所透露的信息。尽可能指派专门的发言人……如果你指派了不止一个发言人，那么紧要的是，让每个人都说同样的话……

3. 挑选危机团队。律师应该加入其中，或至少让他有机会对策略加以审查……

4. 知道何去何从。答应接受采访前，你有权知道跟你谈话的记者姓名，或该记者是否根据其自有信息做出了结论……

5. 做好准备。为接受媒体采访而做的准备工作怎么也不算浪费。这样的工作有时还会引导你做出结论，接受采访不符合你的利益。如果出现这种情况，就千万别去！曾经有人请我参加菲尔·多纳休主持的访谈节目，以对有些神职人员和死者家属向殡葬业发起的指控进行辩护。门都没有！

我怎样才能在菲尔·多纳休失败的地方取得成功呢？我决定试试别的法子，冒充一下玛西亚·卡特尔那位来自英国的亲爱的杰西老阿姨。

杰西阿姨似乎是个不错的解决方案。她在英国的同辈早已死光，在这个世界孤苦无依的她，很高兴地想到了把休斯敦当作自己最后的安息地，因为这里毕竟跟她侄女一家挨得很近。玛西亚通过电话约好了时间，我们一起在 1995 年 5 月 26 日这天一起去到了韦斯特海默森林公园。（在这件事情上，日期很重要。森林公园的价格单上有说明，“上述价格自 1995 年 3 月 10 日起生效，但可在不做通知的情况下予以调整”。）

一位名叫珊迪的打扮时髦的年轻“需求提前咨询师”领着我们做了参观。玛西亚说，她急于看到园里的一切，因为她想为自己的家人提前做好规划。珊迪说，她很明智。而且，她应该赶快决定，因为地宫的价格 6 月 1 日就要上涨。“你是说，还有六天的时间吗？我们的时间不多呀……要涨多少呢？”珊迪不知道确切的涨幅，那要由总部办公室确定，总部不是还没有宣布嘛。但是她说，一般而言，地宫价格每五年就要翻一番。（杰西阿姨和玛西亚后来斟酌过，以这个价格计算，她那两个现存地宫的价值是 217 600 美元。）

珊迪带着我们看了个遍。顶着杰西阿姨这个身份，我对那两个地宫表现出尤其浓厚的兴趣，因为它们完全不同于西敏寺里的地宫。我说，更像是迷你型的高楼公寓。每层有六个棺材大小的水泥盒子，售价在 7 395 至 8 895 美元之间。为什么有 1 500 美元的差距，它们看起来不是一模一样吗？珊迪解释说，中间层的贵一些：“对了，顺便说一句，每个穴位的开穴和填埋都要收取 660 美元。”

第二天，玛西亚给国际服务公司总部打去电话，询问 6 月 1 日的地宫涨价详情。过程确实有些拖沓，她被几个经理像皮球那样推过来踢过去。终于，国际服务公司殡葬-陵园联营体中的橡树纪念园的经理帕特·吉尔利先生打回电话说，地宫没有涨价计划，珊迪弄错了。（或者，她是否纯粹在遵照销售课程中所提供的建议。玛西亚很想知道这一点。）

接下来的那几天，玛西亚竭力想弄清楚，森林公园最便宜的购买计划要花多少钱——首先，如果一个地宫已经被人占用；第二，实行“直接埋葬”或“直接火化”，即不安排遗体瞻仰、不举行宗教仪式。

“唉，我真的要说说，这些人并不喜欢谈论价格！”她说道。森林公园的经理戴维·戴特灵更不愿意谈及第一个项目，即“最基本服务”。“他无法/不愿分解项目，”玛西亚告诉我，“那笔收费无法免除，哪怕我们所列举的大部分事项都能够由我们自己来完成。”

价格单上的第二项：准备遗体。防腐处理，425 美元。冰冻，425 美元。“不管哪种方式，他们都能收到 425 美元，”玛西亚说，“如果不做防腐处理，那么你就得接受冰冻处理，哪怕你要直接火化。戴特灵先生还告诉我，未经防腐处理的遗体只能接受法定近亲属的瞻仰，且时间很短。这种做法跟殡仪馆的‘血源性病原体’责任有关!!”（又一道让人更感炫目的幻想之光；随便哪个病理学家都能告诉你，如果没有传染性疾病，死尸不存在感染活人的风险。）

与国际服务公司一众人等经过多次电话交谈之后，玛西亚得出了以下数据。

首先，直接火化：

直接火化“最低服务费”（国际服务公司从 1 682 美元中做了大度扣减）	1 252 美元
从死亡地点起算的遗体运输	355 美元
冰冻	425 美元
纸板箱	275 美元
火化费	475 美元
办证交通费	100 美元
合计	2 882 美元

其次，假如杰西阿姨在休斯敦一命归西，最终葬入玛西亚已经付款购买的地宫之一，所需费用如下：

“最低服务费”	1 682 美元
从死亡地点至殡仪馆的遗体运输	355 美元
冰冻/防腐处理	425 美元
最低程度（垫圈式）密封棺材	2 598 美元
从殡仪馆至地宫的遗体转运	275 美元
地宫开穴/填穴（取下/装回面板）	660 美元
办证交通费	100 美元
合计	6 095 美元

（地宫开穴/填穴如遇星期六，价格增至 685 美元，星期六下午增至 780 美元，节假日增至 975 美元。星期日不办理业务。）

我问，把遗体从殡仪馆搬到地宫也就 200 码的距离，怎么会收费 275 美元。“这看上去有点贵，”玛西亚说，“他说，在 50 英里半径内，这是固定的收费标准。即便隔得很近，但收费相同，因为它包含的是‘交通工具维护、保险等’。忍无可忍！还有，我问，为什么直接埋葬要收取 1 682 美元的‘最低服务费’，而不能像火化那样给点折扣，他的回答是：‘这个嘛，人家就是要让火化比埋葬显得便宜一点点儿。’”

对玛西亚而言，这样的洽谈结果已经相当不错，因为很显然，她这个殡葬服务购买者不同于你们休斯敦居民。她要把杰西阿姨装进一口最廉价的棺材，再葬入一个没有空调的老旧地宫，既不会有邻居前来看望她，也不会举行宗教仪式或悼念聚会。那些想把仪式那一点点钱捞回来的殡葬机构，会将韦斯特海默森林公园的以下收费项目增加到上述探底式价格表中：

探视过程发生的设施及人员服务费（每天）	98 美元
在韦斯特海默森林公园内部教堂举办的葬礼，或	725 美元
使用其他设施的人员及服务费，或	725 美元
用于举办无遗体式悼念服务的内部教堂收费	725 美元
用于墓地服务的设备及人员服务费	515 美元
星期日或节假日使用设施/人员附加费	600 美元
棺材收费区间为 2 598 至 25 145 美元	
铜质套棺（防止外来成分进入）	20 378 美元

还有很多——寿衣至多 192 美元，鲜花至多 2 000 美元，悼念册子，纪念旗子盒——可为什么还要数下去呢？读者可以通过拨打 1-800-9CARING 查询自己所在社区的国际服务公司有哪些设施设备。[①]

那么多钱用到哪里去了？公司薪酬专家格赖夫·克里斯特尔写

① 美国殡葬及追思协会在其网站公布了一份连锁殡仪馆名单，不过由于并购的频率过高，人们很难知晓殡仪馆的最新所有权状况。

道，他在1995年对四百一十四家公司展开过调查，而国际服务公司是为其殡葬师和经理们支付薪水最多的十家公司之一（《纽约时报》，1995年6月27日）。据他估计，殡葬师们的超付薪水额度高达95%，而首席执行官罗伯特·沃特利普作为创办者和公司的幕后首脑，超付额度高达62%。

我问过克里斯特尔先生，国际服务公司的殡葬师能拿到多少钱。他说，把预付薪水、会议费、股权、退休金福利和递延薪酬包含在内，总薪酬达到了102 000美元甚至更多。"如考虑公司的规模和运营状况，合理的薪酬应该是49 700美元。"首席执行官呢？"他的薪酬总额是4 321 000美元。同样考虑前述因素的话，他的合理薪酬应该是670 000美元。"他补充说，过去十年间，首席执行官的表现"乏善可陈，既不算太好，也不算太差，但最近有了提升"。

位居高薪酬殡葬师榜首的是沃斯海姆施罗德投资服务公司的主席兼首席执行官安东尼·科埃罗，大家都叫他托尼·科埃罗，他原是来自加利福尼亚州的民主党国会议员。1989年，他顶着丑闻疑云，就在司法部和众议院道德委员会即将对他个人投资垃圾债券一事——多亏了一位储蓄及贷款事务主任的帮忙，此事终于得以收场——展开调查的前夜，辞去众议院的职务，让出了多数党党鞭这一权势岗位（《华尔街日报》，1994年3月29日）。

据《华盛顿邮报》（1995年1月8日）报道，有人说，在1981年至1986年担任民主党国会竞选委员会主席的科埃罗"出卖所在党派的灵魂，手段是大幅扩展商业政治行动委员会（PACs）的捐款数额以及捐款者们的回报预期"。

1994年，随着时间流逝元气得以恢复的他，加入了克林顿总统的核心顾问圈。但不同于手持镰刀的死神本人，科埃罗先生是一个骑墙派人物："我喜欢鲍勃·多尔！"他在一次采访中如此告诉《华盛顿邮报》。“我在共和党那边也有好朋友！我和（游说人士）吉姆·莱克好得像亲兄弟！”

这一切都预示着，国际服务公司的死者地球村具有无比灿烂的前景。

第十七章　英国殡葬业的前世今生

在英国，公开展示经过防腐处理的遗体会被视作恶心景象和公害行为。

——阿尔弗雷德·费罗思，《殡葬法》

为全面了解英国目前殡葬习俗的变化过程，回顾一下三十年前的景象不失为一种有益的做法。

英国殡葬业的前世

美国殡葬师总喜欢这样说："英国大概落后我们三十年。"在英国人看来，这大致相当于一句半遮半掩的警告：例如，它是不是意味着，从现在往后五十年，英国翠绿而宜人的土地大多已变成供人永远安息的纪念陵园？只需简单的一步，就能把舍伍德森林变成森林草坪陵园？只要略加想象，便能把直率的英国乡绅和他喜欢骑马、面皮粗糙的老婆变成可爱的追忆照片，他们原来那副面无表情、让人讨厌的面容经由修复艺术家的双手，变成无人见过的和善模样。他们的棺材也会（像美国的"福吉谷"那样）用著名的战争命名吗，如取名为"不列颠之战"，从而带上英国皇家空军那种令人愉悦的天蓝色，或者取名为“弗洛登战役”，体现一下射箭主题？或者，（像美国的“殖民风格经典”那样）根据英国的历史时期来命名，如王政复辟洛力克、十字军、花中骑士，或为专门模拟该时期精致的客厅家具而在内里填满马鬃的维多利亚丰腴型？那位乡绅和他的妻子是要装扮得像要坐进阿斯科特皇家观众席一般，他戴着高礼帽，穿着燕尾服，她穿着拖地印花雪纺绸礼服，还是简单地穿着哈里斯粗花呢，再加一双实用殡葬用长筒胶靴呢？

在美国听过一首广告歌曲，歌词模仿的是《摇滚年代》：

钱伯斯牌棺材就很棒，
原材料是柏木和檀香。
如果你的挚爱死翘翘，
请来哥伦布路690号。
如果你的挚爱要离开，
用钱伯斯把他们运载。
钱伯斯的顾客都会唱：
“死神啊死神，哪里才是你的毒枪？”

这对英国人来说可能过头了一点，但低估美国企业的穿透本领也是轻率的。

也许某天，这样的诗句会出现在商业电视节目中，或被写上乡村的大幅广告牌：“与你的伴侣长眠/与伟人的遗骨相伴/按照约定，我想起了/女王陛下。”——威斯敏斯特纪念陵园有限公司。或“你的心在永远的高地上！”——幸福的赫布里底港湾公司。

也许神奇但同样可能的是，英国人会审慎地注意到，增进英国葬礼“文明程度”的美国传教士计划已处于实施状态，有些进展已被记录在案。

早在1926年，全国优秀殡葬师协会的一位会员在考察英国之后，就向自己的同事报告了给他留下最深刻印象的几件事："我跟着一个相当和蔼的绅士，在利物浦打发了一天的时间。在美国以外的地方，很少有人知道遗体防腐处理这件事儿。英国人对此一直争论不休。我看过他们出的一本刊物，几年前就开始了争论。我想，我们要是委派几个传教士过去，或许能够给他们创造一个美好世界……"

我们的传教士花了很长的时间，才让自己的努力结出了切实的成果。英国佬似乎甘愿比美国同行落后五十年。

让英国朋友描述常见葬礼程序的做法意义不大，因为参加过葬礼的人少之又少。无论是工友、邻居还是点头之交者的葬礼，美国人都要结伴前往，而在英国只有关系最亲的人才去；如此一来，很多人哪怕到了中年，都从来没有见过葬礼。也许可以理解的是，有的人并不愿意了解相关情况。一位朋友写道："我还从来没有进过XX殡仪馆，尽管我天天都从它的门口路过；我担心自己有年猪怕过屠夫门的迷信想法。"

还有一位朋友跟着乡下殡葬师走了一遭，并写出了完整报告："首先，他说——也得到了我自己的感受和我问到的每一个人的经历的证实——我们甚至都还没有达到模仿美国人的边缘，而在我们走出这一步之前，每个人的心里都会经历一场巨大变化。至少在这个领域，我们没有必要试图毫无意义地模仿美国原创。非常肯定，大家觉得殡葬师就是一个手艺人——他的工作丝毫没有声望可言，而在乡下地区，殡葬师往往也是建筑工人。至于防腐处理，这位当地人说，他在十年时间里也只处理过一具遗体（他的家人都在海外，葬礼必须延后几日），因此没有丝毫迹象表明，这一做法会变得具有普遍性。关于下葬，大家的全部想法就是以一种悄然的敬重方式处理死者，尽量少操心，不惊动他人。可以这么说吧，就是得体而安静。”

进一步的调查让我相信，相反的力量也在起作用。在这个行业内部，有人嫉妒美国同行，也有人巴不得把美国方式移植到英国这片百毒不侵的土壤里。不过，他们遇到的是英国人毫不退让的共识，以及对普通行事方式的偏爱。在全国优秀殡葬师协会于达拉斯举行的一次大会上，一位英国殡葬师解释了其中的难处：“我们的平均数很低，主要原因是我一直在给你们讲解的一个事实，即英国人的性格问题——他们的一心所想就是中庸状态。我们在挑选室陈列了各式各样的硬木棺材，有橡木、胡桃木和红杉木。然而，在那些买得起最贵的棺材的客户中，90%的人会选择传统型棺材。他们对棺材的说法是：‘很好看，但太大了，太精致了！我们还是跟祖父一样，选一口橡木棺材吧！’这个问题我们考虑了很多年……我还要告诉你们的是，我们陈放遗体一定不能使用化妆品。化浓妆会招致客户的坚决投诉。他们非常肯定地告诉我们：‘我不希望给母亲做任何修饰！’”不过，他也提道：“美国葬礼的一个方面眼看就要被我们的英国公众所接受。全国上下的殡葬师都在修建殡仪馆，加装私人教堂和休息室。他们建的房子没有这个星期以来我在这里看到的那么漂亮，但我的同事们已经意识到了这种需求，并正在着手提供这样的设施。”

英国的行业出版物《殡葬师》和《殡葬服务杂志》刊登的文章，反映了以传统为主的殡葬方式，其中间杂透露出几丝信号，这种方式可能会有所改变。文章的标题就让我们看到了一些东西，但在英国人看来，那一定是一道跨越大西洋的起床号；不过，不同于美国的殡葬杂志，它们的排版十分朴素，也很少采用插图。

大多数广告仍然把棺材称作 coffin，把灵车称作 hearse，把寿衣称作 shroud，有一则广告的内容便是“棺用水性乳液[1]，可取代沥青和蜡的老式涂抹法——既不省力也不省钱”（这种改进型产品肯定会受到我们的热烈欢迎）。但 casket 这个词绝不是无人知晓，有一则广告的内容是“棺用沥青乳液[2]，让封棺过程变得简单省钱”。据这些刊物里的报道，英国殡葬师们的社会活动还没有达到“套棺汉堡烧烤会”的阶段，在什么才是好的娱乐方式上，他们依然坚守着传统的英国观念；我们从报道中可知，“4 月份，几位会员带着老婆参加了在萨德伯里皇家监狱举办的一场表演活动”。社评作者趋向于保守主义。其中一个在描述一位“正在分发背面印有某某殡仪馆广告的精良扑克牌的”美国殡葬师时，评论说自己“不想看到本国出现这样的广告”。不过，有的内容转引自美国杂志：如何打电话（“绝不使用人称代词‘我’，而要说‘我们’；语气温和，内容清晰，表现友善”）、如何设置棺材挑选室，等等，但那似乎并没有改变这类杂志基本的英国个性。

这里也有研习课程，也就是一本内容还算全面的教科书，有七十五页油印纸张，编写者是本行业的几位成员，针对的是“殡葬执业自愿考试”。因为英国没有向殡葬师颁发执照的法律规定，所以研习课程和考试其实都是以自我提高为目的的一种练习，而不像美国那样是一项法律要求。

研习课程跟行业出版物一样，是一种关于遗体防腐处理新旧观念的大杂烩，充斥着英国和美国的专用术语，传统的英国方式夹杂着诸多美国做法。

读起来多么令人精神振奋啊！如它说“殡葬师的作用不是充当

---

① 原文是 Coffinex Aqueous Emusion。——译者
② 原文是 Casketite Bitum Emulsion。——译者

家庭安慰者，而是提供有益的建议”。同时，尽管可以让死者家属知道，私人教堂能够举办葬礼，但“就此做出过多劝说是相当错误的做法”。一家人如果经常前往教堂，“建议他们在自己所属教堂举办葬礼肯定是一种好做法。死者家属和牧师都喜欢这种做法”。同样允许存在的是人们关于骨灰（但 cremains 这个词还没有越过大西洋）的态度，这与美国殡葬业形成了对比；这是一件“由死者家属确定的事情。大多数人似乎更喜欢将骨灰抛撒到火葬场附属的纪念园”或其他自选地点。忧郁情绪会得到积极的干预。说到讣告事项，研习课程做了这样的警示：“有时，会要求他插入几句能防止产生忧郁情绪的诗句，而殡葬师要调用他所有的能力去对死者家属做劝解。”

对如何处理遗体本身，也有一些受到大家欢迎的实际建议：“衣服要穿得干净——宽松衣服、衬衫或睡衣都可以……在遗体下面垫一块板子……千万别捆大脚趾……千万别将双手反压在屁股下……别在眼部放置硬币或湿布袋。”

不过，也有迹象表明，英国的死者很可能即将迎来新的日子。该课程拿出很大的篇幅讨论了遗体防腐处理的重要性，以及如何将该项业务出售给并不乐意的客户——很明显，最好的实现方式是不要如实相告。根据课程的建议，在与客户讨论这个话题的时候，应当使用“卫生处理”这样的字眼：“当然，你用这个字眼表示的还是现代的动脉防腐处理，但殡葬师普遍同意，在这项业务开展的初期，最好避免使用‘遗体防腐处理’一词……尽管有的殡葬师大胆地说起了遗体防腐处理，但大多数人更喜欢用‘临时性保存’‘卫生处理’这样的字眼去描述这一过程。这样一来，人们就不可能将这一现代科学与古埃及人联系起来。”

对一位英国权威人士所说的“毫无意义的遗体防腐处理”，我们听到了熟悉的辩护理由：它能延缓分解过程，它能改善公众健康，它能恢复生前容貌。“所产生的变化的确相当明显——不再是死灰色的样子……相反，一家人看到了他们的挚爱活生生的样子，他仿佛正在安睡。这种结果能带来极大的安慰，具有明确的心理价值。”再者，“在封棺举行葬礼之前，死者家属可以随时打开棺材”。

我们必须从越来越庞大的遗体防腐处理师队伍身上去了解美国式殡葬行为引入英国的进展状况。大多数英国人惊诧地得知，该国的遗体防腐处理出现了大幅增加的现象。英国遗体防腐处理师协会声称，其会员已经超过了一千人。从该协会发布的一份官方声明中，我们可以了解他们为开展该项业务而不断做出的努力：“妨碍进程的有两大主要因素。首先是这个国家积习难改，而这在葬礼方面的表现最为明显。无论引入新方法、新设备还是新东西，都会遭到怀疑，而表示怀疑的不仅有死者家属，往往也有举办葬礼的牧师或神父……及至目前，这种手段既没有得到政府的支持，也没有得到科学的认可。可以预见，医学领域对此视而不见……”

在英国，先人一步的遗体防腐处理师难以度日。英国的法律不给它打开方便之门，要求遗体防腐处理师在开展业务之前，先要拿到死亡证明，并对死亡详情予以登记。在生命完全终结之前，绝对不能着手处理。

《美国职业防腐处理师》的一位英国撰稿人描述了他所遇到的一些障碍。主要的麻烦似乎是“这个国家的人不知道有敞棺这种做法……举行葬礼的过程中，棺材无一例外都处于关闭状态；仍旧更为重要的是，遗体一放进棺材，往往就有人要求殡葬师立即盖上棺材。公众拒绝接受这一基本的美国观念，给英国遗体防腐处理师带来的不只是一个方面的困难；没有需求就没有业务”。

我们知道，英国的医生相当不配合：“英国的医学界具有至高无上的权力。尽管有英国国家医疗服务局及其发布的反对声明，但他们才是最重要的施压群体……他们会动用自己掌握的全部力量来给尸体解剖设限。实际上，尤其就现代殡仪服务和遗体防腐处理而言，没有哪个群体的反对意见比他们更加顽固。他们坚定地支持我们这里开展的火葬运动，积极地开展各项活动，并尽其所能地减少殡葬服务事项，几乎把这一服务变成了纯粹的垃圾处理过程。”不仅如此，医生还往往不给遗体防腐处理师留任何情面：“除了朋友之间，除了应殡葬师或遗体防腐处理师的请求，外科检验医师做出的任何配合都是一种浪费；如果做出的回绝带有丝毫失礼，它都会被当作一种阻力，甚至被视为人为的使坏。”

作为一个真正具有勇气的英国人，作者在结尾部分满怀希望地提到了未来景象：“毫无争议的是，英国的遗体防腐处理师一直在单打独斗，而他所取得的任何进展都收效甚微。那并不意味着他是个轻言放弃的人，完全不是这样。在目前，几乎不可能恢复到令人满意的状态，但这终究会得到实现，不管有没有外界的助力，也不管这个结局有多么遥远！”相当大胆地说，要实现那么遥远的结局，显然取决于法律、公众态度和医学领域观念的绝对转向。

我在读到英国殡葬业的起起落落几个月之后，终于有机会参观一家英国殡葬机构，以验证其现实状况下的发展前景。我参观的这家殡仪馆位于几无变化的伦敦南城，其所处位置似乎就预示了我对那里将要获得的看法。伦敦西区每年呈现的状态可能各有不同：这个街区是一栋认不出面貌的在建高楼，那个街区是几栋服务性公寓楼房——原来矗立在那里的是几个苏格兰领主在伦敦建的大厦——到处都能看到刚引进的意大利式浓咖啡屋的雨棚和彩色桌布。伦敦南城几乎看不到变化：开着杂货铺和家具店的橱窗似乎在那里存在了几代人之久，小餐馆里的馒头透着一股战前的味道。“克拉珀姆路？”我向其问路的街角报摊摊主回答道，“不远，走二十多分钟就到了，那里差不多就是我叔叔五十年前住过的地方。”我心想，这种地方的人才不会接受事关生命的新生事物呢，何况关乎死亡。在某种程度上，我相信自己的想法不会有错。

阿仕顿先生的殡仪馆位于克拉珀姆路，不难看出，它是这一带最宏伟的一栋楼房。就几个方面而言，他都不同于普通的英国殡葬师。他的同行大都是小本经营，实际上往往把这项工作当作其他行当之外的一种副业，而阿仕顿先生在伦敦有九家分公司，每年的业务量在一千两百场左右。很少有英国殡仪馆能与之相比。同时，他还位居英国的极少数之列，为所有的来者例行开展遗体防腐处理，因此，他至少有望吸收一些与之相伴的美国葬礼做法。出于这些理由，他似乎是个理想人选，可以让我对英国葬礼可能的发展趋势做一番澄清性考察。

阿仕顿先生是个招人喜欢的主人。他领着我穿过门廊——装饰很保守，墙上贴着中性墙纸，摆放着酒红色的带垫家具——爬上楼梯，进入了他的私人办公室后，我们一边喝茶一边聊了起来。我想了解它的公司状况、殡葬业整体状况中的某些方面，而首当其冲的是英国普通葬礼所要遵循的步骤和程序。

跟英国的许多大型殡葬企业一样，阿仕顿先生的公司是一家古老的家族公司。公司已经存在了一百五十年的时间，他是公司的第四代打理者。他解释说，大公司兼并小公司的趋势已经日益明显，他本人就以这种方式购进了九家殡仪馆，且全都位于伦敦南城。其中最小的一家平均每年大约处理五十场葬礼，而最大的一家约为三百场。客户主要来自社会的中下层，且居住在伦敦南城。他自己开有棺材铺，雇了十二个工人，全是制作棺材的木工。他还雇了九个经理、九个驾驶员、五个办公室职员，以及三个全职防腐处理师。他告诉我，学习防腐处理需要四个月的时间；防腐处理师的基本工资是每个星期 12 英镑（约合 34 美元）外加各种“补贴”——使用轿车等。经理们不做遗体防腐处理，各自的功能完全独立。

在全英国境内，跟阿仕顿的公司规模不相上下的殡仪馆可能有十家，全都分布在爱丁堡、格拉斯哥、卡迪夫、伦敦这样的大城市。伦敦有三百五十家左右的大型殡仪馆，相比之下，纽约市有八百家，而两者服务的人口数相差无几。大型殡仪馆都会自行生产棺材。有几家棺材批发公司，很多时候都能提供轿车、防腐处理师，也能为小型殡葬机构提供全套服务。

说到死后至葬前这段时间的流程，阿仕顿先生明确地表现出一种干脆坦诚的态度——它在这个“店主之国”[①] 的各种交易中广受青睐，尤其在这个职业里的体现让人深感欣慰。我问他，如果有人在半夜去世应该怎么办。不管是什么时间，美国殡葬师无一例外都会直奔现场并引以为傲。实际上，位居其“基本服务”名单榜首的是维持全天候运营——不管白天还是黑夜都能在死后数分钟之内移走死者的能力——而这也是他们收取高额费用的主要理由。“我会在早上派人过去，”阿仕顿先生回答说，“哦，我的意思是说，除非这个家伙死在了卫生间，或者别的什么情况，这种情况确实发生过，那么我会立刻赶过去，你明白吧。”他解释说，如有必要，他们也会在夜间做好上门的准备，“但只要死者家属没有失控，我们就不鼓励这种做法。就我本人来说，我喜欢过平静的生活，再说，现在的人们对这种事情已经懂得比较多了。他们很清楚，天不亮，就什么事情也做不了。”同时，死在家里是例外情况。80%的人死于医院。那么，就会有亲人前去医院办理死亡证明，登记员拿到这个证明后，才能委托举办葬礼。将遗体陈放在家里直至举办葬礼的做法越来越不受欢迎。二战前，这种情

---

① 拿破仑对英国的描述。——译者

况占了90%，现在已经低于10%。愿意把遗体陈放在家里的人，绝大多数位于社会阶层的两端：很穷的人（“穷人要保守得多”）和很富的人，后者不仅保守，而且家里有很多房间。“中产阶级的人说：‘太不愉快了，我们还是别再想这事了吧。’”

我们进到两个小房间，参观了阿仕顿先生储存的棺材。方形棺的设计风格近似于美国的方形棺，只是精致程度相去甚远。棺材的材料全是木头。金属在这方面的使用几乎闻所未闻。实际上，英式“方形棺”和“人形棺”的唯一区别就在于形状，前者为长方形，后者为“风筝形”。棺盖全部合上。我觉得自己应该表达一下感情，于是嘴里嗫嚅着：“好看，好看。”这在美国本该是相当得体的表现，因为我们这里的殡葬师对自己的存货往往自鸣得意。“我觉得难看死了呀”，阿仕顿先生乐呵呵地说道。他随手打开一口棺材：“你看看这令人作呕的蕾丝吧，那个绸缎也好难看。”他告诉我，实际上没有人需要方形棺材，一年也难卖个十来口。我们又进入另一个小房间，里面摆着五六口棺材。最便宜的用进口非洲硬木或英国榆木制成，阿仕顿先生的客户大多会选择这个类型。第二个价位是英国橡木，而最贵的是红杉木。套棺——也就是美国人所熟知的，每口棺材都要用到的金属或水泥容器——根本找不到（“完全没有必要”，阿仕顿先生说），尽管有时候要修建能容纳六至八口棺材的家庭墓室。我问他，不用套棺之后，随着棺材的解体，泥土会不会随之坍陷。这显然不是什么问题，我们一般等上六个月，也就是等到地面稳定之后再立墓碑，而墓碑通常会立在平放于墓地的一块水泥板上。

就大多数而言，阿仕顿先生的葬礼业务平均收费标准为50英镑（140美元）上下，此外必须另加一半的金额，用于购买墓地或交纳火化费、墓碑费等。以他通常的业务流程而言，最贵的葬礼为100英镑（280美元）；根据他的回忆，他举办过的最贵的葬礼是300英镑。

火化费用约为4英镑，建墓至少15英镑——“就伦敦而言[①]，就是这个样子”，阿仕顿先生说道。一出伦敦，费用就少了。大多数的墓地和多家火化场都是市政所有。

我注意到，价格最便宜的棺材并没有跟其他棺材摆在一起，所以我自认为找到了他们引进这一招人讨厌的美国做法的证据，难道最便宜的棺材被故意藏起来，不想让公众看见吗？我问，价值33英镑的葬礼所用的棺材放在什么地方，阿仕顿先生回答说，工厂里多的是。是藏在那里不让顾客看见吗？我问道。当然不是！顾客从来不会到这里来，葬礼洽谈过程中，顾客从来不会提出查看棺材的要求。“你是说，这里不是美国人所说的挑选室——你不会把棺材摆在这里任人挑选？”“老天，当然不会！”阿仕顿先生有些责怪地回答道，仿佛我的这个想法是对尊严和品位的冒犯。“人们才不想看见这种难看的东西。我的意思是说，为什么要看呢？我们跟死者家属在办公室交谈的过程中，就已经确定了每一样东西。”

我们随后来到了“休息室”，也就是举行葬礼前停放死者遗体的地方。它们看起来像一间间温暖的小客厅，令人舒心地摆着椅子，挂着窗帘。尽管它们并没有开始采用我在美国的睡眠室里看见的高雅装饰，但我被告知，这些房间在英国的预约情况相当好。好奇的我很想知道，什么样的死者家属会用到这种房间。各不相同。相当多的人从没来过这里。一般而言，一两个近亲属，或许是寡妇在成年子女的搀扶下来这里看望死者一次。“相当于一种身份证明。已经看过了，想来也就是同意了，或许就是这样。”真实情况偶尔相反，一小部分人每天都会带着鲜花来到这里。若是特困阶层，也有邻居前来探望。

---

① 原文是London-wise，下文“就鲜花而言”的原文是flowerwise，1960年代开始，美国人大量地把wise当作后缀放在其他名词后面，表示“就……而言”。——译者

葬礼通常在火葬场或墓地教堂里举行。（“它们现在全都有了这种令人讨厌的礼拜堂。”阿仕顿先生说。）阿仕顿的殡仪馆有一个大房间，他考虑过把它改作葬礼教堂，但他又觉得需求量太小，于是，他把它用作了休息室。平均而言，参加葬礼的人有“一车半”——相当于六七个人，尽管到场的人数各不相同。遇到声名显赫的人，会有两三百人出席葬礼。跟美国一样，人们不再着装出席葬礼，年龄特别大的人除外，他们仍然觉得应该穿着黑色出席葬礼。“就鲜花而言”，阿仕顿先生说（再次冒出了这句不相协调的美国腔），据他估计，一般的葬礼平均要收到二十来束鲜花。工人花在葬花上的钱略多于中产阶级，实际上，后者在各个方面都更处于中间状态。

如果某位乡下人碰巧死在了伦敦，遗体通常要运回到他自己的教区安葬。遗体运送既可以采用灵车，也可以通过铁路。他们会找来棺材，装入灵车后运送到列车的站台。我问，运送遗体时是否需要对遗体进行防腐处理。“如果走空运，需要进行防腐处理，但英国铁路公司没有这样的要求，他们并不过于讲究细节。”

阿仕顿先生说，敞着棺材举行葬礼的做法几乎闻所未闻。这种做法会被人认为如此怪异、如此有悖于观瞻和正常举止，并会给所有参与者的感官带来如此冲击，以致他觉得这在英国永远不会出现。他想起了一个波兰工人的葬礼，死者家属要求敞棺举行：“掘墓人非常反感这种做法。他们很奇怪，归根结底，你想想吧，他们是做什么的呀，对吧，可他们就是不能忍受把那玩意儿敞开着。从来不用化妆品。那种玩意儿在美国可能行得通，但实话实说，我的意思是说，我不认为我们这里的人会用到它。如果我要跟他们说‘请过来瞻仰你们的挚爱吧’，坦白地说吧，我觉得自己不可能板着面孔。”阿仕顿先生补充说，伊夫林·沃的《挚爱的人》是他最喜欢的小说之一，该书首次出版时，他买了四本供自己的员工消遣。然而，引入美国委婉语的情况如何呢——比如把殡葬师说成 funeral director，而不是 undertaker？阿仕顿先生认为，那原本是为了阻止有关这个行当的戏院笑话，同时因为“undertaker 这个单词没有任何意义”。他说，医生和官员们继续在用 undertaker 这个词，尽管电话号码簿已经接受了这个新词，并新添了 funeral director 这个列表。他还说，有的执业者喜欢用 funeral director，纯粹是因为“这个说法听起来更为时髦，但就我本人而言关系不大”。至于其他的委婉语，即避免使用与死有关的词语，如把墓穴叫做 space 而不是 grave，把死亡叫做 expire 而不是 die，把遗体叫做 Mr Jones 而不是 corpse，等等——他并不认为这些词语会在英国得到普遍使用。“公众的态度嘛，那就是个实用符号——你要是不喜欢那么说，不说就行了。”

上述所有内容直接指向了遗体防腐处理这个话题，如果没有瞻仰过程，干吗要做防腐处理？主要是为了方便殡葬人员。在伦敦，从死亡到下葬平均有四到六天的时间间隔（挖墓坑要一整天的时间），阿仕顿先生说：“难堪的景象会十分可怕。”

阿仕顿先生的殡仪馆根本不做修复工作，也不使用化妆品。尽管他习惯上要做防腐处理，而且不需征求死者家属的意见，但他从未收到过任何投诉。过去十年间，可能有三个人明确提出不做防腐处理。“如果有人在生前已经做过一系列的手术，那么可能就有人提出：‘我可不想让她再挨一刀。’”他解释说。防腐处理有益于公众健康，因为它可以防止疾病扩散，他觉得这样的理由很不靠谱：“我们已经证实了致病原因，但我们仍旧无法——在这一点上，我们只能接受病理医生的意见。”

英国法律要求的死亡证明的开具过程十分复杂，这一点经常遭到谴责。我想知道，目前有没有采取一些措施去改变这一规定。阿仕顿先生回答说，为此而做出的种种努力相当失败。实际上，在火化机构的倡议之下，内政部成立了一个旨在简化法律并加快死亡证明办理过程的工作小组，而他本人是该小组的成员之一。“但我在人数上完全不占优势，”他乐呵呵地说道，“医生的反对很激烈，因为遗体防腐处理会掩盖某些毒物，从而给犯罪侦查过程增加难度。”

因为想到了美国的某些殡葬改革团体所采取的“自助式”措施，所以我问他，英国会不会出现死者家属完全绕过殡葬机构，从而把遗体直接送到火葬场的情形。这种事情确实在阿仕顿先生的殡仪馆里发生过一次。两个年轻人开着一辆贝德福德厢式货车，说他们想买一口棺材。阿仕顿先生告诉对方，他不卖棺材，他只举办葬礼。两个年轻人坚持说，自己不举办葬礼。原来是他们的母亲死了，他们已经办好了死亡证明，也已经跟恩菲尔德火葬场谈好了，所以他们想买一口棺材，自己把母亲的遗体拉过去。“我们聊了好一会儿，”阿仕顿先生回忆说，“最后，我相信他们说的是实话，于是我卖给他们一口棺材。我还能怎么办？他们没做错什么事，我没有理由阻拦他们。但我确实感到有点害怕。事后，我给那家火葬场打了电话。我问他：‘你不害怕吗？我有点怕。’”

我最后一个问题跟“需求提前”安排有关，正处于大好年华的人有没有给自己买好墓地，并订好葬礼服务这样的事情？看来真的没有。你可以给自己预订墓位，但人们几乎从没这样做过。阿仕顿先生说，往往隔上好一阵，才可能有一位老太太来到殡仪馆，说自己在这个世界上孤独无依，感觉很可怜，问可否为自己的大限之日提前做好安排。“我们只是把她的名字写到 NDY 文件夹里。”他说。“什么意思？”“尚未亡故，没听说过吧。但十有八九她会感到好受起来，也许能再活上二十年。”

在我们讨论的过程中，阿仕顿先生给我的印象是一个务实的商人，一个心地善良而有责任心的人，对自己的工作方法开诚布公、实话实说，他的话语中透出不少智慧。你甚至无法拒绝他所引进的一些创新项目，殡仪馆宜人的外部式样无疑是他在几年前加以翻新的结果。它反映了他对那些不得不与之打交道的人的舒适性的考虑，但又远远不像美国那些到处都能看到的豪华死亡殿堂。不管人们如何看待他对所有来者都执行防腐处理的做法，至少他对自己的行为给出了诚实而全面的理由。

如果阿仕顿先生是英国殡葬业的典型代表人物，那么在未来的一段时间内，英国人对于遗体防腐处理的传统观念可以免遭改革者的毒手。①

英国殡葬业的今生

有一张卡通图片，描述了一群心情郁闷的金鱼，正围在一只马桶边上，里面的一条金鱼已经鱼肚朝天。配图文字是："他一直想有一口敞盖的棺材。"另一幅漫画上，两个身着黑衣的抬棺人抬着一口棺材，各自的衣服上都有一颗大号纽扣，上面刻着"愉快的一天"。其中一个人大声说道："一直担心被美国人接管。"1994 年，国际服务公司的到来就遭遇了类似的抱怨和讥讽；这一年，国际服务公司收购了英国最大的两家殡葬连锁机构，分别是名实相符的普朗次布鲁克集团公司和大南方集团公司，一共有五百多家殡仪馆、陵园和火葬场：

① 本文写于三十年前，作者似乎十分钟情于"阿仕顿先生"，对他显得如此尊重，竟一直没有透露他的名字。但是，随着岁月流逝，以及阿仕顿家族成员的相继离去，他们那九家殡仪馆于 1980 年代中期被霍华德·赫奇逊这个"雅皮士殡葬师"全盘收购，随后易手给普朗次布鲁克殡仪馆，最终在 1994 年落到了国际服务公司的手里。在其开展业务的相对低端地区，阿仕顿殡仪馆现在的价格最为昂贵。它们跟垄断与兼并委员会发生过冲突，后者要求它们在八家殡仪馆里放弃两家。"*O tempora*！*O mores*！"翻译过来就是："世风啊！道义啊！"

《独立报》1994 年 6 月 12 日—

殡葬业：为埃尔维斯举办葬礼的集团公司希望接管英国公司。“我来这里是为了洽谈业务，我会停留一段时间。”来自得克萨斯的国际服务公司总裁比尔·海利格布罗德说道……大家一直把海利格布罗德先生称作牛仔，但他喜欢这个称呼。“我猜想，这在英国不是什么恭维的称呼，但我就是个牛仔……我喜欢竞争。”他说。

《电讯报》1994 年 8 月 11 日—

总部位于得克萨斯州的国际服务公司正在谋划收购英国的第三大殡葬机构大南方公司。不管其介入英国市场的手法有多敏锐，美国公司的进入不可避免地会惊醒美国式死亡这个幽灵。在大西洋对岸，死亡一直意味着大把花钱。

《电讯报》1994 年 8 月 13 日—

得克萨斯人又要离家杀戮了。位于得克萨斯州的殡葬机构国际服务公司已经变得以斗为乐……这些来自得克萨斯州的殡葬师迅速地主导了收购过程……

《卫报》1994 年 9 月 3 日—

昨天晚上，国际服务公司总裁比尔·海利格布罗德为自己开展的闪电活动大获成功而自鸣得意；该活动始于他抵达英国的 5 月 30 日，在英国成立一家大公司是其复杂的意图之一。“我现在感到很开心，”他说……“今后，我们将长住这里。”

大洋对岸的殡葬业媒体欣喜若狂。《南方殡葬师》（1994 年 9 月）对国际服务公司入驻后的英国殡葬前景做了预测：

英国的火化率约为75%。这不一定是选择的结果，而是因为没有人向他们推销“美国式殡葬”。就推销入棺式葬礼而言，英国人真的不是大买主。不过，我们就让国际服务公司开导开导他们吧。国际服务公司将开辟第二个棺材销售大市场。

很快就出现了针对国际服务公司在殡葬方式上的入侵行为。英国火葬协会（British Cremation Society）的喉舌刊物《法老》以《尸体抢夺者的入侵行为》为题，对这次收购行为进行了报道。它对“可能出现的价格上涨和美式高压销售法的到来”发出了警示。报道指出，美国进口棺材的利润高达900%。

最不友善的是一部获奖的电视纪录片，它以《踏着我的尸体》为题，对国际服务公司的收购行为大加讽刺；该节目受到电视评论人的一致好评，并被《泰晤士报》评选为“一周精选”节目。节目于1994年11月27日播出，距离国际服务公司完成这笔英国收购业务正好过去三个星期。

让英国电视观众瞠目结舌的，是一场殡葬用品展销会，陈列的展品有一排排令人毛骨悚然的遗体防腐液、用来去除内脏的各种工具、各种尸体用化妆品，以及一口口令人眼花缭乱的棺材，高潮部分是一款标价为85 000美元的“我们的头号”项目产品。国际服务公司的伦敦负责人杰瑞·普林解释说：

我们认为，提供更大范围的商品和服务能带来巨大商机，通过向消费者提供升级后的服务选项，我们的收入基数也将得到提高。

国际服务公司的总裁威廉·海利格布罗德告诉参展观众，为什么在他的公司进入澳大利亚市场后，当地葬礼的平均价格增加了40%：

> 我们到了澳大利亚之后很快就发现，他们那里的人已经选择了增加葬礼开支。我想再次强调一下“选择”这个词。这是他们的选择。我们在澳大利亚的单场葬礼收入之所以增加，是因为澳大利亚公众有需求。当然，这也是我们在英国的目标。

在国际服务公司之前还有一个先遣者，他名叫霍华德·赫奇逊，人称“雅皮士殡葬师”，是撒切尔夫人的大力支持者，也是这位铁娘子治下的商业明星之一。他描述了自己实现规模经济的法子，如采用“聚集”策略、翻修殡仪馆、购买新灵车，以及增设遗体防腐处理业务——此举实际上为国际服务公司铺平了道路，并最终将自己卖给了它。

从《踏着我的尸体》这个节目来看，在赫奇逊时代，英国有50%的遗体接受了遗体防腐处理；而《独立报》于1992年1月7日援引英国遗体防腐处理协会秘书长彼得·霍尔的话报道说，“我国四分之一的遗体现在已经实行遗体防腐处理。”他表达了一种令人败兴的观点，“做过精心防腐处理的遗体和未经防腐处理的遗体之间的区别，犹如李子和李子干的区别”。如果上述数字准确，赫奇逊先生在不到三年的时间里，就将英国死尸由李子干变成李子的数量翻了一番，这个现象对新来的国际服务公司而言真是大受鼓舞。

我有幸在节目中得到一个被行话称之为“友情客串”的角色。场景位于一家设备齐全的大型殡仪馆的展示厅，伦敦棺材公司的老板德里克·吉布斯对自己所能提供的产品做了一番讲解。他亲切地揭开棺材盖子，展示起用“豪华天鹅绒”和“高质量绉纱”做成的各种漂亮内衬。最好的一款是“最后的晚餐”，商品目录对它的描述是“杨木制成，红杉木饰面，带乳白色马德拉绉纱内衬。棺盖配‘最后的晚餐’场景彩绘。摇摆式把手，调节式睡床。天使式弯角按需提供，不另收费”。

“哦，做得太好了。”我说道。“我觉得做得很好，质量绝对一流，”吉布斯先生接过话头，“我们不搞强卖。真的是货好不愁卖。”我们于是展开了如下对话：

杰西卡·米特福德：但一定要不少钱吧。首先我问一下，它的批发价是多少？

德里克·吉布斯：嗯，我们只向行内人士供货，本国殡葬师要做的事情，就是从我们这里购买棺材，再加上他们举办传统葬礼的服务费用。

杰西卡·米特福德：你会收他们多少钱呢，比如？你管他们要多少钱？

德里克·吉布斯：嗯，说起来有点勉强，因为我已经说过，我们是向业内人士供货，他们实际上会把这一款产品加到他们的传统葬礼费用上。

杰西卡·米特福德：所以我才想问个明白。花了多少钱？

德里克·吉布斯：我真不想讨论我们花了多少钱这个问题——这是在彩排吗？

我早已熟悉美国殡葬师在棺材批发价这类敏感问题上的缄默不言，这毕竟是他们看得最紧的一道行业秘密，所以吉布斯先生不愿意透露价格的行为并没有让我吃惊。但事实证明，这件事情并没有到此结束。几天之后，也就是在1995年1月30日这天，吉布斯先生给负责维护公正标准和隐私标准的广播投诉委员会写了一封信（该机构的

功能大致类似于美国的联邦通信委员会)。这封信充满了痛苦:

> 除了那么短暂的一刻，我自认为拿捏得当，给出了合情合理的答案。我承认，我所销售的产品非常新奇非常奢侈，但我做了说明，有人需要精致的高质量棺材。
>
> 这是我第一次上电视，于是我告诉我所有的顾客、朋友和家人，一定要看电视。因此你要知道，当这个节目沦落到对我所服务的行业加以恶毒诽谤时，我一下子感到多么的尴尬……
>
> 当时，我真想一笑而过……随着时间推移，这件事情让我感到越来越愤怒。我前往拜访的每一个客户都在奚落我说的那句话:“这是在彩排吗?”

读了这封信，我无法不对吉布斯先生的辛酸经历留下深刻印象。然而，那并没有影响到他的业务。1996 年 4 月，他在接受采访的时候说，他在 1994—1995 年度的棺材销售量是三百十二副，而前一年度是二百四十二副。“开局有点慢，”他说，“但在过去年间，我们的销售量一直在稳步增长。刚过去的这个季度，也就是 1 月、2 月和 3 月，是我们业务最繁忙的一个季度。所以，形势越来越好了。人们喜欢听到‘保存’这个观点。而那就是我们的卖点。”

快进至 1994 年。国际服务公司至此已经在这座权杖之岛上拥有了两年的支配权，足以就它对英国殡葬业的影响作出初步估计。1996 年 2 月 27 日，《卫报》以《愉快的死亡》为题率先进行了报道:

> 美国人首先倡导了快餐式、强卖式葬礼。那不是英国人的行事方式。莎拉·柏思丽和彼得·戈德温对发生在英国殡葬业的渐进式迪士尼化现象——及其飙升的价格——做了调查。

这是彻头彻尾的商业化过程——是终极性的格调低俗。“麦当死”就在前往你家附近殡仪馆的路上。美国人已经来了，尽管你还没有注意到这一点。我们英国人从不讨论这样的事情。但他们已经来到这里……准备着给英国式死亡带来重大影响。

为此，英国广播公司《公众之眼》栏目于 2 月 17 日播送了一期题为《现在付，今后死》的广播纪录片。不出所料，主持人告诉我们，国际服务公司拒绝接受节目组的采访。但一如往常，《公众之眼》栏目组某位手法高明的侦探弄到几份“内部文件”，并对精华部分做了摘抄。

例如，有一段文字说：“在帮助客户选择棺材时，国际服务公司的英国殡葬师要自我克服‘无法将辅助角色与商人角色相结合的困难’。”我们可以欣赏到与这段文字相匹配的一段注释，它可怕的让人想起国际服务公司发到澳大利亚雇员手里的指令内容（见第十六章“死者地球村”）。这个世界真的很小，很小。

棺材的摆放体现利益最大化。

把死者家属引向质量最好的品类（也许是王室系列）。

随后引向王冠系列。

接着引向经典皇家系列，之后的价格渐次降低。

懂得如何回应反对意见：报之以同感，决不能辩解、冒犯或急躁。例如：“我理解您对价格的关注，但请允许我再给您解释一下设计和做工的区别。”又例如：“是的，我明白您说反正都要埋入地下的观点，但我们为了满足每个人的喜好，需要提供较多种类。”

至此，一切尚可，但这只是个开头。《公众之眼》透过更多的内部文件发现，国际服务公司对“纪念品销售”[1] 方面的低收入感到失望；从写给各位经理的一份备忘录来看，此事“毫无疑问，是我们通过开展活动加以提高的最重要领域”。为挽回这样的局面，国际服务公司提出了新的销售计划，备忘录对详细内容做了描述：

> 先给我们在1995年为其举办过火葬，但尚未从我处购买纪念品的所有死者家属去信联系，若有必要，再电话联系……
>
> 在业务量较大的地区，要求我们联系一千至一千五百位死者家属……不要被需要取得联系的死者家属大数字所吓倒。大数字意味着大商机！如果每周寄出一百封信，那可能就是一百笔销售业务，而这是你通过其他途径无法实现的。

不幸的是，英国的很多死者家属愿意把骨灰撒到大海里、陆地上或附属于火葬场的纪念园里。长期以来，它一直令殡葬业头痛不已，导致了神龛和骨灰瓮销售利润的流失。在英国，随着火化率的不断提高，这个问题变得尤其紧迫。国际服务公司的解决之道是迎难而上，在向死者家属派发印有彩图的丧葬用品精美手册时，附上了以下诗歌：

> 别把我撒进吹拂的风里，
> 别把我撒进翻滚的海里。
> 请记得那些逝去岁月里，
> 我向你馈赠的生存之礼。

---

① 本行业所说的“纪念品”指的是墓碑或标志牌、玫瑰树（450美元）以及其他纪念性物品。

请记得那些欢乐时日，
我们共结的家庭纽带；
别让我的安息地无字，
仿佛你对我从不在意。

别忘了最后送我一件礼物，
因为所有前来者都能看见，
这是一份长久的证据，
我爱过你，你爱过我。

逝去的先人以直接命令的语气提出劝解，它一下子变得严肃而亲切起来，谁能够抗拒？很显然，有很多像海伦·刘易斯这样的人。据《公众之眼》栏目报道，当为其父亲执行火化的国际服务公司奇切斯特火葬场将这首诗歌连同小册子送到她的家里时，她感到“尤其生气”。“我意识到，那不过是他们的又一个伎俩，目的是让你花更多的钱，并用这个人的骨灰来搞事儿，”她说，“我一想到这首诗歌就感到十分难受，因为它的怂恿性确实太强了。”

还有东西在等着死者家属——国际服务公司根本不会就此罢休，因为现在正是让他们考虑未来葬礼的大好时机。实际上，这就是“需求提前”时间。《公众之眼》栏目拿到了国际服务公司一名英国高级经理写给美国的公司运营报告。他根据自己那段具有启发意义的经验，告诉同事们如何在丧葬期过后的数个星期里将那些使用过国际服务公司殡仪馆的死者家属一网打尽。以下是几条建议：

快速的服务跟进以苛刻的前提作为基础，也就是趁他们眼泪未干时找上门去。要想销售成功，就要与客户感同身受。“冻结成本能让他们明白道理，但动之以情才能让他们掏钱”。

可以预想，国际服务公司对《公众之眼》所做的努力相当不满。2月29日，也就是广播节目播出不到两个星期时，为抵挡这次进攻，国际服务公司首席执行官彼得·韩得利又发出了一份“致全体员工”的备忘录：

> 截至目前，你们很多人已经见识了《公众之眼》节目，节目的基础是英国殡葬业所发生的变化，以该节目的观点来看，尤其依据了国际服务公司所能带来的各种变化。我想让你们知道，国际服务公司将坚定地致力于提高标准、改进服务、增加客户选择，同时认真考虑并高度尊重英国的殡葬传统。我们将明确地坚持改革创新，并以优质服务提升市场份额。
>
> 在我看来，该节目系我们的竞争对手所为，他们也许担心自己提供不了我们这种水平的服务……
>
> 你们可以为国际服务公司的员工身份而感到自豪，我希望你们不会受到媒体和竞争对手的干扰，从而向我们的死者家属尽可能提供最优质的服务。

很显然，并非“全体员工”都接受了这一番事关忠诚的呼吁，我在伦敦的研究人员收到了一些人写来的极尽苛刻的评价。他们有的是国际服务公司的前雇员，在《公众之眼》节目播出的前后一走了之，有的现在还跟国际服务公司保持联系。

有的背叛者觉得自己跟国际服务公司的立场严重对立，因此选择匿名发表言论。A先生在普朗次布鲁克殡葬公司先后做过“洽谈员”和“殡葬师”，在国际服务公司完成对他所在公司的收购之后，他继续勉强工作了两个星期。

“我不喜欢它的管理方式，”他说，“我们卖的是套餐式服务包，这简直是赤裸裸的抢劫行为。我们会给客户安排一个小时左右的时间，以弄清他们的支付能力，然后在这个范围内以略微提高的标准，向他们售卖服务和产品。除非获得批准，否则我们不能向客户销售便宜的葬礼套餐。”

“那纯粹是强力售卖。一般的公众收到最终账单时，只是模模糊糊地知道这家殡仪馆的老板是美国人。美国人就像一群正在吞噬我国的寄生虫，”他强调说，“每个人都应该知道的事情是，一、问这家殡仪馆是不是独立执业，二、至少找两家不同的殡仪馆做个价格估算。”

A 先生非常喜欢他现在所工作的格林殡仪馆。“我们不提供套餐。我们会询问客户，他希望我们完成殡葬过程中的哪些环节，”他说，“没有必要花很多钱跟一个人道别。我们鼓励死者家属自行寻找抬棺人员。至于防腐处理，我在格林殡仪馆还一次也没有做过，尽管如果有人要求，我也可以照做。”

B 先生在普朗次布鲁克下属的一家殡仪馆工作过四年，殡仪馆被国际服务公司接管几个月后，他辞去了这份工作。“我对他们感到非常生气，”他说，“我之所以辞职，是因为我对它无法忍受。国际服务公司就是个拜金者，其商业化手法终将毁了它自己。”

国际服务公司自有一套精明的法子，对新的英国雇员加以软化。它是一种行为修正过程，以缓解他们对美国手法的接受过程。B 先生说，头六个月左右，真的什么变化都没有。接着，全体员工都被召集起来，前往豪华的肯辛顿宾馆参加会议。会上揭幕了一系列新式棺材，国际服务公司的各位导师信誓旦旦地保证，这些棺材不会大幅采用高压销售技巧。“原来的普朗次布鲁克殡仪馆摆的都是些外观好看的英式棺材。”B 先生说。在他看来，尽管他们提出了反对意见，但这些新产品成了“美国人以极其微妙的方式致力于高压销售”的证据。

其过程如下：陈列室不摆放最便宜的款式，宣传手册里也不印制其图片。只在有人打来咨询电话时，才会提起这样的产品，理论假设是“如果他们是通过打电话买东西的人，那么他们会到处打电话比较价格”。最低端葬礼的总价是 1 016 美元（约 635 英镑）（不含“垫付款”、遗体防腐处理或附赠轿车）。

对那些前来殡仪馆谈价的人，不会有人向他们提及这样的选项——“我们不允许在殡仪馆内跟其他人面对面谈论这个话题。”B 先生说。B 先生指出，相反，他们会被告知，最便宜的产品就是看起来跟纸板箱差不多的“基础款”，而“这款产品专门设计得像一只纸板箱”。采用“基础款”的葬礼总价：超过 1 760 美元——不含各种垫付款。其中的 1 340 美元用于“专业服务”、灵车及豪华轿车。

低价位上还有两款产品：“初级款”和“白珍珠款”，前者“看上去像一只高保真音箱，那是有人拆解后再组装得像一口棺材”。“看起来真的是非常廉价，”B 先生说，“完全是惨不忍睹。这个价位的三款产品都十分难看。我甚至不会用头两款产品给一条狗做火化，更别说家人了。纸板箱看上去真的是不忍直视。”第四款产品叫做“康索特”，“与传统的英国棺材最为相似”，但它的价格是 760 美元！当然，这个价格还要加上价值 1 340 美元的“专业服务”和相关用品。

“每个殡仪馆的每个殡葬师都对棺材心生不满。”B 先生说。

无论如何，上述价格只对那些认认真真四处砍价的人有用，因为他们是一群难得的务实者，一门心思要把价格压下来。对于普通消费者，“殡葬师有要求，要从高价位开始推荐，并让死者家属们在这个区域停满四十分钟。我们被逼着卖更贵的棺材”。其中还有胡萝卜和大棒政策：每年的一开始，每间殡仪馆都会分到一个目标数字和一份目标预算。这些数字会根据殡葬师人数做进一步的分解调整，每个殡葬师每个月要完成多少场葬礼，每一场葬礼需要赚到多少利润。“有的殡葬师不得不卖一口康索特或以上价位产品才能完成预算数字。”B先生解释说。那些未能完成预算数字的殡葬师会收到表达遗憾的一封信件或一通电话，上面有人在看着你，具体地说，就是国际服务公司的控制部。B先生去年1月份就接到过这样的电话，说他比上一年的销售额少了12英镑。反之，每年都要选出两千人发放“忠诚及生产力”奖金。

对于来自各行各业的负面评论，国际服务公司的高层习惯于置之不理。埃里克·斯宾塞是个英国人，他在国际服务公司的头衔是公司发展部高级主管。大南方公司被收购之前，他是公司总裁。他说，自己的主要职责在欧洲，尽管他在公司并购期间负责了某些事务。

“这种反美国的激烈情绪相当可笑，”他说，“尽管国际服务公司的老板是美国人，但在英国只有两名长期的美国籍管理人员。在他们之下，全都是英国人。”他解释说，国际服务公司有意维持低调状态，公司不会与媒体诽谤者打嘴仗，因此他们拒绝了《公众之眼》栏目组的出镜邀请。他现在认为，那个决定可能有些错误，并说“我们期待国际服务公司在未来会做出更加积极的回应”。

彼得·韩得利是国际服务公司英国公司的英籍总裁，也是众多“致全体员工”内部指示的操刀者。强卖指责？“一派胡言，”他说，“我们不采取强卖策略。我们的做法，是让人为顾客提供选择，是一种知情选择。我们提供的棺材，比其他殡仪馆的品种丰富得多。我们今后还要提供更加多样的骨灰棺材［骨灰瓮］。我们还要提供纪念手册，以及更加多样的墓旁纪念物。我们还要提供更加多样的葬花服务。”他仿照《公众之眼》纪录片（在他看来，本节目“系我们的竞争对手所为”）播出后自己在“致全体员工”备忘录里的语气，声称

“心胸狭窄的殡葬公司天天都在给国际服务公司泼脏水”。

对国际服务公司致力于“通过增加消费者选择提高收入”目标的各项计划，比来自媒体的脏水和攻击更为严重的是，贸易和工业大臣在女王陛下的命令之下，由垄断与兼并委员会（Monopolies and Mergers Commission）向议会提交的一份报告。英国的垄断与兼并委员会相当于美国的联邦贸易委员会，但两个机构在依法保护消费者权益方面的履职做法差异巨大。

联邦贸易委员会一般懒得理会所谓的市场份额，除非它的严重程度威胁到了大片区域内的竞争局面。就其自有的殡葬机构数量而言，国际服务公司在全美国的市场份额约为10%。联邦贸易委员会说，不用担心。但在得克萨斯州休斯敦市的情况如何呢？以其业务量而言，殡葬服务公司的市场份额不会低于70%。

垄断与兼并委员会认为，殡葬业的竞争对地方比对全国更加重要，因此在国际服务公司最近并购英国公司这件事情上采取了不同的态度。它一直对这桩并购案持谴责态度，理由是“它可能违背公众利益”。尽管它给出的理由充满典型的英国式保守色彩，但上述报告对这桩并购案予以了谴责，所用的词句完全适用于国际服务公司在美国和澳大利亚的经营行为：

> 我们通过调查发现，尽管殡葬师之间存在竞争，但竞争并不激烈。市场未能有效发挥作用。在那些市场影响大、经营效果好的殡葬机构占有较大市场份额的地方，尤其很难进入……我们担心的问题还有殡葬师的收费透明度、殡葬机构所有权缺乏透明度，以及殡葬洽谈过程中殡葬师对于选择权的过度影响力等。

报告在认定十个地区的合并公司在殡葬市场的份额占比处于

29%～51%之后继续写道："国际服务公司有可能大幅提高价格……从而有损上述地区的消费者。"国际服务公司向公众隐瞒所有者身份，并以虚假使用并购前公司身份的手段隐瞒其控股的数百家殡葬机构，联邦贸易委员会对这种行为装聋作哑，但却引起了垄断与兼并委员会的关注：

> 国际服务公司未能向消费者公布其分支机构所有权的行为，将极大地增加消费者做出知情决定的难度。

该报告建议，命令国际服务公司足量转售在大伦敦地区的殡葬业务，以将其市场份额降至不超过25%，同时命令其在未获得提前批准的前提下，不得在上述地区继续开展并购业务。

报告指出，"国际服务公司自然会利用"其并购到手的火葬场向自己输送业务："因为国际服务公司下属火葬场的收费普遍高于竞争对手，因此这将给消费者造成明显的损失。"所以，"应当要求国际服务公司在其所有殡葬场所公布竞争性火葬场的收费情况……"

最后，还应该终止国际服务公司向购买者隐瞒身份的狡诈伎俩。应该要求它"在提供给消费者的所有文件及所有广告或与上述业务相关的其他宣传资料中明确列出自己具有所有权的殡葬机构。我们相信，大家热切期待着，公布殡葬机构最终所有权应当成为全英国境内的普遍做法"。①

无论是写给美籍高层和英籍员工的一份份备忘录，还是用于公众

① 由于国际服务公司提起司法审查申请，政府根据垄断与兼并委员会所提建议而开展的行动被推迟了几个月时间。高等法院驳回申请后，贸易和工业大臣于1996年12月宣布，自己已经接受了"国际服务公司所属的严格遵守垄断与兼并委员会最初建议的殡葬机构"，同时，他将命令国际服务公司在全英国境内的分支机构公布其对殡葬机构的所有权状况。

消费的各种书面声明，国际服务公司的推销文本里都回响着“尊严”“尊重”“传统”等字眼。它们被这家公司当作信条反复提及，意在让大家相信，公司的真诚意图是为了保护英国根深蒂固的殡葬传统。

然而——哦，老天！——国际服务公司真的是大错特错，竟然制作了一本得到保守而古老的英国公司，且现已为国际服务公司拥有的肯尼恩殡仪馆授权的插图手册。其广告词是：“灾难带来的公共关系挑战胜过任何一种运输工具。”《星期日电讯报》（1996 年 5 月 12 日）抓住机会，刊登了一篇题为《殡葬公司的死亡手册引发怒火》的文章，作为例证的多张照片被冠以“血腥营销：灾难与死亡蒙太奇”字样。照片生动记录了英国在各地遭遇的严重灾难现场，如洛克比、泽布吕赫、派普艾尔法、锡利群岛直升机坠毁等。画面上同时出现的还有正在对尸体进行解剖、飞行员遗体挂在飞机残骸上的阴森场景。

遇难者家属怒不可遏。帕梅拉·迪克斯的哥哥死于洛克比空难，她告诉《电讯报》说：“这种行为既具有冒犯性，同时显得很不合适——它践踏了死者的尊严。这样的手册说明，他们根本没有考虑到死者家属的情感需求。大家都会受到伤害。”洛克比空难的一位幸存者说：“太不可思议。我不知道他们为什么竟然使用了照片。航空公司和从事急救服务的人都知道自己在做什么。完全是麻木不仁。”在被国际服务公司并购之前担任肯尼恩殡仪馆董事长的菲利普·刘易斯说自己“感到毛骨悚然”：“我不会这么做，实话实说，我被吓住了。这种行为无异于把悲剧变成广告口号，违背了我们赖以开展工作的各项准则。”

肯尼恩殡仪馆创建于 1816 年，有着光辉的历史，为蒙巴顿勋爵和温斯顿·丘吉尔爵士这样的要人举办过葬礼。它还一直是皇室的殡葬师，但今后再也不是了。当肯尼恩被出售之后，女王收回了合同。“宁愿与有名有姓的个体打交道，也不会跟大型集团公司合作”，现已获得皇室合同的莱维敦公司老板凯斯·莱维敦说道。一如往常，国际服务公司一直试图获取由肯尼恩替英国君主操持的葬礼记录，但至今尚未取得成功。毫无疑问，他们将在今后的宣传资料中使用这一信息，这跟他们声称替埃尔维斯·普莱斯利和多位美国总统举行过葬礼的做法如出一辙；实际上，在替他们举办葬礼的殡仪馆被国际服务公司收购之前很久的时候，这些人就已经去世了。

英国的乡村葬礼

在英国的乡村地区，殡葬的形式和做法跟远古以前相比，似乎没有发生过太大改变。理由是，大型集团公司一般以吞并大业务量的城市殡仪馆和连锁机构的方式来满足自己的并购胃口。

J. W. 和 J. 梅塔姆是德比郡贝克维尔小镇上的两名殡葬师。总经理罗杰·杰普森说，跟以前一样，他们的棺材是现场制作，尺寸上能满足不同的身材需要，最小规格是 5 英尺 5 英寸乘 16 英尺，2 英寸为一个增加单位。用于孩子的棺材需要定制。所用材料为各种木头或刨花板。

梅塔姆能提供全套服务，可按死者家属的要求和支付能力做出增减。收费标准在 1 056 美元（660 英镑）至 1 750 美元之间（采用最高档的德文郡牌坚固项目棺材），含全套基本服务、坚固的橡树饰面棺材。上述收费包含接运遗体、办理死亡证明、与教堂或火葬场相关的所有洽谈项目、在报纸发布讣告、死者家属的全程接送；如有要求，他们甚至可以在合适的旅馆举办殡葬茶话会。他们服务的对象为所有教派，以及英国人文主义协会这样的非宗教团体。

有一个方面已经不同于原有的方式：遗体防腐处理在不断增加。如果遗体要运送出国，或在英国境内进行长途运输，往往要对遗体进行防腐处理。如果死者家属要来礼拜堂瞻仰遗体，通常也会做防腐处理，除非死者家属明确提出反对意见。不同于美国殡仪馆的做法——如果遗体未做防腐处理，殡葬师通常会拒绝瞻仰要求——这里的人往往瞻仰的是没有做过防腐处理的遗体。约有70%的死者家属会提出遗体瞻仰要求（而且会带着孩子一同前来），这种做法得到了鼓励。

不过，遗体瞻仰通常限于近亲属，根本不会像美国的习惯那样，让邻居、工友和点头之交都来观看。

美国式棺材呢？根本不用，尽管杰普森先生在伦敦听说过这种棺材。供花呢？用得少——多数时候是做有意义的慈善捐赠。棺材盖上之后，通常放在教堂的前面。

一位朋友描述了一个退休农场工头的葬礼，这位工头自己饲养了几匹夏尔拖车马。“狭小的教堂挤满了人，”她说，“连一半的来宾都容不下，所以院子里站了很多人。正在下雪，非常冷。他的家人安排了一辆马车，由一匹夏尔马拖着；那匹马一下子来了精神，拉着棺材就往教堂跑。路上有一道陡坡，一阵声音传来，把我拉回到六十多年前的时光——马车的刹车被摩擦得吱嘎着响。农场上的人在教堂外排成一排，棺材被抬出的时候，人们用草叉搭成一座拱门。葬礼致辞让人感动得热泪盈眶——乡村葬礼就是催泪器，比伦敦的大集还要厉害。”从那一刻看来，德比郡的乡村地区似乎完全不会遭到美国式葬礼的入侵。

在英国的其他地方，乡村葬礼的举办方式大同小异。一位朋友拜访过多塞特郡布里德波特市A.J.威克利父子殡仪馆的菲利普·威克利和西门·威克利两兄弟。他俩在比米尼斯特和莱姆雷吉斯还有两家以家族名称命名的殡仪馆，均在20英里半径范围内。公司创办于1897年，一直严格坚持长期以来的风俗习惯。

尽管他们不再在殡仪馆制作棺材，但他们所用的棺材一直遵循传统形状。威克利先生说，到目前为止，没有人要求使用美式棺材，“但如果有人想要，我们也可以提供”。跟在德比郡一样，“人们一般会要求慈善捐赠，只有死者家属从自家园子里摘几朵花带过来”，他说。

价格在1 040美元至1 952美元之间，前者包含一口带雕刻铭牌的橡木饰面棺材、20英里半径范围内接运遗体、雇用灵车、抬棺人，以及殡葬师洽谈费，后者采用的是橡木面板棺材，名曰“多赛特式殡葬”。

遗体防腐处理不另收费，费用记在殡葬师成本中，而且要遵循死者家属的意愿。“多塞特郡有很多人仍旧喜欢在自家的家里瞻仰遗体，”威克利先生说，“只有在这种情况下，我们才推荐做遗体防腐处理，但有的家庭就不想做遗体防腐处理，哪怕要把遗体在家里放上一个星期的时间。也有人更愿意在威克利礼拜堂完成这个过程，同样，遗体防腐处理为自愿选项。”据威克利两兄弟估计，选择做遗体防腐处理的客户低于25%。

从目前来看，跟梅塔姆一样，已经进入英国殡葬领域的国际服务公司并没有给威克利兄弟带来多大的威胁。菲利普·威克利说，尽管美国人的初来乍到“多少有些令人感到恐怖”，但“它只是从悲伤的角度对我们有所影响”，因为人们从文章中了解国际服务公司后，会以为所有的殡葬师都像他们那样开展工作。

第十八章　媒体与抗议

每个活着的人都还记得，我们对死者的传统美国式处理和纪念方式一直在遭受批评。

——《美国殡葬师》，1961 年 6 月

当你听到殡葬师抱怨媒体对他们并不友好时，你可能以为报纸和杂志针对他们掀起了一场惊天密谋，目的是要搞臭他们、毁谤他们、揶揄他们、取笑他们，直至最终毁掉他们。

实际上，他们做的不算太差。一直以来，全国性的大报上不时可见针对殡葬业的揭露性文章，《时代》周刊、《新闻周刊》和《商业周刊》偶有刊登，大城市的报纸也发表过一些专题报道。

行业领袖们花了不少的时间来操心这些文章。批评意见，如何应对；杂志预约文章，如何压住不发；司法威胁，如何先发制人——让他们心心念念的就是这些问题。如果全盘失败，他们就在殡葬业杂志上对全世界的人大吼大叫，活像一群隔着栅栏咬不到对手的狗。

先后相隔十年发表的两篇文章尤其在这个行业内引发了惊恐和警觉，它们是比尔·戴维森于 1951 年 5 月发表在《科利尔》杂志上的《高昂的死亡代价》和鲁尔·唐莱于 1961 年 6 月 17 日发表在《星期六晚邮报》上的《你死得起吗?》。

至少在加利福尼亚州，戴维森的文章差不多让殡葬业产生了严重的悲观情绪。它是迄今为止针对该行业提出的最全面声讨；细节丰富，记录翔实；它指出了一些非常具体的问题：“就连绝大多数诚实的［殡葬师］都对接受这次全国范围内莫名其妙的定价和涨价行为感到愧疚”，“殡葬业声势浩大的游说活动和政治力量使其对多名议员和法官形成威慑，从而做了很多让他们心满意足的事情……由殡葬师协会和陵园协会发起的游说活动在州级议会具有开路作用”。

一如往常，殡葬业媒体的反应像极了看见红布的打蔫公牛。《殡葬管理》杂志在卷首语上刊登了一篇社论，试图大胆地做一番辛辣的讽刺：“煤炭既黑又脏。根据韦氏词典，‘科利尔’就是‘一艘运煤船’。[①]”“手法下作”“肮脏杂志”等字眼贯穿全文。森林草坪的发言人尤金·布拉洛克称其为“进入社会主义的邀请函”。但除了纯粹的愤怒谴责，接下来的所作所为需要更加精细而成熟的方法。

因为文章相当全面地涉及加利福尼亚州的殡葬业滥权行为，所以该州的立法机构对“殡葬师、遗体防腐处理师和殡葬机构”发起了正式调查。一时间，一场真正的麻烦仿佛蓄势待发。组建调查委员会的决定文件里提到，“有必要对殡葬机构进行深入调查”，并“有必要对涉及殡葬业的各项法律加以审查”。殡葬业者们因此陷入了警觉和迷茫之中，他们要不要回答立法委员会发来的调查问卷？（《殡葬管理》杂志的咨询意见是“不要急于填写并寄回问卷”。）他们要不要配合委员会派来的调查员？

事实证明，这个行业所感受到的惊慌失措纯属空穴来风，因为他们的利益正受到充分的保护。1953 年 6 月，当委员会的报告获得州

① 《科利尔》杂志的英文名称是 Collier，而 collier 的词典意思是“煤炭工人”“运煤船”“运煤车”等。——译者

议员克莱顿·迪厄斯的签名并最终面世时，它一定在殡葬业者圈内引发了一场狂欢和自我庆贺。惴惴不安了几个月，现在终于读到它，这是一种怎样的舒心啊："加利福尼亚州的殡葬业具有无比卓越的组织，为的是公众利益……针对其零售价的批评意见忽略了高昂的运营成本，而根据公众卫生法律，很多运营成本属于强制性支出，还有一部分依据的是社会和宗教习俗，以及情绪压力……委员会经过认真研究认为，不需要就此事采取进一步的法律措施。"

在那些对殡葬师的思维过程和行文方式了若指掌的人看来，这份报告非常奇怪地充满了熟悉感。有些用语很可能直接来自全国殡葬师协会年会的会议议程："防腐处理首先是一种重要的公共卫生手段。作为一种与防腐处理和殡葬管理演进过程同步发展而成的独特职业，它的伴生功能在于将死者的容貌恢复至安详而自然的模样。两种功能都要在接受专门教育和专门训练的基础上，具备高水平的专业技能。"文中提到，"殡葬师的发展是美国生活方式的内容之一"；也有对殡葬机构的褒奖之词，说它"具有特别之处，即为了方便地向生者提供服务，虔诚地为死者做葬前准备而精心谋划并配置了实施设备"。报告全文引用了商业改善局协会那份名为《每个家庭都必须了解的殡仪及下葬事项》的小册子（它本身又基于全国殡葬师协会）。

这份报告真的是加利福尼亚州议会指定的委员会编写的吗？显然不是。关于这份报告编写过程的更合理解释，包含在了我所拿到的一封信中。这封信的写信人是加利福尼亚州殡葬师协会时任秘书长威尔弗雷德·科尔，收信人是全国优秀殡葬师协会的会长威尔伯·克莱格，落款日期是1953年7月24日。

亲爱的克莱格先生：

谢谢您7月21日就迪厄斯委员会报告表示祝贺并请求寄送

十二份文稿的信件。十二份文稿将会分头寄送。

从您信中的第一句话看，您可能有个错误印象，我希望在此纠正一下。您祝贺我们“准备并向迪厄斯委员会呈送上了一份漂亮的报告”。尽管这种说法完全准确，但我们应当认为，这是由迪厄斯委员会——或许在某些协助之下——撰写并发布的一份报告。

实际上，报告的撰写者是沃威克·卡朋特和多恩纳德·韦尔奇。经过我的策划，迪厄斯接受了这份报告；报告的提交也由我一手策划，这真是一件有趣的事儿。实际上，委员会有个成员阅读过报告。他是来自格伦戴尔市的一名议员，而森林草坪自然希望这份报告得以顺利提交。他批准了这份报告，而其他成员认可了他的批准意见。

等我们有机会面谈的时候，我会亲自向您讲述这件事情的策划详情。与此同时，正如您所意识到的那样，这项成就中的运作机制应该受到保密。

您真诚的，

威尔弗雷德·科尔

威尔弗雷德·科尔先生后来担任了美国殡葬师研究所（American Institute of Funeral Directors）的所长职务。他经常向《殡葬管理》杂志投递文章，大声倡导殡葬师要具备前所未有的道德高标准：“或许我们都将活着看到各种道德行为的最后胜利，因为它们源自美国的竞争精神、公平交易和诚实共性。”多恩纳德·韦尔奇先生是加利福尼亚州生意最好的殡葬师之一，在南加州地区拥有多家殡仪馆。沃威克·卡朋特先生是一位市场分析师，为立法委员会的报告准备了殡葬成本数据。根据《殡葬管理》杂志的报道，这些数据原本由卡朋特先生为沃威克先生整理而成，“以作为他要在一场殡葬师年会上讲话的佐证材料”。《殡葬管理》杂志认为，卡朋特先生“为正在接受调查的加州殡葬师们提供了一项非常有益的服务”。那位亲自读过报告的格伦戴尔市议员名叫阿伦·史密斯大人，后来进入了国会。

这份报告在殡葬师间自由传阅，他们自然非常愿意把它当作头等公共关系援手。

《科利尔》杂志发表那篇文章后，至少就媒体成为担忧而言，殡葬业相对平静了十年。时任全国殡葬师协会会长的莫尔·威尔什先生在1959年的年会上报告说：“在我们持续的警戒之下，以书面形式表达的贬低和哗众取宠越来越少了。我们得到信息的好几篇文章要么没有写成，要么其原意被淡化。”

一年之后，《棺材与向阳》杂志表达了同样的观点：“多年以来，全国性的出版物上只刊登了区区几篇针对殡葬业的贬低性文章……有很多次，州级协会负责人或全国殡葬师协会获知了有作者正在谋划类似文章的信息，于是就在这位作者提出要求之前，向他提供了合适而准确的信息。实际上，在所有类似情况下，由此提议形成的文章要么一直未能刊登，要么刊登出来的样子没有了原来的‘煽情曝光’，从而与当初的计划判若两人。”

然而，殡葬从业者们的内心根本不得安宁，因为新的险情已经出现在地平线上。威尔什先生说：“长期以来，困扰殡葬业的各种问题和问题流言可以让我说上好几个小时……追思社团和教堂团体试图改革殡葬实践。推销人员让殡葬师加入这样那样的计划。作家希望将美国的殡葬服务变成150美元的尸体处理服务……一方面，我们有一片蓝天闪耀着专业化的光芒，但也有一片片乌云，它们裹挟着改革、推销，以及无理的攻击和计谋，意在用150美元的尸体处理方案取代美国各取所需式的殡葬方案。”

有一个近乎虚构的人物，他被律师们经常挂在嘴边，大家都把他叫做“具有一般谨慎性的人”。他很有常识，能够以正常水平的城府看待各种交易行为，对证据予以合理阐释，将理性标准适用于各种情形。从始至终，他都在给殡葬师找麻烦，不过，他曾经给殡葬师找的麻烦似乎都不如他现在给美国殡葬师找的麻烦。实际上，他是殡葬师最头疼的敌人。

是他在各大杂志上对殡葬从业者咧嘴而笑，在遗嘱验证庭上对他们皱起眉头，在圣坛上或验尸间里对他们语出苛刻。是他给报纸写了恶心他们的信件，在私下的交谈里对他们大加嘲弄。多年来，他所批判的负担改变甚微。他认为，炫耀式葬礼品味低下，浪费钱财。他认为，有的殡葬师利用悲伤大发横财。他认为，有家庭成员去世时，穷人和文化程度不高的人尤其容易受到这类行为的盘剥。近来，他开始觉得，遗体具有重要用途，可以造福于活着的人——医学研究、眼库、人体组织库，等等。更加重要的是，他正在采取实质性措施，为美国式死亡寻找一种合理的替代方式。多年来，美国和加拿大先后成立了殡葬社团（或纪念协会），奉行的原则是“以合理价格举办简朴而有尊严的葬礼”。

在殡葬师看来，这是尤其卑鄙的煽动性言论。《全国殡葬服务杂志》（1961 年 4 月）将殡葬社团倡导者斥之为“生活在当代美国的殡葬怪物……其危险程度远超过一般殡葬师的想象，因为他们是一群狂热分子；他们是追求人权的游行者，是那些找他们茬子的会议和机构的纠察员，是多种原因的咆哮者、质问者和示威者”。性格温和的牧师、教授和社会工作者形成了殡葬社团的中坚力量，他们是否在这些生动的语言描述中认出了自己？尚不确定。但它是殡葬业对自己所能想到的对其既定程序的任何偏离行为的一种相当典型的反应方式。

殡葬社团的成员并不是对美国殡葬行为提出批评意见的第一批

人，他们实际上也不是言辞最为激烈的人，他们不过是第一个想到以组织机制的形式，在“标准葬礼”之外为公众提供替代选项的人。正是它的组织性让殡葬师感到害怕，并在行业媒体上写下一段段辞藻华丽的段落：

> 一颗投向我们的基督教殡葬习俗的原子弹……
>
> ——
>
> ……像传说中的达摩克利斯剑一样悬在我们的头顶。
>
> ——
>
> 纪念协会跟其他私利团体没有区别，它们对美国的生活方式形成滋扰，就像一只只黄鼠狼消耗着我们这个基本经济体制的生命线。
>
> ——
>
> 那些伺机破坏美国殡葬基础的人现在已经取得了进展。
>
> ——
>
> 我们应该如何应对这种威胁？如何与之搏斗？
>
> ——
>
> 它对宗教本身也形成了威胁。
>
> ——
>
> 那些推动此事的人与煽动者、一时兴起者和社会改良者同属一个阶层，他们在历史上不时跃上马背各自乱跑。
>
> ——
>
> 最近有些沉重打击直接命中了殡葬服务的核心。到目前为止，我们还能够做到兵来将挡水来土掩。但我们必须掉转身体，捍卫我们的遗产。我们不能举手投降，或按照敌人所想去展开斗争。妥协，或者走对手的路，都会永远失去全世界最精美的殡葬

标准。

——

光是追思社团这个名字就与美国式生活的基本原则格格不入。因此，我们必须采用全部的礼数对它进行反击。

那么，“追思社团的理念”违背了什么东西，竟至于要采用全部的礼数？美国合作社联盟（Cooperative League of the USA）最先在一本叫做《他们是谁，他们如何组织》的小册子里提出了这个问题：

纪念协会及其成员在自己可控的后事安排上追求的是简单、质朴和庄重。它对精神胜于物质价值的考虑表明，“体面安葬”或其他安排都不需要复杂化……有的死者家属希望不举办葬礼，也不需要安葬仪式。他们愿意采用火化加纪念会的方式，其中强调的是死者的生命和死亡的精神内涵，不需要敞开棺材，也不需要很多鲜花。

还有的人想把自己的遗体送给医学院用于教学和研究。他们也可以把眼睛捐给眼库，角膜可以移植，以让盲人重见光明。

不管是简朴的葬礼、简单的安葬、火化、纪念会，还是关注医学研究，这些人希望在后事安排上体现尊严和经济性。相应地，他们在十几个州，以及加拿大的多个省份组织了各种各样的纪念协会。

哪怕对那些死者家属希望举行传统葬礼并实行传统安葬的人，纪念协会也会向这样的会员提供支持和咨询，以达到仪式的简朴性、庄重性和经济性——重心不在于向公众展示遗体，而在于着重强调死亡的意义。

总之，纪念协会让每个人都有机会在这个也许算得上最为神秘的时刻使用自己所选择的设备和服务。

因为目标具有简朴性，所以在1950年代活跃着大量的类似协会。组织者主要是唯一神教派教徒、贵格会教徒，以及其他新教教会团体。他们在大学城这种与世隔绝的宁静社区最为活跃，其成员主要来自学术圈和专业领域里的年轻人和中产收入人群，很少来自低收入群体，或者用《全国殡葬服务杂志》的话来说，“这场运动最能吸引的是那些有远见的人，以及学术联谊会里边的象牙塔书呆子”。

有的社团发挥的是教育组织的作用，将自己的功能限定为倡导“例行预定后事”。不过，它们中的大多数步子较大，以集体砍价的方式跟一家或多家殡葬机构谈妥合同，以协商总价向会员提供“简朴葬礼”。协会的观念各不相同：有的强调火化；有的对教育项目更感兴趣，倡导将遗体捐赠给医学院；还有的强调后事方面的自由选择权。

它们全都是非营利性组织，向所有人开放，对其进行管理的董事会不拿报酬。会费很少，通常花20美元就能获得“终身会员资格”；有的团体会收取年费。收取的费用主要用于管理、印刷、邮费之类，有的时候也会做报纸广告。

所有社团的一大目标是为那些希望举办追思仪式的家庭铺平道路，不需要展示遗体，不需要敞开棺材——并保证不让死者家属在跟殡葬师进行类似洽谈时经受艰难的冲突。追思服务理念遭到了殡葬业的坚决反击。这个行业的代言人拿出一贯的谩骂天资，给追思服务取了个名字：“处理。”全国殡葬师协会协会的会长说过：“要指出的是，那些知道这个词语的人把不摆放遗体的仪式叫做处理型葬礼，这对活着的人没有好处。”《棺材与向阳》杂志专事礼节研究的专家写道：“神职人员向追思社团运动表现出了越来越多的支持，部分原因在于神职人员自己不知道，对死者的适度尊重真的对活着的人具有怎样的意义。他们不了解情感所具有的治愈价值。”

殡葬业想表达的意思是，不摆放遗体的追思仪式是一件既无情又冷酷的事情，对生者而言没有任何意义，因此，遗体被当作垃圾来对待。实际上，追思仪式的性质完全取决于死者家属的意愿。它可以是在家里（或在殡葬机构的附属教堂）举办的一件私事，也可以是按照特定教派的习俗而在教堂举办的一场普通仪式。唯一的区别在于不用摆放遗体和棺材。

如果不是鲁尔·唐莱于1961年6月17日在《星期六晚邮报》上发表了《你死得起吗?》这篇文章，追思社团在数年间的发展速度可能主要依靠有限圈子里的口头倡议。这篇文章为各个渺小的追思社团提供了未曾意料的推动力。随着它的出现，殡葬业和这个“具有一般谨慎性的人”之间的冲突进入了公开状态。

唐莱用这样的语言讲述了湾区殡葬协会所开展的活动：“旧金山最近见证了本市有史以来最为奇怪的几场战斗——这是一场旨在摧毁殡葬师或‘棺材大亨’，并推倒高昂死亡代价的斗争。”他总结说，一般的人如果想要简单而且便宜地离开这个世界，会有三种选择：“（1）必须提前硬性安排好一场简朴的葬礼，但这有可能遭到死者家属的推翻；（2）必须加入湾区殡葬协会这样的互助组织；（3）必须将遗体捐赠给某个机构。如果你对上述事项无所作为……那么最后的这趟旅程也许会是你经历过的最为昂贵的一次。”

与《科利尔》杂志上那篇文章相比，鲁尔·唐莱的文章尽管语气比较温和，对殡葬业的批评也不那么尖锐，但从殡葬业的角度看，它所具有的威胁严重得多，因为它涉及一种补救行动，哪个地方的人都可以借来一用。这无异于鸽群里来了一只猫，马上就要鸡犬不宁。这场“奇怪的战斗”就要变得荒诞不经。

殡葬业陷入混乱，行业杂志上出现了这样的标题：“情感与悼念面临重大危险！”“1 500万美国人被误导”“洛里默将予以否认，否则我们会挨个上吊！”而我最喜欢的，莫过于《殡葬管理》杂志上那篇名叫《他们死得起！》的文章。

一开始就充满了惊慌情绪。《棺材与向阳》杂志在编者评论中写道：

> 毫无疑问，强大对手的围攻将会让今天的殡葬业陷入崩溃状态，除非所有的殡葬师团体在共同的事业下采取一致的行动。否则，殡葬服务将会将倒退至我们不敢想象的地步。

《美国殡葬师》则写道：

> 尽管在此之前，杂志和报纸多次刊登批评殡葬实践的文章，但这篇文章的某些方面尤其让人感到不安……这篇文章是殡葬社团的劝诱性销售话术，而这样的社团现在已经成为美国悼念理想的最大威胁。

全国殡葬师协会会长说道：

> ……它是有组织运动的步骤之一，旨在废弃美国式殡葬方案。

从这些不和谐的愤怒声音中，可以察觉出好几种不同的观点；关于这一道威胁的本质，出现了不同的看法。

《殡葬管理》杂志的编辑写道：

> 粗看之下，追思社团的目的似乎是为了降低殡葬费用。然而，你如果认真研究一下就会意识到，它要针对的远不是价格……领导这些追思社团的人不一定是负担不起标准葬礼费用的穷人。很多人受过教育，而且财产可观。迫使降低殡葬费用，只是他们的目的之一。他们有一种同样强烈的愿望，那就是改变既定的习俗。它今天可以针对殡葬，明天就可以针对其他事情。这些机构传播的思想暗示的是共产主义以及它的亲密战友——无神论。

追思社团的倡导者感兴趣的不只是——或者，甚至可能主要是——殡葬费用，对这一点加以扩展的是殡葬领域的公共关系专家西德尼·希斯伍德；多年前，《全国殡葬服务杂志》就给这个人记过一功，说他“率先提出并发展了‘追忆照片’这一概念，且使其在联合产业大会上得到认可，从而为整个行业所熟知”。希斯伍德先生发现，“神职人员持续不断的批评意见”是殡葬从业者面临的根本问题；他认为，其后果是“过去数月里，风暴明显加剧——我认为，更大的危险在于，它对整个行业的潜在危害超过了以往任何一件事”。

他觉得，《晚邮报》上那篇文章尤其具有毁灭性的是唯一神教派牧师兼湾区殡葬协会组织者之一约西亚·巴莱特博士所说的话：“我的信众对现代殡葬过程中的异教徒气氛越来越充满反抗意识。它所针对的与其说是费用问题，不如说是围绕遗体产生的病态情感，”“［殡葬协会］发誓通过共同努力，实现更简朴更有尊严的殡葬仪式，既不浪费钱财，也不强调遗体肉身，转而更加注重人类的精神胜利。”希斯伍德先生在分析这篇文章后总结说：“同样，从本质上说，现代殡葬革新的批评意见针对的不是费用问题。相反，所有批评意见的核心是组成现代殡葬仪式的实质商品和各种服务。”“要么提出批评意见的神职人员急于从殡葬师的费用里分一杯羹，要么由其批评意见可知，他们是行至半途的共产主义分子或其同情者”，他把这样的指责当成“混乱理据”而不加理睬。

《全国殡葬服务杂志》还担心，追思协会有可能成为殡葬事务的潮流领导者：“早期如果不采取约束措施，这场运动可能蔓延至涵盖相当一部分人，因为目前的殡葬习俗所依赖的正是这种群体本能——之所以做某件事情，是因为其他人都在这么做，因为这已经成了一种约定俗成。”它还说：“能改变这种习俗的唯一做法，是让大家相信，‘就应该这么做’。对这一点，一定要有所警惕；对这一点，一定要加以防止。”它进一步写道：

> 葬礼费用“平均数”表示的是最低点或最低价，客户可以从中选择，而不会在亲戚或朋友眼里有寒酸感觉。现行的平均价格……可能因为追思社团开展的运动、神职人员的批评意见以及其他的所谓改革活动而大幅降低。如果别人穿的是丝绸，你穿任何廉价的东西都会觉得很碍眼，而如果其他人穿的是粗布，你穿棉布也会觉得自己高人一等。

作壁上观的陵园老板也发表了意见。《概念》杂志表达了一种刺耳而刻薄的观点：

> 尽管不一定非要认同那些极端的反对意见，但看起来重要的是，有那么多人通过各自的社团对殡葬服务费用表达了抗议。他们的不满肯定事出有因，这些人一定是觉得殡葬服务收费存在不公平现象。重要的是，陵园从业者首先要认识到这一点，而不能急于为殡葬这个联合产业先行发表辩护意见。

把螺丝拧出一个缺口后，作者继续写道：“陵园产业已经通过预定模式找到了高收费的解决办法。”

可是，解决了吗？另一位陵园方作者为那些更为自满的同行耐心地道出了陵园产业显而易见面临的困境，也就是追思协会倾向于鼓励会员，将自己的遗体捐赠给医学事业：

> 注定会产生的后果是，遗体将不再被埋入地下。结果呢，不言自明，这些组织对土葬传统具有威胁性，而这才是我们这个行业的担忧之处。因此，追思社团不容忽视。然而，我发现很多陵园同道并不是特别关注追思社团的发展状况，认为它们可能影响到的是其他产业，而不会影响到我们自己。

《美国陵园》杂志对这一估计表示认同：

> 尽管他们目前的攻击焦点是殡葬服务，但这场运动的理念是，美国现行的葬礼、下葬和悼念做法都具有强烈的异教性质，而且浪费钱财，因而应该大加简化，不管一个家庭的财富和社会地位如何，为了这个目的都应该只花费少量的钱财。如果这种观点得以大行其道——如果不加以有效反驳，这是完全有可能的——那么，这个行业的每一个人在今后都可能受到极大的危害。

森林草坪陵园执行副总裁弗里德里克·卢埃林先生秉持同样的观点，《美国陵园》杂志报道了他在美国陵园协会上的讲话内容：

> 在讨论这股潮流的时候，他提到了闭棺葬礼和“请不送鲜花”运动。尽管这些事情现在只是直接影响到了殡葬师，但他

说，它们终究会也会影响到陵园从业者。他说，即便是在目前，也有一种倾向，那就是购买大型墓产的人越来越少，举办昂贵悼念仪式的人越来越少，购买家庭式陵墓的人越来越少。

他呼吁陵园从业者跟殡葬师、花店老板和悼念联合体里的其他人携起手来，对包括神职人员和新闻从业者在内的普通公众开展教育活动，让他们重视悼念仪式的重要性，尤其是它所具有的宗教意义。

围绕着如何处理追思协会这个问题、应该采取什么样的措施，以及采取什么样的立场所展开的争论，反映了殡葬业内部基本理念的差异性。《棺材与向阳》杂志反复提倡采取统一行动：

> 我们坚信，有一种最好的方式，既可以应对这场威胁，又可以压制大量出现的追思协会，以及宗教对我们的殡葬服务理念的现实性或威胁性入侵行为。这要通过业务精湛的公关公司在全国范围内实施公关项目。因此，我们秉着大公无私的态度，号召所有的殡葬服务机构和行业组织一起做出共同努力。

《殡葬管理》杂志建议放低身段少说话：

> 我们认为，拿着全国殡葬师协会经济师尤金·福伦的数据在全国四处招摇是极其错误的行为。他计算出成年人殡葬服务平均收费标准的数据，是为了告诉公众，殡葬服务的收费不高。殡葬师拿到这个数据进行研究完全没有问题，但把它放到公众的眼前，这就很危险了……不要为了捍卫当今的美国殡葬方案而一错再错地到电视或电台上跟追思协会的代表展开公开辩论。这就好比抓起别人的骰子乱扔一通。

让全国殡葬师协会的管理人员大伤脑筋的是，《晚邮报》那篇文章被行业内部的背信弃义者抓在手里，因为他们觉得价格广告和诱导式提前购买葬礼有利可图。有的人全然不把全国殡葬师协会放在眼里，急不可耐地找到媒体，以极度认同《晚邮报》文章的姿态，要求刊登付低价即能享受“有尊严的葬礼”和提前购买方案等广告内容。“敌人来自内部！”全国殡葬师协会的领导层大声疾呼道，而协会的一位发言人一边挥舞广告一边说道：“广告上说，提前购买式葬礼对死者家属因为情绪低落而过度花钱的行为具有预防作用。是的，有的殡葬师比批评作者还要做得过头，他们通过广告和宣传手册告诉全世界，在举行葬礼这段情绪低落的时间里，一定要对死者家属加以保护。”

全国殡葬师协会的路线是撑到底，拒绝跟追思协会发生任何关系，并首先基于福伦提出的“单例支出”概念维持现行价位。有的人对此并不认同。全国优秀殡葬师协会的威尔伯·克莱格先生在反驳殡葬社团的过程中，一方面不向任何人做出让步，一方面认为是这个行业自己造成了现在的局面，一是它在“按需提供服务”方面缺乏灵活性，二是它未能满足越来越多的提前购买和提前支付葬礼需求。他在向一群优秀殡葬师的讲话中说道：“请不要跑到外面当着全世界的面大声嚷嚷：‘我的单例支出是多少多少美元。’谁理你？随时大谈特谈这种单例成本谬论的殡葬师越多，它在公众头脑中造成的伤害就越大。谁在乎你的成本？……我在全国上下看到的这种情形，让我感到十分不安……”

如果说《晚邮报》上的这篇文章把殡葬业闹了个鸡犬不宁，那么各个殡葬协会，尤其是湾区殡葬协会的日子也好不到哪里去。一个协会被写进了一篇全国发行的杂志文章，董事会成员自然非常高兴，甚至还期待着收到读者做出的某种反馈。但他们对后来的走向完全没有做好准备。位于伯克利市消费者合作社大楼内的协会总部——一张桌子和一部电话机——很快堆满了以每周一千封的速度纷至沓来的信件。迅速召集了志愿者，帮着完成回信的书写和会员资格申请的处理这两项繁重的工作。《星期六晚邮报》的编辑对报社收到的数量同样惊人的信件做了报道。他在评论里写道："这篇文章似乎触动了某根敏感的神经。"湾区殡葬协会有三位成员被《晚邮报》提到了名字，即约西亚·巴莱特博士、格里斯沃德·莫雷教授和我；在头几个星期里，我们都收到了几百封信件；一年多过去，我们还在收到信件，有的写信人在一开始就表达了歉意："我刚刚才在理发店过期的《晚邮报》上看到了《你死得起吗?》这篇文章……"

比信件的数量更让人吃惊的是它们的质量。那些因其工作性质而处于公众来信接受末端的人——如报纸编辑、电台评论员，等等——告诉我，相当部分的写信人多少有些古怪，也就是诚实的公民很少愿意不怕麻烦地将自己的看法诉诸笔端。而这些信件恰好相反。从语气来看，一应俱全，有的苦涩，有的搞笑，有的富于见地，但无一例外，他们对这个话题几乎都表达了充满智慧的评论意见。在很多问题上，这些意见可以说经过了深思熟虑。很明显，这些写信的人对相应的问题有着强烈的思考。实际上，他们是现代殡葬实践普遍遭到公众厌恶的一条证据，而这样的厌恶程度就连殡葬协会的倡导者也一直没有完全意识到。关于我收到的那几百封信件，非同寻常之处在于，只有一个人跟殡葬业站在一边。整封信充满了谩骂讥讽，没有名字，署名是"一位美国殡葬师"。湾区殡葬协会报告说，他们收到的前一千一百封信件中，只有三封带有敌意。

很久以来，我们的一些通信人就在接手有些事情。看来，针对这个问题的很多绝招正在得以尝试。据我们所知，罗得岛州纽波特市的圣莱奥商店已经开始售卖"平价棺材"："对那些不想被装进长绒衬垫棺材里出洋相的人，我们可以提供传统的简单型松木、香柏或红杉木棺材，带有结实的绳把手。铺上垫子后，它还可以当作储物柜或矮凳子使用，直到其最终用途的来临。”我们还得知，南非一位发明者提供了“全世界第一款自助型墓碑工具包”——“售价有望让传统的墓碑制作商大吃一惊，因为他们的价格往往是这个数字的十倍以上”。

我们了解到，有两家跟“朋友会”（Friends Meetings）相关的殡葬委员会，分别位于俄亥俄州和北卡罗来纳州伯恩斯维尔市。当有成员去世时，委员会将提供一只简易的胶合板木箱，将遗体装入其中，再用车辆将它送到火葬场或医学院。至亲只需要支付箱子的木料钱，外加火葬收费和讣告费用。委员会提供的服务（含箱子的制作过程）无须付费。总费用通常在 250 美元以下。委员会负责的事情有“照看孩子或负责伙食、帮做家务、接待来宾——以一种无声而协调的方式轮流接送朋友”。追思仪式通常在去世后三至四天举行。

顺着《晚邮报》那篇文章的尾迹，其他的出版物关注起遗体防腐处理这个话题，每一篇都引发了殡葬业的激烈反应。《读者文摘》在 1961 年 8 月发表了一篇题为《让死者教会活人》的文章，直指医学院校严重缺乏用于解剖研究的尸体这一问题。《读者文摘》的文章写道：“向医学院校捐赠遗体的每一个人都为人体知识的进步做出了重要贡献。”

《医学经济学》是一本全国性的医学杂志，它刊登的一篇文章对医生在殡葬协会活动中的参与状况进行了描述。文章引述肯塔基州一名儿科医生的话说：“我们应当鼓励人们使用教育基金、健康基金或福利基金来缅怀死者，而不是花费大量的钱财，举办一场野蛮的葬礼，连同一具具化着浓妆的尸体，外加费用不菲的棺材、游行和墓碑等。”霍华德·雷塞尔先生在全国殡葬师协会年会上发表的演讲中说：“各种计划的最终目的是要把所有遗体捐献给医学研究。没有了遗体，就没有葬礼。没有了葬礼，就不会有殡葬师。明白人不用多说。”《全国殡葬服务杂志》写道：“如果没有明示殡葬师对于人类的健康和福祉不闻不问，那么这种行为就无法公开加以反对……对那些把遗体捐献给医学院的情况，棺材销量的减少将会带来经济打击。幸运的是，这种情况在目前并不普遍；不幸的是，它们在今后可能变得更加普遍。”

后 记

目前，殡葬业者再次满怀希望地将目光聚集到了一个充满阴影的水晶球上。截至1996年，捐献给医学研究的遗体不是少了，而是越来越多，再次让这个行业开始散布谎言。来自密歇根州的殡葬师托马斯·林奇在《殡葬人手记：一个阴森行业的生活研究》（诺顿，1997年）一书中写道：“在这个富饶的国家，令人感到羞耻的是，向医学院和牙医学校提供的遗体大量来自无家可归者和无能为力者，主要原因是他们比俄国人更加‘合适’。”这位作者非常高兴地写道，捐献遗体的积极性被打消之后，俄国人便称心如意地躺进了林奇先生售卖的棺材。经过对密歇根州三所医学院校的快速查证得知，维恩州立大学和密歇根大学安娜堡分校“急需”遗体捐赠人，而密歇根州立大学需求程度一般：“我们经常可以用活人做替代。”

联邦贸易委员会的殡葬规则于1984年获得通过之后，公开度和反对意见便立即销声匿迹。火葬做起来更简便，通过电话也能得到报价。对追思社团具有刺激作用的社会活动精神逐渐烟消云散，会员人数开始出现减少。在有的地方，追思社团踪影难觅。在其他地方，因为可以跟合作性殡葬机构洽谈价格，所以它们的发展悄无声息。

不时看见一些新闻报道，由于某个陵园或殡仪馆没有了业务，业主卷款潜逃。丽莎·卡尔森的《管好你自己的后事》是为四十二个州——在这些州，完全绕开殡葬业的做法合理合法——的人写的一本手册，由一家小型出版社出版后，获得了很好的评论，但在书店并不容易买到。殡葬业继续得以蓬勃发展，几乎不再有人对它加以关注。

1988 年，当殡葬规则再次启动修订程序时，媒体对听证会视而不见。没有人到场去听那些不断落入不遵守规则的殡葬业之手的消费者们的故事，也没有人到场去听那些让陵园遵守规则的声声呐喊。在这个行业看来，似乎一切顺当。

但在 1980 年代，随着艾滋病几乎成为一种流行病，年轻一代逐渐跟后事安排扯上关系，很多人开始对自己的所见所闻产生了厌恶。

凯伦·莱昂纳德就是这样一个人。她初次涉足死亡护理王国，是在旧金山担任一场名为吉雅的棺材与骨灰瓮“画展”的共同主办人。所谓画展，就是大家可以为自己的安息之地购买一幅艺术品。卡尔森认为，如果人们可以自行购买棺材，那么他们可能就需要一份葬礼后续程序的自助手册，于是立即赶制了一箱《管好你自己的后事》，送到吉雅的展示现场。

画展只卖出了几本书，但莱昂纳德遇到了很多对死亡怀有“新奇”见解的人。无一例外，他们各自都有一段不愉快的殡葬经历“恐怖故事”，并正在寻找一种更有意义的方式，去“庆贺”自己走过的一生。很快，莱昂纳德就结识了来自追思社团的人，并急切地投入到殡葬教育工作中。

卡尔森开始不时向莱昂纳德转达来自媒体的询问意见。其中一条来自《20/20》节目的制片人。通过隐藏身份和拍照设备，她向电视观众清晰呈现了殡葬业某些不太符合道义的做法。

殡葬业大声表达了“违规”意见，说那些电视镜头都是孤立个案，但很明显他们又一次感到了刺痛。

媒体开始关注起来。1996 年，美国退休人员协会（AARP）的杂志《现代成年人》在好多年没有报道过“沮丧”现象之后，终于以殡葬业规划为题发表了一篇文章。基普林格出版公司的《个人理财与金钱杂志》于次年随之跟进。

阴森行业的情绪越来越紧张。全国殡葬师协会在华盛顿特区设立了一间办公室，其联络人员马不停蹄地周旋于国会山——结交朋友、影响他人，为殡葬规则可能遭遇的重新调查做好准备。

1997 年 6 月，《殡葬师》杂志发表了很可能写于三十五年前的一篇社论——如果不是它还带有“我们振作起来吧”这样的口吻的话；社长莫里斯·纽曼表达了慈父一般的建议：“对着经过适当防腐处理并做过整形的至爱拍下一张追忆照片，我们永远不要对它的重要性视而不见，也不要羞于获准同意……挺起胸膛，做好你的工作，做一名自豪的遗体防腐处理师。”

罗恩·哈斯特（《殡葬管理》杂志，1997 年 2 月）说得更为直白：“想想吧，当我们抚摸着坚固的铜质棺材，称道着遗体防腐处理的好处并可延长遗体保存期时，公众一定会以怎样的方式看待殡葬服务。我们的挑刺者正在越来越受到关注，越来越多的死者家属找到我们时心怀疑虑。实际上，有的死者家属在寻求死亡护理服务时根本不会找我们。”

第十九章　马上付钱——死得更穷

“在大萧条时期，每个社区都在搞提前购买，”1995 年，北达科他州的殡葬师汤姆·费希尔站在水塘边若有所思地告诉本书作者，“我们那个社区就组织过农民联合葬礼合作社。”

早期的殡葬及追思社团多在城市里，对提前为葬礼付钱这件事情表达了不同的观点。很多社团积极地宣传“提前付钱，追求心安”，并与合作的殡葬机构展开定价谈判。不过，并不是所有的人都愿意提前把钱拿出来。协会的《公告》发出警告说：“提前计划有好处。但提前付钱，好处难见。”

现在，为了符合医疗补助计划资格而存在隐匿财产的需要，是人们提前支付殡葬费用的另一个原因。现在已经没有限制殡葬费用预留额的联邦指导意见。很多州发挥自己的医疗补助计划管理者功能，设有自己的限度。康尼狄格州设置的限额是 4 800 美元，加利福尼亚州是 10 000 美元。新泽西州天空是上限，不用说，该州的殡葬师都知道这一点。《20/20》的隐蔽式调查拍到了一个殡葬师为预定葬礼而收下 20 000 美元的经过，他还向客户保证，若有“余钱”将会返还给死者家属。

殡葬师有着强烈的预售冲动。他们每偷偷搞定一例葬礼，就少了一个跑向竞争对手的人。“一份运作良好、主动出击的提前购买方案会提高一个公司的市场份额”，任职于全国殡葬师协会《殡葬师》杂志的托马斯·巴纳德写道。考虑到殡葬机构的全国性扩张，市场份额就成了驱动因素。根据美国殡葬及追思协会的说法：“如果从星期一到星期五都在死人，除去殡葬师要休假两个星期，美国的死亡率可以支撑九千两百八十八家全职殡葬机构。然而，我国已有两万两千多家殡葬机构。很多殡仪馆一个星期只能举办一到两场葬礼。”

提前做出安排，人们花的钱是多了还是少了？根据有的报道来看，提前购买式葬礼比心情难过的死者家属安排的葬礼要便宜得多。霍华德·雷塞尔很早以前就在全国殡葬师协会大会上说过这个事实。他当时讨论的是一组葬礼销售分析数据：“要是能够把所有登记在册的提前购买式葬礼都做成表格，你怎么会认为它们的平均价格能与现在所显示的成人葬礼平均价格可比？”“如果某个方案将会降低殡葬服务的平均质量，而选择的内容让你发现，不说完全不可能至少将会难以维持业务，从而提供你现在所能给予的服务，那么你还准备、愿意并能够加入这个方案吗？”他补充说：“对那些活到有权力有责任安排葬礼的人来说，这是一件好事儿。做出这样的安排，承担这样的责任非常重要。它既是悲伤综合征的部分内容，也是悼念疗法的部分内容。它是一颗尖钩，可以稳稳挂住殡葬服务的帽子。我们为什么要捣毁它，说葬礼是给死人做的，因此他或她应该提前做好安排？……如果殡葬师坚持招揽提前购买式葬礼，他们实际上是在给自己的职业提前安排葬礼。”

对这个行业来说，预售技术至关重要，而它的最新进展已经证明，雷塞尔先生的悲观预言是错的。在这个行业的博学圣人罗恩·哈斯特先生看来，当舒舒服服地坐在自家的客厅时，大家更容易轻信他人。“把摆放整齐的棺材拍成照片，再递给坐在沙发里的潜在客户，这时所具有的震慑效果远不如到了殡仪馆的棺材挑选室再递给他……

他们会把棺材当成一件高质量家具。他们会拿出更多，而不是更少的钱来预购棺材。”

不管怎样，那些对提前购买所具有的影响力做出的悲观预测早就已经石沉大海。根据《消费者文摘》高级编辑约翰·瓦西克的估计，截至1995年，已有不少于200亿美元的资金被绑到了提前付款式殡葬和陵园计划上。这个估计数字看似庞大，但实际上肯定偏低，因为单是国际服务公司现在就宣称，通过提前购买手段控制了32亿美元的资金。

目前，公司型连锁店的销售手段最具有主动性。有什么是他们知道，而一般公众并不知道的？以保价方式提前付款有什么不妥？

通货膨胀是预售计划的销售员使用起来最为有效的一种唬人手段。不过，在最近几年，通货膨胀每年将生活支出成本推高的比例是2％～3％，殡葬成本却增加了6％～7％——它远高于殡葬师凭借提前购买殡葬合同从你口袋里拿走的利息。随着会员人数越来越多，殡葬服务提供者越来越提防保价陷阱。全国殡葬师协会的喉舌刊物《殡葬师》杂志援引中西部一位拥有多家殡仪馆的老板做出预测：“99％的保价式预购项目将成为赔本买卖。”《殡葬服务从业者》杂志同样意识到了这个问题，建议通过下列免责声明规避期货合同中的保价条款：“如果死亡抚恤金低于现行零售价格，将另行收取费用。”有了这样的免责条款后，你——也就是消费者——通过提前购买手段不会有任何节省。你的做法不过是提前支付了部分款项，并让你的死者家属在你大限到来之时按照殡葬师的意愿如数支付，而你的至亲将被剥夺不受限制货比三家的机会。

如果你已经购买了保价式殡葬计划——这会给你一种印象，你做了一笔大买卖，因为当地的殡葬机构将会负责所有事项——接下来会怎样呢？

这种情形最容易遭到滥用。佛蒙特州一位女士在几年前为自己的葬礼提前支付了 3 000 美元，她的女儿最后被这家殡仪馆的新老板额外加收了 1 000 美元的服务费。

殡葬师还有哪些手段可以弥补提前购买合同签订后的殡葬费用上涨风险？“预付现金”项目——讣告支出（如果有费用的话）、死亡证明、鲜花或陵园支出——将不会被包含在殡葬套餐中。国际服务公司拥有的一家殡仪馆向丹佛市的一位丈夫收取了 200 美元，事由是他们把他妻子的讣告以传真方式发给了当地的四家报社——而报纸刊登讣告分文未收。纽约的一位寡妇被告知：“所有的事情交给我们来办。”殡葬师向她收了 175 美元，才把她丈夫的死亡日期刻到早已存在的家庭墓碑上。刻字的实际支出？75 美元。

在目前受到殡葬业青睐的各种创意中，没有哪一种比挪用“推定交货”法律假设更具有营利性，并更容易引发问题。大多数州的预付款法律条文要求预付资金必须存入托管账户。例如，加利福尼亚州要求资金全部存入托管账户，但它跟很多州一样存在巨大的漏洞，足够钻过一辆凯迪拉克灵车。如果为消费者的后续使用而把提前购买的品目储存或入仓保管，那么提前支付用于购买墓位、套棺、标牌之类——这是一笔不菲的殡葬开支——的资金就不受托管要求的限制。推定交货实际上并没有交货，也很少有消费者聪明到要去确认提前购买的商品是否已经存储到位，或存在了什么地方，更别说有恒心去要求看一眼他本已拥有所有权的物品。

在采用推定交货手段实行大规模欺骗方面，海王星协会提供了一个具有启发性的例子。加利福尼亚州消费者事务部最近公布，海王星协会十一个营业点中有三个（分别是圣佩德罗市、伯班克县和圣塔芭芭拉市）受到“非专业性操作”指控，据说是未能将 1 260 万美元的资金存入托管账户，或“未能存够与购买额度相匹配的商品”。针对这种过分的违规行为，海王星协会一定乐于受到三年暂缓期这一不痛不痒的习惯性惩罚。其间，允许照常营业。它们还收到一纸命令，向消费者事务部支付55 000美元的损失金，却只字未提这一明显不当的挪用行为给消费者造成的1 260万美元的赔偿事宜。

在这笔1 260万美元的资金中，据说有900万美元是棺材和骨灰瓮的预售款，因为海王星协会是火化业的头号盈利者，所以它非常清楚，棺材没有要求，骨灰瓮也没有要求。不过，凯伦·莱昂纳德有一段由她参加录制的《NBC通讯》节目录像带，海王星协会的销售负责人心情愉快地解释说，法律要求使用棺材（费用：400美元），但在实践中是用裹尸布包着尸体火化。这位贪婪的销售人员同样解释说，法律对骨灰瓮有要求（费用：75美元），但实际使用的是价值2美元的纸板盒。

棺材的选择可能是最大的问题，也可能最有机会乱来。跟汽车一样，棺材的款式随时在变，有时候每六个月就会变换一次。如果你的提前购买协议专门写有“图斯卡尼H66813D”，而图斯卡尼H66813D不再销售，那么他们可能让你的死者家属补交费用或者另选款式。

路易斯安那州现在可能采取的法律行动表明，在持有预售计划领取抚恤金时可能遇到严重问题。

1996年，奥尔索据报道以1.8亿美元的价格，将自己的十五家殡仪馆和殡葬保险公司“信用实业”卖给了洛汶集团。对上述财产的价值在价格协商中的拆分方式，我们只能做出推测。但比较合理的猜测是，殡仪馆的价格平均不超过300万美元，或相当于4 500万美元的总价。基于这一估算，洛汶集团为购买那家殡葬保险公司支付了1.35亿美元的费用。

很多保单的办理时间是几十年前，售价为300美元或更低。洛汶集团为什么愿意拿出那么多钱去接手殡葬保险单的履约责任，即保证以上述保费几倍多的价格提供葬礼服务？如果人们要求兑现保单，它不亏大了吗？他们都是大圣人吗？我们只能猜测。但看似可能的是，洛汶集团有望向死者家属大量加收“附加费用”。

写作本书的过程中，恰好出现了一桩集体诉讼。毫无疑问，案件得以解决之前，必定会就多个“事由”版本展开争论。与此同时，来自巴吞鲁日的佩奇·波特——她的父亲是案件的原告——给她所在州的州议员写了一封长信，讲述她的家人为一张原本承诺为其母亲承担葬礼所有费用的保单而遭受的折磨。信件摘录如下：

> 亲爱的达内先生：
>
> 请把这封信当作我当面向您提出的正式请求，我想与您讨论一件对路易斯安那州的老人和“婴儿潮一代”来说都具有重要意义的事情……
>
> 但愿您不会给我回复一封格式信函，说这种事情归别的部门处理。别的部门我都试过了。之前，我给路易斯安那州保险委员会、路易斯安那州遗体防腐处理师及殡葬师委员会、路易斯安那州总检察长办公室、地方检察长办公室、新奥尔良市商业改善局、殡葬消费者援助计划和联邦贸易委员会……都写过信。
>
> 路易斯安那州保险委员会尽管调查过我的投诉，但他们说对这种案件没有执法权。他们说，路易斯安那州遗体防腐处理师及殡葬师委员会有权处理。这件事情牵扯的是保险单，应该归他们保险委员会处理。帕姆·威廉姆斯说，因为投诉案件太多，已经组建了特别小组调查这些案子。这件事情持续了二十多年。究竟需要多长时间和多少件案子才能采取行动并作出纠正？舒尔茨夫妇和我父亲都已经八十多岁。时间不多了。
>
> 路易斯安那州遗体防腐处理师及殡葬师委员会在回复我的投

诉时说：“已经作出一致决定，他们没有发现明显的违反该委员会授权执行的法规、规则及/或制度的行为。”他们还宣称，该委员会对“保险”条款没有执法权。在该委员会作出上述决定前，我没有机会参与并发表意见。路易斯安那州遗体防腐处理师及殡葬师委员会就是个笑话。根据其规则和条例，该委员会由州长任命的七个人组成。其中六个人要么是遗体防腐处理师要么是殡葬师，一个人必须是至少六十五岁以上的消费者。消费者根本没有机会……

总检察长办公室说，他们对这件事情没有执法权，还说所有的保险事务都由路易斯安那州保险委员会处理，而且有专门的规定，这样的交易不适用《不公平交易行为法案》和《消费者保护法》。这种事情无论早晚会影响到每一个消费者，怎么会不适用《不公平交易行为法案》和《消费者保护法》?

……1942 年 6 月，我父亲从萨普-松特海默人寿保险公司为我母亲丽伯特・莱莫因・费尔德海姆，以及他本人购买了殡葬保险。后来在 1943 年和 1945 年，他以每份大约 218 美元的价格，又给他的三个女儿各买了一份。200 多美元看起来不是一笔大数字，但在 1940 年代，年薪只有大约 3 000 美元，那也算是很大的一笔钱。正如您所知，这份保险差不多包含了全套葬礼的所有程序。这份保险的购买渠道不是那些花言巧语的销售员，而是我的爷爷，也就是他的父亲。我有信心认为，我的祖父要是知道这是一种诓骗或欺诈，他肯定不会把它卖给自己的家人和朋友。

1996 年 4 月 15 日，我母亲去世。1996 年 4 月 16 日，我父亲和两个姐姐在路易斯安那州梅泰里市堤坝林荫大道北段 1600 号与萨普-松特海默公司的戴维・罗杰斯会面。在洽谈的过程中，他给他们看了一具棺材，说是包含在保单之中。那口棺材仿佛盖着一块很像是地毯的毛毡材料（片与片之间用胶水粘在一起），看那架势有可能一个人的重量就能让它散架。我父亲问，他可否另外交钱，换成一口较好的棺材。他们拒绝了他，说对棺材的任何替换行为都将导致保单无效，但如果购买价格更贵的葬礼，他们可以给予300美元的折扣。这很像是普遍用来忽悠百姓的老式“诱饵替换法”。

我父亲说，他可以按照保单的葬礼规定拿走棺材，但他将把它送给某个买不起棺材的家庭，并重新购买一口棺材。他再次遭到了拒绝。他们声明，根据联邦贸易委员会的规定，他们不允许对棺材做替换或升级，甚至不能将棺材和葬礼分开处理。（我从最近与联邦贸易委员会的人的交谈中得知，根本没有这样的规定。）

请注意随附价格单上的可供棺材列表，并没有保险单上所标明的“浮雕式灰色萨松”和“灰色安纳利亚覆布式”这两种棺材。因为列表上没有，他们也就无法提供。保单上清清楚楚说的是两种棺材，他们为什么只拿出一种棺材？我们怎么知道他们拿出来的那种棺材就是保单上所说的两种棺材的一种？当问到是哪一种，究竟是萨松还是安纳利亚时，他们只说反正就是照着保险单来的。会不会是萨普-松特海默说自己不允许更换的同时，它已经在棺材的品种上做出了更换？在没有告知并/或得到保单持有人同意的情况下，谁给了他们自行决定更换的权力？

……我们多次提出请求，请他们在保单约定葬礼不失效的情况下，同意我们花钱买一口好点的棺材；我父亲和两个姐姐感到身心俱疲，完成了殡仪馆巴不得他们去做的事情。他们按照自己的意愿，另选了棺材和葬礼；结果在抵掉300美元后，他们收到了7 916.84美元的账单。单是他们选的那口棺材，含税价就达到了3 595美元。拿着这份账单，他们又到新奥尔良市克莱本大道南段4127号找到戴维·罗杰斯的上司和董事会主席史蒂芬·松特海默为自己辩护。我母亲突然去世，加上在医院连续五天很少或没有睡觉，我们都陷入了情感的混乱状态。在绝对需要同情和理解的时刻，他们却发现松特海默先生显得傲慢、无理、不讲体面。松特海默先生拒绝了他们再次提出的申请，并劝说他们相信，他对这件事情无能为力。如果不是有意采取“诱饵替换法”或者“保险欺诈”，为什么保险公司和/或殡仪馆只是不允许你另买棺材，却不让保险条款的其他收益失效？那样做有什么害处？我们知道，新奥尔良至少有一家殡仪馆允许做出这样的改变。

附件是我母亲的葬礼发票。正如您所见，7 916.84美元远高于当初支付的218美元。不谈通货膨胀，除非您把实际支付金额和82美元的面额差额考虑进去。人们如果知道自己今后享受到的是劣质商品，或者全部所得就是300美元的抵扣券，老实说您还会认为有人购买这样的保险吗？他们还不如把当初的218美元投资到能保证最低利息的定期存款，那么五十年后他也能拿到好几千美元。如果您把当初保单中的数字和它们现在的成本相加，根据信用殡仪馆提供的价格单发票来看，抵扣数字更应该像是5 067美元。

我父亲五十年前购买这些保险的时候，就是为了让自己和家人不至于面临高额的殡葬费用，以及可能没有资金支付渠道。他做了自己认为正确的事情，他的购买渠道是一位诚实的代理人（他的父亲），萨普-松特海默也是一家值得敬重和信赖的公司。光在我们这个家族，就至少有八份这样的保单尚未使用。

……自从1940年代购买这些保单以来，萨普-松特海默先后转手给三角洲人寿保险和信用实业保险公司，最近又被洛汶集团公司以1.8亿美元的价格收入囊中。事实证明，路易斯安那州过去有，现在也绝对有大量毫无警惕的人被骗取了钱财。这一点非常令人难过。就在最近，《倡导》杂志和《皮卡尤恩时报》还表扬了拥有信用实业保险公司的奥尔索为取得命名权而向路易斯安那州立大学商学院捐赠1 500万美元的事情。有一篇文章援引他的话说："我升到这个位置，靠的不是雄心、动力和恒心——两样东西让我走到了今天，即她（玛乔丽）的生育能力和复合利息。"事实是，他正在实施诈骗：通过预售殡葬保险单，每周都能收到人们交来的分分厘厘，并经过自我同意收取上述经费的利息，有的竟然长达五十年之久。当"需求"出现时，他总能找到借口或理由（通常跟棺材的质量有关），阻止保单持有人或其死者家属全额享受保单收益。他所要做的全部事情，就是拿出300美元左右，并将所有利息收入囊中……

最近，特希尔跟拉本霍斯特殡仪馆和保险公司有一场诉讼，而上诉法庭判定跟我们这件事情十分相似的特希尔胜诉。我知道，另外也有两个家庭正在提起诉讼。并不是每个人都有资金提起民事诉讼，当结局就是一封封回信或被告知"这件事情不归我管"的时候，也很少人有耐心还去跟进投诉。每个人都在推卸责任。大多数投诉都落入了路易斯安那州的政治漏洞。这种现象什么时候才能结束？路易斯安那州的政客们什么时候才能阻止他们的欺诈手段，并敢于为路易斯安那州的人民挺身而出？

我希望您动用一下您的资源，把这件事情做一个彻底的调查。您可能会大吃一惊，这种现象在路易斯安那州竟然这么普遍。为了保护路易斯安那州的人民不再遭受这种欺诈行为，需要重新制定保险公司和殡仪馆监管方面的州级法律。住在肯纳的特瑞莎·福克斯提出了类似的投诉，过去两年间她一直在四处寻求帮助，并联系上了她所在地区的州议员格伦·安萨迪。如果我们一起努力，也许不会再要二十年，就能做出很多改变……

您真诚的，

佩奇·波特

内有附件

路易斯安那州的情况可以被视作其他地方类似问题的样本。美国退休人员协会的消费者事务分析师李·诺格拉德一直在监测预售葬礼问题。他在《最后的选择：做出临终决定》（ABC－CLIO 出版公司，1992 年）里写道："作为消费者的预售计划的购买者得到足够的保护了吗？在这一点上，答案是否定的。在大多数州，都只有最低程度的规定、调查和审计。至少在一个事例中，一些最严重的弊端得以暴露出来，却都是因为个人采取了法律行动，而不是因为州级监管机构采取了执法措施……买家，要小心了！"

据《消费者文摘》杂志上的文章报道，"就全国范围来看，约有 5 000 万美元预售资金被盗用或报告丢失。"截至 1997 年，只有佛罗里达、印第安纳、艾奥瓦、密苏里、俄勒冈、佛蒙特和西弗吉尼亚七个州设立了保证金，以防止消费者遭遇类似欺诈。

任何人在为葬礼支付费用的时候，或想要这么做的时候，都应该问一问："这些钱投到哪里了？安全吗？"有好几种方式可以办理预付款项，而安全性各不相同。

当你将支票开给殡葬机构，用于支付提前购买葬礼时，没有人保证这笔钱进入了保险箱。一位殡葬师抱怨说，他已经有十三个星期没办过葬礼了，正在担心如何才能履行企业债务。当"米尔德里德"交来提前购买葬礼的费用后，他拿着这笔钱偿还了自己的按揭付款，尽管他所在的州规定，这笔资金必须全额存入联邦保险机构。到了米尔德里德去世的时候，他很可能完全愿意替她料理后事，但当他因为其他不端行为而最终被州级机构中止营业的时候，官员们发现共有15万美元的预付葬礼款已经不见了踪影，米尔德里德所付的款项就在其中。

很少的州要求将所有预付款项予以托管保持。举行过审计的州就更少了。墓位预售款和永久性维护资金更是如此。陵园老板往往可以不受限制地使用资金，这也是滥用托管资金丑闻高发的原因。尽职的审计一旦缺乏，就没有人敢保证，预付款资金具有安全性。加利福尼亚州是要求将葬礼预付款实行全额托管的少数州之一，它还在资金盗窃的例数和金额上全国领先。

也许风险最大的是那些大家彼此认识的小城镇。对当地的殡葬师都给予了极大的信任。1977年，在收到自己想要的简朴葬礼所需的大约587美元后，安妮·帕特森给一个她以为是自己殡葬师的人写了一张纸条：

> 我每个月给你一点，因为我是靠社会保险在过日子。

安妮告诉自己的孩子“一切都已搞定”，同时，因为她是个一丝不苟而且很有责任心的人，所以没有人对她有所怀疑。

差不多二十多年过去，当安妮去世的时候，“她的”殡葬师早已离世。他的一个儿子继承了业务，但安妮的家人还是志得意满地把电话打到小镇上她之前委托承办葬礼的那家殡仪馆。麻烦迹象一下就来了，因为对方问他们：“一场葬礼可不止587美元，你们知道吧?”当他们最终收到3 695美元的葬礼账单时，上面丝毫没有提及已经支付的587美元，更没有提到这笔钱可能累计下来的利息。一家人惊呆了。他们所安排的就是简单的火葬和一场墓地葬礼。他们在安妮用来存放重要文件的鞋盒子里东翻西找，但没有找到收据。安妮从不使用支票，她一直用的是现金。

保险单产生的增值相对较低。销售员要提取佣金，保险公司通过投资获得好处。“保险投资型预购项目是市场上发展最快的一种预售产品”，诺格拉德说。好几家与殡葬相关的公司都进入了殡葬保险业务。通过殡葬机构出售的“远见”计划的管理单位就是贝茨维尔棺材公司，它保证以“冻结”批发价向你指定的殡仪馆提供棺材。但该保单利息太低，估计在3.63％左右，跟殡葬业的总体通胀率并不相配。“我能处理，”一位殡葬师说，“因为我的价格就是那样，”（有人发现，很高）“再说，我才不在乎什么保价葬礼。”除非殡仪馆选择做出类似承诺，否则死者家属可能被要求补交费用。

由殡葬师协会设立的“马斯特信托”（Master Trusts）已经遍及三十二个州。你交纳的预付款只有一部分进入这个信托资金，它取决于各州的法律规定。例如，科罗拉多州只要求将75％的资金存入，允许殡葬师或其他销售机构收取25％的佣金。推动这一信托产品的州级协会可以按照投资总额获取季度性手续费，所以它们才有推动的动力。混合型基金的投资回报较高，你的账户平均可以获得5％以上的增长率，同时还能涵盖各种手续费。有的合同利用这种增长率，保价供应殡葬用品和殡葬服务，其他的则并非如此。有几个州允许殡仪馆提取年度管理费，但任职于爱克赛斯金融集团公司，并替好几个州管理类似账户的南希·戈乔夫发现，大多数殡仪馆都让它留在基金里实现增值。信托基金小组负责报告收益。你如果退出预购计划，还能收回多少钱，各州的数字并不相同。就连那些要求将资金全额存入信托基金的州也允许殡葬师申领管理手续费。

你所在地的银行有一种“死亡给付”基金账户，它具有最好的管控和便利。它有时被人称作“托坦信托”，只要你愿意，它可以很容易地进行划转。它跟它所在的银行一样安全。宾夕法尼亚州专门从事老年人法律事务的检察官戴维·莫里森推荐你将本人或密友或近亲属——而非殡仪馆——作为指定受益人。

你是否选择一种不可撤销的殡葬计划，取决于你是否需要为申请“附加社会保障收入”（SSI）或医疗补助计划而隐匿资产。殡葬师通常急于签订不可撤销式殡葬合同，尤其如果你做出的安排是一场相当精致的葬礼。大多数人认为，当合同“不可撤销”时，遗体就快要装进灵车了，而有的殡葬师可能利用“不可撤销”手法让葬礼安排铁板钉钉。

P. F. 女士高龄的父亲去世后，她决定选择立即火化，而非举行一场附带遗体瞻仰的葬礼，尽管他自己已经付过了钱。她父亲的朋友都已经去世，为数不多的亲人散居各地，一时之间无法出席。当殡仪馆拒绝同意她改变殡葬计划时，她转身走出大门，把遗体——连同殡葬基金——转移到另外一家殡仪馆。

S 夫人在老年中心听到一位社会工作者提出的建议，即先把殡葬资金弄牢靠再入住养老院后，立即前往当地的殡仪馆展开洽谈。她说，自己希望做好遗体防腐处理后再进行火化，为的是确保自己确实死了。于是，殡葬师开始在他那本黄色的标准拍纸簿上加入各种收费项目（骨灰瓮、骨灰瓮套、墓地帐篷），直至总价超过了 3 200 美元。S 夫人急于让自己的孩子免除担忧或费用，当即写了一张支票，开给她的基金账户所在的本地银行。但几周之后，她遇到了麻烦。她为了降低费用，所以选择了火化。3 200 元的账单看似太多了一点，所以她给州级殡葬委员会写了一封信。她被告知，委员会无能为力，因为她选的计划为“不可撤销”。当地追思社团进行了干预，指出这笔交易违反了联邦贸易委员会的多项规定，并在银行及保险部一位感兴趣的雇员的帮助之下，这家殡仪馆才同意把钱退给她。

不可撤销计划几乎总能从一家殡仪馆转到另一家殡仪馆，但很少有殡葬师主动提供这一信息。当 H 夫人住进来的时候，养老院坚持要她毫不迟疑地做好殡葬安排。她的女儿在没有经过任何咨询的情况下，在镇上唯一一家殡仪馆谈好了价值 4 000 多美元的殡葬计划，并签署了一份不可撤销的殡葬合同，而费用来自 H 夫人的支票账户。H 夫人一直办事不方便，关节炎让她无法站立，无法控制身体，除了别的事情，她还让女儿给她开立支票。但她知道，自己对这一份 4 000 美元的殡葬合同很不乐意。在老年人法律计划律师的帮助下，她才得以将“不可撤销的”殡葬合同转到了另外一家殡仪馆。在签署完价值 695 美元的不可撤销火化协议后，后一家殡仪馆安排银行给她退回了差价。

简而言之，“不可撤销式”委托并不要求你放弃资金的所有控制权。如果殡葬师试图过分占你的便宜，你还可以采用法律追索权。

大多数情况下，为了满足政府补助资格而隐匿财产，这是为葬礼提前付费的唯一正当理由。唯一的方式是采用不可撤销式委托。但记住，即便你的信托账户具有不可撤销性，你也有责任索要利息收入，因为它终究将会用到你的身上。南卡罗来纳州的 M 夫人十分生气：“殡仪馆给我发来一份清单，显示我有多少利息要在所得税申报表中予以申报。我那点钱就没有了，等我死的时候，殡仪馆会全部拿走。那我为什么还要纳税？”

第二十章　对死者的新希望

1996年6月，在纳什维尔举办的非营利性殡葬及追思社团聚会上，美国殡葬及追思协会的执行董事丽莎·卡尔森呼吁全社会采取行动：

> 如果我国的殡仪馆都提供了公平的价格和多样的选择，没有一心想着玩弄死者家属，没有隐藏低价棺材，没有让自利规则在殡葬委员会大行其道，没有在某些州对遗体防腐处理方式或谁能出售棺材方面设限，我们这些社团就没有了存在的理由。我们是唯一替代消费者监管殡葬机构的全国性团体。我们有责任保护大部分公众，而不只是我们的会员，尤其考虑到不遵守殡葬规则的比例依然很高。

第二年，在其他消费者团体，如美国退休人员协会和美国消费者联合会（Consumer Federation of America）的配合下，美国殡葬及追思协会提请联邦贸易委员会重新制定殡葬规则修正案。主要目标有：废除不可拒付费用、让私密瞻仰未经防腐处理的遗体的行为合法化、对与遗体捐赠有关的费用做出明确规定，并将陵园纳入殡葬规则适用范围。考虑到殡葬产业的预期反应——实际上，现行规则让他们感到乐不可支——这种情形需要引起消费者的密切关注。

这些爱管闲事的社会改良者是些什么人，竟然愿意跟一个有钱有势的产业展开较量？“一群唯一神教派教徒、贵格会教徒、书呆子和老顽固，不过是殡葬产业和廉价葬礼的协调人”，有人如此油腔滑调地归纳他们的特征。卡尔森乐呵呵地承认，自己“至少符合四条中的三条”。

20世纪初期，殡葬洽谈团体规划这一做法肇始于美国西北部的格兰奇农场组织（Farm Grange organization）。在教堂的领导之下，这一理念从这里扩展到了城市。1939年，一位唯一神教派牧师组建了第一家城市团体西雅图人民追思协会。类似组织沿着海岸线逐渐发展，随之向东扩展到了全美国，再向北扩散到了加拿大。目前，温哥华宣称自己的组织规模最大，会员超过了十万人。

截至1963年，类似协会成了一场全国性的运动，美国合作社联盟在芝加哥召开了一次会议，加拿大和美国的社团组织联合组建了大陆殡葬及追思协会联合会（Continental Association of Funeral and Memorial Societies）。加拿大的各大协会后来退出，联合会于1996年将名称改为“美国殡葬及追思协会”。

在殡葬规划和追思协会形成的公众压力之下，形成了1984年的殡葬规则。但协会成员们一旦以为消费者的需求已经实现，社会活动便陷入了颓势。只有几家协会继续就本地区的年度价格展开调查。很多协会代表会员与合作性殡仪馆协商到折扣价格。作为一个合作性的买家俱乐部，他们已经算是大功告成，其会员的增加便寥寥无几。由志愿者打理的小型协会仍然在努力挣扎，其他的已经彻底不见了踪迹。

1986年，住在威斯康星州艾格港的约翰·布莱克还对追思协会一问三不知。那一年，他的母亲在华盛顿州布雷默顿市去世，布莱克前去安排火化事宜。“殡葬师要用价值150美元的盒子实行火化。”莱克说。“我母亲才不会用那个东西，”他笑着告诉殡葬师，“她是个很节俭的人。”于是，布莱克带着他的女婿和两个外孙，用价值20美元的旧家具做了一只“精美的小盒子”。他母亲去世之后他才发现，她原来是人民追思协会的会员。他们要是早点知道，所花的费用会更少。

布莱克很快便参与到了威斯康星州各个协会的事务当中。但他生活中的强劲动力仍旧是家人参会所带来的个人满足感。次年，当丽莎·卡尔森的《管好你自己的后事》出版之后，他认为通过协会传播这本书显得相当重要。正是在他的促请之下，卡尔森参与到了社团活动中。

现在已经有了新的选项——像一个世纪以前的做法那样，不需要殡葬师就能处理所有的殡葬事务。《管好你自己的后事》首版卖出了一万册。

凯伦·莱昂纳德出于“好玩”被诱导进入棺材销售活动中，很快便在加利福尼亚州北部的红杉木殡葬协会担任起了会长职务。她借助于殡葬业那份不可或缺的悲伤治疗准则，察觉到了自行处理遗体所具有的治疗价值。杰瑞·里昂和其他人一道，在莱昂纳德的支持下，于1996年创办了自然死亡护理计划。仅在第一年间，他们就协助各个家庭处理了近五十具遗体。该协会的成员希望在其他州创办类似计划。

自行料理后事这一选项如果站稳了脚跟，将会在前所未有地昂贵且机械的非人性入葬潮流上形成重大突破。美国公众将选择哪个方向？一方面，可以回归真正具有美国传统的葬礼方式，即由朋友和家人完成所有事项，而且不需要所谓专业人员的介入；或者另一方面，可以进一步放弃个人责任，即我们接受该行业所能提供的最好最贵的用品，甚至不能排除贝茨维尔“打嗝”棺材这样的荒唐笑话①。

在东海岸，波士顿追思协会的拜伦·布兰查德经过长达数月的坚持，公共健康部终于在1996年承认，消费者具有自行处理遗体的法律权利。经由殡葬委员会发布的规章，即要求殡葬师取得遗体防腐处理证明，早在1909年就被宣布为非法，但仍旧一直留在纸面上。

美国殡葬及追思协会一直承担着监督全国范围内的殡葬法制这一艰巨任务。它意识到并非所有人都愿意选择无需殡葬师的全套殡葬安排后，随即准备承担消费者有权选择有意义的平价葬礼这一事业。在卡尔森的促进之下，各协会正在开展更多的价格调查活动，并对联邦贸易委员会规则的遵守情况展开核查。美国殡葬及追思协会的办公室对消费者的投诉进行了专门收集，并通过 www. funerals. org/famsa 这个网站提供更多的殡葬信息。

全社会采取行动的精神吸引到了新的资源。来自得克萨斯州的律师拉玛·汉金斯曾经为了社会问题而从事过公益活动，他就是个典型例子。他现在为一家合法基金募集资金，援助的对象是那些没有其他选项的消费者，或其所在州的问题具有全国性意义的居民们。过去十余年间，很多协会一直昏昏欲睡，现在的全社会行动精神重新唤起了

---

① 所谓的保护性棺材，多年以来的推销力度很大，现在的销量超过了其他所有棺材的总和。如果你问殡葬师，人都死了为什么还需要保护，他会照着生产商印制的句子很严肃地说：“防止外来成分接近您的至爱。”南方有一位殡葬师按照自己的套路把理由做了精简：“防止虫子进入。”但跟任何欠缺考虑的谋利想法一样，棺材制造商和为其担任专属经销商的殡葬师很快就不得不面临多种后果。保护性棺材比“不具有保护性”的棺材的售价高得多，其保护性的实现是采用了不透气的廉价橡胶垫子当作密封设备。这导致了甲烷气体的聚集；那是厌氧细菌在没有空气的环境下，完成新陈代谢时形成的一种副产品。它们得以大量繁殖，并与密封棺材里的内容物一同发酵。棺材发生爆炸的桥段高频发生，为应对这一危机，该领域公认的领头羊贝茨维尔公司设计了一系列新的保护性棺材。采用“透气式”密封设备后，聚集的气体得以排出——或称“打嗝”——以防止聚集的气体将盖子掀翻（并让受到惊吓的亲属走进法庭）。

它们的热情，同时出现了一些新的协会。

截至 1997 年，随着越来越多的商业性火葬公司自称“协会”，非营利性的协会觉得自己正在经历一场身份危机。例如，“俄亥俄火化及追思协会”所吸引到的顾客都认为这是一家颇受敬重的非营利性消费者团体。于是，美国殡葬及追思协会将名称改成了“XXX 殡葬消费者信息协会”。

名称的改变也反映了更广泛的利益基础。那些加入该协会的人不仅是选择死后即葬或举行追思会后予以火化的人，就连那些计划举行敞棺葬礼的人也会寻求协会帮助，以避免葬礼的过度花费。“基督教金融概念”的创始人拉里·博凯特告诫自己的追随者不要欠债度日，其中就包括葬礼欠债。在一场向六百多家电视台出售的每周秀节目上，身为佐治亚州亚特兰大协会成员的博凯特对各大协会予以了推荐。1997 年 1 月，在播放了对卡尔森长达半个小时的访谈节目后，美国殡葬及追思协会此起彼伏地收到了如何联系当地协会的咨询电话。

对立法变化持支持态度，且在对殡葬业的现行监管中看到必要性的男男女女女都想参加协会的活动。对那些为昂贵的殡葬寻求替代选项的人来说，在某家非营利性协会中一次性办理终身会员后，即可获知本地的最新价格信息。

危机来临，如果你无法找到追思或殡葬协会，可以怎么办？委派朋友前往两家或更多殡仪馆，拿到它们的通用价格表和各类棺材价格。咨询直接火化的费用情况，包括运输支出和火化费用。同理，咨询直接下葬的费用。不要提前付款。如果人还没死，但你希望实行分期付款，可以开立“托坦信托”，并指定你自己、亲人或密友作为受益人。记住，很多殡仪馆首先有一条“不让出门”的政策，道理很简单，如果/并且当你起身出门时，价格就会不断往下降，往下降，直至你能接受的水平。

非营利殡葬及追思团体指南

追思及殡葬规划协会从事区域性价格调查工作，并可能为会员协商折扣额度。索要平价殡葬方案手册。大多数协会有志愿者负责管理。因此，本指南所列电话号码可能不时发生变动。如果无法联系协会，可以拨打美国殡葬及追思协会办公室电话 1 - 800 - 765 - 0107。如果邻近地区没有协会机构，可加入美国殡葬及追思协会之友获取实惠，直至新建协会投入使用。

In the United States

Alabama

Call the FAMSA office

Alaska

Anchorage　Cook Inlet Memorial　907-566-3732
P.O. Box 102414, 99510

Arizona

Phoenix　Valley Memorial Society　602-929-9659
P.O. Box 0423, Chandler, 85244-0423

Prescott　Memorial Society of Prescott　520-778-3000
P.O. Box 1090, 86302-1090

Tucson　Memorial Society of Southern Arizona　520-721-0230
P.O. Box 12661, 85732-2661

Arkansas

Fayetteville NW Arkansas Memorial Society 501-443-1404
P.O. Box 3055, 72702-3055

California

Arcata Humboldt Funeral Society 707-822-8599
P.O. Box 856, 95518

Bakersfield Kern Memorial Society 805-854-5689
P.O. Box 1202, 93302-1202 805-366-7266

Berkeley Bay Area Funeral Society 510-841-6653
P.O. Box 264, 94701-0284

Fresno Valley Memorial Society
P.O. Box 101, 93707-0101

Los Angeles Los Angeles Funeral Society 818-683-3545
P.O. Box 92313, Pasadena, CA 91109-2313 818-683-3752

Modesto Stanislaus Memorial Society 209-521-7690
P.O. Box 4252, 95352-4252

Palo Alto Funeral and Memorial Planning Society 650-321-2109
P.O. Box 60448, 94306-0448 888-775-5553

Sacramento Sacramento Valley Memorial Society 916-451-4641
P.O. Box 161688, 95816-1688

San Diego San Diego Memorial Society 619-293-0926
P.O. Box 16336, 92176

San Luis Obispo Central Coast Memorial Society 805-543-6133
P.O. Box 679, 93406-0679

Santa Barbara Channel Cities Memorial Society 805-640-0109
P.O. Box 1778, Ojai, CA 93024-1778 800-520-PLAN

Santa Cruz Funeral and Memorial Society of Monterey Bay 408-426-3308
P.O. Box 2900, 95063-2900

Sebastopol Redwood Funeral Society 707-824-8360
7735 Bodega Ave., #4, 95473

Stockton San Joaquin Memorial Society 209-465-2741

P.O. Box 4832, 95204-4832

Colorado

Denver Rocky Mountain Memorial Society 303-759-2800
4101 E. Hampden Ave., 80222

Connecticut

Bridgewater Funeral Consumer Information
Society of Connecticut 860-350-4921
P.O. Box 34, 06752

Delaware

Served by Memorial Society of Maryland

District of Columbia

Washington Memorial Society of Metropolitan
Washington 202-234-7777
1500 Harvard St. NW, 20009

Florida

Cocoa Funeral and Memorial Society of
Brevard County 407-453-4109
P.O. Box 276, 32923-0276 407-636-3363

DeBary Funeral Society of Mid-Florida 904-789-1682
P.O. Box 392, 32713-0392 407-668-6822

Ft. Myers Funeral and Memorial Society of
Southwest Florida 941-743-0109
P.O. Box 7756, 33911-7756

Gainesville Memorial Society of Alachua
County 352-378-3432
P.O. Box 14662, 32604-4662

Orlando Memorial and Funeral Society of
Greater Orlando 407-677-5009
P.O. Box 953, Goldenrod, FL 32733-0953

Palm Beach Gardens Palm Beach Funeral
Society 561-659-4881
P.O. Box 31982, 33420

Pensacola and Fort Walton Beach Funeral
and Memorial Society of Pensacola and

West Florida 904-477-8431
7804 Northpointe Blvd., 32514

Sarasota Memorial Society of Sarasota 941-953-3740
P.O. Box 15833, 34277-5833

St. Petersburg Suncoast-Tampa Bay Memorial Society 813-898-3294
719 Arlington Ave. North, 33701

Tallahassee Funeral and Memorial Society of Leon County 850-224-2082
1006 Buena Vista Dr., 32304

Tampa Memorial Society of Tampa Bay
45 Katherine Blvd., #307, Palm Harbor, 34684-3648

Georgia

Atlanta Memorial Society of Georgia 404-634-2896
1911 Cliff Valley Way NE, 30329 800-840-4339

Macon Middle Georgia Chapter 912-477-1691
4825 Brittany Dr., 31210

Hawaii

Honolulu Memorial Society of Hawaii 808-946-6822
2510 Bingham St., Room A, 96826

Idaho

Boise Idaho Memorial Association 208-343-4581
P.O. Box 1919, 83701-1919

Illinois

Chicago Chicago Memorial Association
P.O. Box 2923, 60690-2923

Urbana Champaign County Memorial Society
309 West Green St., 61801

Indiana

Bloomington Bloomington Memorial Society 812-332-3695
2120 North Fee Lane, 47408

Indianapolis Indianapolis Memorial Society
5805 East 56th St., 46226

Valparaiso Memorial Society of Northwest

Indiana P.O. Box 329, 46384-0329		219-464-3024

Iowa

Iowa City	Memorial Society of Iowa River Valley 120 North Dubuque St., 52245	319-338-2637

For all other areas, call the FAMSA office

Kansas

Check Missouri or call the FAMSA office

Kentucky

Louisville	Memorial Society of Greater Louisville P.O. Box 5326, 40255-5326	

Louisiana

Baton Rouge	Memorial Society of Greater Baton Rouge 8470 Goodwood Ave., 70806	

For other areas, call the FAMSA office

Maine

Auburn	Memorial Society of Maine P.O. Box 3122, 04212-3122	207-786-4323

Maryland

Bethesda	Memorial Society of Maryland 9601 Cedar Lane, 20814	800-564-0017

Massachusetts

Boston	The Memorial Society 66 Marlborough St., 02116	617-859-7990
East Orleans	Memorial Society of Cape Cod P.O. Box 1375, 02643-1375	508-862-2522 800-976-9552
New Bedford	Memorial Society of SE Mass. 71 Eighth St., 02740	508-994-9686
Springfield	Memorial Society of Western Mass. P.O. Box 2821, 01101-2821	413-783-7987

Michigan

Ann Arbor Memorial Advisory and Planning

Society 313-665-9516
2030 Chaucer Dr., 48103

Detroit Greater Detroit Memorial Society 313-886-0998
P.O. Box 24054, 48224-4054

Flint Memorial Society of Flint 810-239-2596
P.O. Box 4315, 48504-4315

For all other areas, call the FAMSA office

Minnesota

St. Cloud Minnesota Funeral and Memorial
Society 320-252-7540
717 Riverside Dr. SE, 56304

Mississippi

Call the FAMSA office

Missouri

Kansas City Funeral and Memorial Society of
Greater Kansas City 816-561-6322
4500 Warwick Blvd., 64111

St. Louis Memorial and Planned Funeral
Society 314-997-9819
216 East Argonne Ave., 63122-4310

Montana

Billings Memorial Society of Montana 406-252-5065
1024 Princeton Ave., 59102

Malta Funeral Consumer Information Society
of Montana 406-654-2158
P.O. Box 377, 59538

Missoula Five Valleys Burial Memorial
Association 406-543-6952
405 University Ave., 59801

Nebraska

Call the FAMSA office

Nevada

Reno Memorial Society of Western Nevada 702-329-7705
P.O. Box 8413, University Station, 89507-8413

New Hampshire

Epping Memorial Society of New Hampshire 603-679-5721
P.O. Box 941, 03042-0941

New Jersey

Cherry Hill Memorial Society of South Jersey
401 Kings Highway North, 08034

East Brunswick Raritan Valley Memorial Society 732-572-1470
176 Tices Lane, 08816

Lincroft Memorial Association of Monmouth County 732-842-2251
1475 West Front St., 07738

Madison Morris Memorial Society 973-540-9140
P.O. Box 509, 07940-0509

Montclair Memorial Society of Essex 973-783-1145
P.O. Box 1327, 07042-1327

Paramus Central Memorial Society 201-843-4168
156 Forest, 07652

Plainfield Memorial Society of Plainfield 908-889-5377
520 William St., Scotch Plaines, 07076-1910

Princeton Princeton Memorial Association 609-924-5525
48 Roper Road, 08540 609-924-1604

New Mexico

Albuquerque Funeral Consumer Information Society of Northern New Mexico
9701 Admiral Dewey NE, 87111

Las Cruces Memorial and Funeral Society of Southern New Mexico 505-526-7761
P.O. Box 6531, 88006-6531

New York

Albany Memorial Society of Hudson-Mohawk Region 518-465-9664
405 Washington Ave., 12206-2604

Binghamton Southern Tier Memorial Society
183 Riverside Dr., 13905

Buffalo Greater Buffalo Memorial Society 695 Elmwood Ave., 14222-1601	716-885-2136 716-837-8636
Corning Memorial Society of Greater Corning P.O. Box 23, Painted Post, 14870-0023	607-962-7132 607-936-6563
Farmingdale Memorial Society of Long Island P.O. Box 3495, 11735-0694	516-541-6587
Ithaca Ithaca Memorial Society P.O. Box 134, 14851-0134	607-273-8316
New Hartford Mohawk Valley Memorial Society P.O. Box 322, 13413-0322	315-797-2396 315-735-6268
New York Memorial Society of Riverside Church 490 Riverside Dr., 10027	212-870-6785
New York Community Church of New York Funeral Society 40 East 35th St., 10016	212-683-4988
Poughkeepsie Mid-Hudson Memorial Society 249 Hooker Ave., 12603	914-229-0241
Rochester Rochester Memorial Society 220 Winton Road South, 14610	716-461-1620
Syracuse Syracuse Memorial Society P.O. Box 67, De Witt, 13214-0067	315-446-0557
White Plains Westchester Funeral Planning Association Rosedale Ave. and Sycamore Lane, 10605	914-946-1660

North Carolina

Asheville Blue Ridge Memorial Society P.O. Box 2601, 28802-2601	704-669-2587
Chapel Hill Memorial Society of the Triangle P.O. Box 1223, 27514-1223	919-942-6695
Greensboro Piedmont Memorial and Funeral Society 5137 Charleston Road, Pleasant Garden, 27313	910-674-5501
Wilmington Memorial Society of the Lower Cape Fear	

P.O. Box 4262, 28406-4262

North Dakota

See South Dakota

Ohio

Akron	Memorial Society of Akron-Canton Area 3300 Morewood Road, 44333	330-836-4418 330-849-1030
Cincinnati	Memorial Society of Greater Cincinnati 536 Linton St., 45219	513-281-1564
Cleveland	Cleveland Memorial Society 21600 Shaker Blvd., Shaker Heights, 44122	216-751-5515
Columbus	Memorial Society of the Columbus Area P.O. Box 14835, 43214-4835	614-436-8911
Toledo	Memorial Society of Northwest Ohio 2210 Collingwood Blvd., 43620-1147	419-475-1429

Oklahoma

All Oklahoma cities call 1-800-371-2221

Oregon

Madras	Oregon Memorial Association P.O. Box 649, 97741 (Cities in Oregon)	541-475-5520 888-475-5520

Pennsylvania

Erie	Memorial Society of Erie P.O. Box 3495, 16508-3495	814-456-4433
Harrisburg	Memorial Society of Greater Harrisburg 1280 Clover Lane, 17113	717-564-8507
Philadelphia	Memorial Society of Greater Philadelphia 2125 Chestnut St., 19103	215-567-1065
Pittsburgh	Pittsburgh Memorial Society 605 Morewood Ave., 15213	412-621-4740
State College	Memorial Society of Central	

Pennsylvania 814-237-7605
780 Waupelani Dr. Ext., 16801

Rhode Island

East Greenwich Memorial Society of Rhode Island
119 Kenyon Ave., 02818

South Carolina

Columbia Memorial Society of the Midlands 803-772-7054
1716 Ashford Lane, 29210

South Dakota

Lemmon Funeral Consumer Information Society of the Dakotas 605-374-5336
HCR 66, Box 10, Lemmon, 57638

Tennessee

Chattanooga Memorial Society of Chattanooga 423-624-2985
3224 Navajo Dr., 37411

Knoxville East Tennessee Memorial Society
P.O. Box 10507, 37939

Nashville Middle Tennessee Memorial Society 615-329-0823
1808 Woodmont Blvd., 37215 888-254-3872

Texas

Austin Austin Memorial and Burial Information Society 512-480-0555
P.O. Box 4382, 78765-4382

Corpus Christi Memorial Society of Southern Texas 1-800-371-2221
3125 Horne Road, 78415

Dallas, Denton, Fort Worth, Lubbock, Tyler, Wichita Falls
Memorial Society of North Texas 214-528-6006
4015 Normandy, Dallas, 75205 (TX/OK) 800-371-2221

Houston Houston Area Memorial Society 713-526-4267
5200 Fannin St., 77004-5899

San Antonio San Antonio Memorial Society 210-341-2213
7150 Interstate 10 West, 78213

Waco Memorial Society of Northern Texas,

Central Texas Chapter
4209 North 27th St., 76708-1509 (TX/OK) 1-800-371-2221

Utah

Call the FAMSA office

Vermont

Chester Southeast Branch, Vermont Memorial Society 802-875-3192

Hinesburg P.O. Box 457, 05461 (VT) 800-805-0007

Sheffield Northeast Branch, Vermont Memorial Society 802-626-8123

Virginia

Arlington Memorial Society of Northern Virginia 703-271-9240
4444 Arlington Blvd., 22204

Charlottesville Memorial Planning Society of Piedmont 804-293-8179
717 Rugby Road, 22903

Glen Allen Funeral Consumer Information Society of Virginia 804-745-3682
P.O. Box 3712, 23058-3712

Virginia Beach Memorial Society of Tidewater 757-428-6900
P.O. Box 4621, 23454-4621

Washington

Seattle People's Memorial Association 206-325-0489
2366 Eastlake Ave. East, #409, 98102

Spokane Spokane Memorial Association 509-924-8400
P.O. Box 13613, 99213-3613

Yakima Funeral Association of Central Washington 509-248-4533
1916 North Fourth St., 98901

West Virginia

Northeast area served by the Maryland Society

Wisconsin

Egg Harbor Memorial Societies of Wisconsin 920-868-31360A

6900 Lost Lake Road, 54209-9231 (WI) 800-374-1109

Milwaukee Funeral Consumer Information Society of Greater Milwaukee
13001 West North Ave., Brookfield, 53005 414-782-3535

Wyoming

Call the FAMSA office

In Canada

Alberta

Calgary Calgary Co-op Memorial Society 403-248-2044
216 Marpole Bay NE, T2A 4W9

Edmonton Memorial Society of Edmonton and District 403-944-0196
10242-105th St., T5J 3L5

Red Deer Memorial Society of Red Deer and District 403-340-1021
Box 817, T4N 5H2

British Columbia

Vancouver Area Memorial Society of British Columbia 604-527-1012
#212 - 624 Sixth St., New Westminster, V3L 3C4

Manitoba

Winnipeg Funeral Planning/Memorial Society of Manitoba 204-452-7999
661 Jubilee Ave., R3L 1P5

New Brunswick

Fredericton Memorial Society of New Brunswick
P.O. Box 622, E3B 5A6

Ontario

Belleville Memorial Society of Quinta 613-968-7640
16 Linton Park Road, K8N 4K9

Guelph Memorial Society of Guelph 519-822-7430
P.O. Box 1784, N1H 7A1

Hamilton Funeral Advisory Society of Hamilton District 905-389-8240
P.O. Box 89026, L8S 4R5

Kingston Memorial Society of Kingston 613-531-8948
c/o Burdsall, 960 Killarney Cr., K7M 8C6

Kitchener Memorial Society of Kitchener-Waterloo 519-579-3800
P.O. Box 113, N2G 3W9 (Cambridge) 519-653-5705

London Memorial Society of London 519-472-0670
P.O. Box 1729, N6A 5H9

Niagara Niagara Peninsula Memorial Society 905-358-5060
P.O. Box 21021, L2E 6Z2

Ottawa Ottawa Memorial Society 613-828-4926
1903-1025 Richmond Road, K2B 8G8

Peterborough Funeral Planning Association 705-742-0550
P.O. Box 1795, K9J 7X6

Sudbury Memorial Society of Northern Ontario 705-673-5532
c/o Maitland, 384 Van Horne St., P3B 1J3

Thunder Bay Memorial Society of Thunder Bay 801-683-3051
P.O. Box 501, P7C 4W4

Toronto Area Funeral Advisory and Memorial Society 416-241-6274
55 Saint Phillips St., Etobicoke, M9P 2N8

Windsor Memorial Society of Windsor District 519-969-6767
P.O. Box 481, N9A 6M6 519-966-1064

Quebec

Montreal L'Association Commemorative Funeraire de Montreal 514-485-8527
P.O. Box 881, NDG Sub N, H4A 3S3

Saskatchewan

Lloydminster Lloydminster-Vermilion Memorial Society 306-825-3769
4805 47th St., S9V 0K2

Saskatoon Memorial Society of Saskatchewan 306-374-5190
P.O. Box 1846, S7K 3S2

译后记

一、理　由

2019 年 9、10 月间，《人物》杂志记者杨宙在涪陵住了二十多天，她为了写出一篇稿件，不时来到我的办公室，向我提出很多问题。其中一个问题是，你既要承担教学和管理任务，还要不时从事翻译工作，请问你是如何协调时间的。我听到这个问题，一边迅速思考着如何给她一个令人满意的答案，同时不时地问我自己，从事非虚构翻译工作近十年来，我该如何给自己做个阶段性小结。

接受完杨宙的采访，我翻出了自己在大学期间翻译过的一篇稿件。稿件不长，是刊登在 *Good Housekeeping* 杂志 1989 年 12 月号上的一篇小说。同时翻出的还有大学毕业后译自《中国日报》1996 年 8 月 1 日版的一篇文章，译稿文末赫然标着“96.8.10 涪陵师专”字样。跟后一篇译稿夹在一起的是某文论报社的一个信封，八角形邮戳上的日期是 1996 年 9 月 3 日，可惜是个空信封，从日期上推测，应该是一封退稿信，不记得被我怎么处理了。

我在同一摞纸张里翻出了两篇译稿，这一摞纸张不知道装订于什么时候，左侧的三颗订书钉已经生锈，封面是我用钢笔规规矩矩地写下的“原始稿件册”五个大字。稿件册里除了这两篇译稿，还有我读大学时翻译的海明威的 *A Day's Wait*，以及我毕业后写下的多篇论文初稿。从时间上看，1990 年代，刚大学毕业的我似乎干了很多跟专业相关的事情——编教材、写论文、译稿子……教材稿子用英文打字机打印，论文和译稿先用备课纸做出初稿，反复修改后再用横格纸誊抄。但那个被我扔掉内容物的空信封，可能是很多论文写作者和书稿著译者共同归宿的象征物。

2010 年春天，当我向张吉人毛遂自荐担任 *Country Driving* 一书的译者时，我还没有跟他见过面，所以他也不知道，我有厚厚的一沓未能见光的文稿译稿。但也许怕什么来什么，这么多年过去，我替他翻译的一部非虚构作品还是成了未能见光的书稿。连同我翻译的另一部公益事业回忆录在最后关头被小心翼翼的原作者果断取消，加上我替某文化公司鏖战一个月的一部译稿前途未卜，我暗暗地给自己确定下许许多多的翻译条条框框：哪一类作者的书不翻译，哪一类作品不翻译，哪一类主题不翻译。

所以，当张吉人在 11 月中旬突然把 *The American Way of Death Revisited* 的书稿发给我时，我在快速浏览完作品的相关信息后，马上用尺子把这部作品量了一番：作者，美国人，已去世；主题，死亡，也许离我还有一段距离……我埋头速读着电子稿中的“编者的话”“前言”“引言”等内容，张吉人通过 QQ 发来一句：“Can you afford to die?”我一时有点蒙，脑子里一会儿想到媒体偶尔报道的“生得起，养得起，死不起”，一会儿想到含辛茹苦把我养大的母亲在我而立之年到来的前夜一病不起，一会儿想到我最终拒绝了张吉人要我翻译的某个著名作家的最新书稿，莫非他要我“死”——让我从上海译文出版社的译者队伍里死翘翘。

没有任何问题，我当天就给他做了回复。我多次说过，我会把书稿读过相当部分后，再来决定是否要翻译。张吉人的一句“Can you afford to die?”加上我在“编者的话”里很快就读到，作者的丈夫作为一个赫赫有名的劳工及民权律师，也为本书的成型“大义凛然”地做出了重要贡献，我便没有了任何犹豫。作品的主题是我一生终究逃不过的结果，那就让我比很多读者先来对它有所感受吧。

二、过　程

从决定接下这本书到 2019 年 12 月中旬期间，我每天都跟大多数同道中人一样，忙于无休无止的各种会议和会议材料，就连下了班回到家也会照着一些书本机械地抄抄写写，根本没有时间涉入翻译工作。当这样如火如荼的活动即将进入尾声时，我终于在一个夜晚坐到电脑跟前，照着 PDF 打印稿开始了工作。12 月的重庆本就非常阴冷，刚翻译了几段我便愈发感到寒意袭上心头。

下笔翻译之前，我已经看了几十页的原稿，虽然“……怪异死亡习俗……爵士乐葬礼……电影葬礼和黑帮葬礼”等字眼不断让我想到阴郁而黯然的下葬场景，但等到我把“不但称他们是恋尸癖，还取笑过他们的预约等死计划”这样的文字敲到电脑屏幕上时，那个活脱脱的恐怖场景似乎前移了几个时间单位。这样的时移效应在我头脑里反复出现，一会儿是一群身着黑衣的人默默地低头围着一口即将放入墓坑的棺材，一会儿是早早交了钱盘算着什么时候用上这笔“投资”的无奈景象。第二天到了办公室，我把上面的段落发给张吉人看，同时告诉他，我的交稿时间估计要往后延。死亡的冲击力亘古不变，那样的文字似乎更适合白天。

投入翻译过程没多久，一位同事脑溢血去世。虽然平时跟这位学科隔得较远的同事很少来往，但听到医治无效的消息时还是感到非常震惊，顿时觉得生命具有暂时性，好像死亡才是与人永远相伴的状态。没过多久，涪陵一座高层建筑发生一起超乎想象的火灾，大火无情地吞噬了一个有老有小的大家庭。之后的几天，心情不免有些沉重，不但拒绝了火灾所在区域那家常去的豆花馆的诱惑，听到窗外传来的警笛声也会探头细看一番，祈祷那个裹着黑头巾拿着大镰刀的人脚步不要走得太快。翻译到棺材、墓地等部分时，更是不由得想起周围的人们经常调侃的玩笑：以单位面积的价格而论，也许北上广的房价不算最贵。据央广网 2019 年 4 月 3 日报道，“在西五环边上，不到一平方米的传统墓地售价在 20 万元左右。”《美国式死亡》描写了很多人提前预定棺材、墓位，甚至墓碑的细节，不禁让我想起上海译文出版社在 2020 年年初推出的《美国病》（［美］伊丽莎白・罗森塔尔著，李雪顺译）。《美国病》条分缕析地讲述了在美国看病难看病贵的现象、原因和对策，《美国式死亡》的作者还写过《美国式出生》，虽然内容我还不得而知，但这三本书似乎把一个人从生到死的种种不易进行了串联。

断断续续翻译了几十页之后，寒假来临。我提前在心里做好了计划，每天白天大概翻译多少页多少字，然后往前“预习”多少页多少章。累计时间在十个小时以上的话，一个寒假过去，我应该可以按计划提交译稿。但真是计划赶不上变化，到 2020 年 1 月底，眼看还有一两天就要迎来除夕和春节时，新冠肺炎疫情霎时改变了中国人的生活方式。此前的我们对这次疫情没有任何概念，1 月 20 日左右时，我还带着家人去成都跟大学时的几个室友搞了一次聚会，席间谈到远在武汉的疫情时，大家都只是把它当作别人的话题。等到 23 日宣布武汉封城的消息传来时，我那份每天劳作多少小时翻译多少字“预习”多少页的计划似乎显得十分脆弱。一个多月过去，现在回想起来，不是我的计划显得脆弱和无足轻重，而是人类的认识在病毒面前显得还很初级。随着确诊、死亡、疑似等几个数字的天天增长，大家那一颗颗悬着的心始终难以放下，我有时候的翻译则几乎陷入了停滞状态。电影《青年马克思》里有几句台词，说费尔巴哈、普鲁东等哲学家都是在以各种方式解释这个世界，而马克思和恩格斯不满足于此，认为出路在于改变世界。所幸的是，我们坚持一边认识病毒，一边采取各种有效措施，在较短的时间内改变了疫情的肆虐局面，在国内取得了疫情防控的阶段性胜利。

实际上，因为处于疫情防控的特殊时期，往年的一次次走亲访友和酒肉聚餐都完全得以禁绝，晚饭后连下楼在小区里散步透气的愿望都很“难”实现，我有了更多的时间投入到本书的翻译中，并差不多按照原定计划完成了初步工作，但由于继续处于特殊状态，初步译稿的打印和校对工作看来要等到疫情结束之后了。

三、求　助

认真回想起来，我在很小的时候就参加过生产队里去世老人的葬礼。但准确地说，我不是“参加”葬礼，而是像众多小孩子一样跟着凑热闹。在中国的农村，葬礼也有社交聚会的功能。即使到了现在，哪怕有的农民在建筑工地可以日进千元（对本书的部分读者而言，这个数字可能不高，但在我从小长大的那个小山村，有这样的收入绝对可以传遍十里八乡），但如果遇到村里死了人，即使远在新疆、广东，他也会放下手中的活儿赶回来。

除了震耳欲聋的一声暴响，我对最早参加的葬礼已经没有了多少印象。长到三十岁之后，我的母亲、爷爷奶奶和外公外婆先后辞世，但在农村，葬礼通常有专人操持，普通人对此大多一窍不通，或知之甚少。本书描述的主要是美国的殡葬习俗，而英语的描述无疑给我在这方面的认识造成了一定障碍。我一直认为，非虚构作品的翻译有时候难于虚构作品，因为前者所描述的对象真实存在，当你对这个对象缺乏认识时，必须完成事实的核对和查证工作。

在翻译本书的过程中，美国南卡罗来纳州查尔斯顿大学（College of Charleston）已经退休的龙飞博士（Jeff Wragg）向我提供了很有价值的帮助。我和他相识的十多年来，我翻译的书里面如果有涉及美国文化、政治、历史细节，而我又知之甚少时，多半会向他求助。我曾经向多位美国朋友求助过，而他的解释最为耐心细致，也往往最让人一目了然。这一次，我首先向他提问的是 decorator fabrics 和 decorator house，他整整用了接近一百五十个单词给我做出解释。在这一百多个单词的解释里，他提到了“艺术品位”“椅子不只是椅子”“家具要包上各种布料”等短语和句子，解释 decorator house 时，他甚至用玛莎拉蒂、劳斯莱斯等品牌的汽车专卖店加以举例说明。也许因为贫穷限制了想象力，我在读了龙飞博士那几段跟中国的大学英语四级考试作文长度相当的解释后，将 decorator fabrics 译成“装饰性织物”，并把 decorator house 译作了“装饰者之家”。总之，这两个短语描述的东西跟钱有关，是有钱人就昂贵的物品如何加以装饰或保养而获得咨询意见并购买相应用品的地方。

语言学习者经常有一种体验，单个单词都认识，但把这些单词组合起来时，却不知道人家想说什么。Beat 和 racket 都是常用的英文单词，但当我读到杰西卡在原著第 112 页写的“I'm going to beat this racket”时，我还是有种傻眼的感觉。遇到这种情形，老师经常对学生说，一是看上下文，二是大胆猜测。我读了上下文，又翻阅了几本词典，在心里和纸上做了一番胡乱的猜测后，还是决定向龙飞博士这位英语母语者求证。他的解答真是奇妙得很，因为他的父亲“在去世之前几年的时候，在写给自己几个孩子的信中恰好就写了这样一句话”。随后他向我进一步解释，世界上同时存在好人和坏人，坏人一门心思以不正当手段骗取他人钱财，所以他父亲在说到自己的后事时，就明确表示不想被这样的人敲竹杠占便宜。由此看来，杰西卡作为一位非虚构作家，在书中所引用的材料和语言来自生活，具有很高的可信度。同时，作为外语学习者，跨越文化的东西你知道就知道，不知道就不知道。当你对文化性的细节缺乏了解时，如果遍查资料而不得，向这个文化里的人求教，无疑是最好的学习过程。

四、其　他

这本书的书名，可能会让很多读者望而却步，但它的确是一本值得一读的书。死亡，被有的人想得十分恐怖，但如果换个角度，未尝不是一个可以思考的问题。很显然，这个问题具有特殊性，它只能在我们活着的时候与人一起讨论，或者独自沉思。从出生那一刻开始，我们其实是在一点点地走向死亡，所以，这本书不应该成为敏感话题，更没有必要绕道而行。

大多数人在父母的期待和迎接中来到世间，在这个过程中，金钱往往成为了最不重要的东西；一个人离去的，是不是同样应该让金钱成为最不重要的东西，却似乎是个很难回答的问题。之所以看似难以回答，是因为这个过程自己已经不能左右，于是，这个问题落到了别人手里。复杂问题简单化，这是一个现代性的发展趋势。离开城市到偏远的山区走一走，会看到很多高出地面的坟冢，占地面积从三五平方到数十平方不等；靠近城市的地方，密密麻麻地排着大理石墓碑的山头并不少见；时常听人说起，走完生命里程之后，还可以给医学研究做点力所能及的贡献；而我在上文所提及的龙飞博士，在给笔者的回复中坦然承认，他的愿望是让自己那帮玩高空跳伞的朋友，把他的骨灰带到高空一撒了之。

死亡的神秘性也抑制了很多人的阅读兴趣和了解意愿，暗自认同的读者可以读一下文史专家薛理勇的《丧葬习俗》（上海文化出版社，

2011年12月)，该书一开始反复提及的“活人们像对待宾客一样送他出行”，“亲人们以对待宾客的礼遇送别亲人……”等文字一定会让你放下心中的包袱。本书第四章把托马斯·布朗爵士在《瓮葬》一书中的句子“人类对让自身肉体得以消亡的奇异发明相当着迷”用作引言，立刻让一个阴郁的话题变得不那么令人忌讳。实际上，生活在17世纪的托马斯·布朗爵士在对四十多个青铜器时代的葬瓮加以考察后写出的《瓮葬》，不仅对人类一直追求长生不老的虚幻想法进行了奇妙而富有启迪意义的思考，更是改变了后世的许多人对于自身的看法；作品本身“不求华丽修辞，没有牵强的押韵和对句，力求以浅显的文字表达深刻的思想，而这种文风深深影响了包括牛顿在内的很多人”。读了“和一个人失之交臂，/最心痛就是明明坐在他身边，/却清楚地知道他不属于你”“生命是一束纯净的焰火/我们以内心阳光般的热诚而活着”（缪哲译）等诗句，相信你会对生和死产生新的认识。电影《寂静人生》（*Still Life*）从一开始所显示的色调和场景无不充满了压抑和悲凉，主人公约翰·梅为本社区那些寂寂无名的死者挑选墓地、根据仅有的资料撰写悼词、往往独自出席他们的葬礼，最后为自己送走的那些人建立一本档案册。这样的工作很具体也很琐碎枯燥，而他一干就是二十多年，他的追求正是为了让一个人的最后一程走得更少一些遗憾，更多一丝尊严。说死亡是生命的结束也好，说它是生命的另一种形式，乃至生命的开始也罢，如果每个人都像约翰·梅那样，兢兢业业做好每件事，认认真真过好每一天，也许那个众“人”逐渐聚集的死亡景象并不显得恐怖。

五、尾　声

屈指一算，我从事非虚构作品的翻译工作正好十年。

上海译文出版社于2011年出版由我翻译的《寻路中国》时，在腰封上印了“彼得·海斯勒作品系列”几个字。次年出版的《江城》在同一位置印了同样的几个字。等到2014年出版《奇石》时，全书已经找不到那几个字，却多了个“译文纪实”系列，以及被责任编辑张吉人选入的9本书（前述3本书悉数列入，我得了个三分之一的贡献率）。

2019年4月，包括《寻路中国》《江城》和《奇石》在内的“译文纪实”系列重新制作封面，具有了较为统一的外观式样。收到新印的样书时，我特别留意了一下印数和自己在系列中的贡献率。《寻路中国》的印数已经超过30万册，而“译文纪实”的书目也增加到了30种。我因为参与翻译了《寡头》的前面章节，因此在书系中的贡献率为11%。2019年最后一个月，我翻译的《美国病》继续由上海译文出版社出版面世。该书仍被收入“译文纪实”，书系扩大到36种，我以4.3本的成绩为其贡献12%。

十年间，我翻译的10本（其中一本为共同翻译）非虚构作品在国内四家出版社正式出版；另有2本因为作者的顾虑和出版社的调整未能与读者见面；尚有3本处于审读和出版流程中。译著出版以来，得到了广大读者、国内出版社和原著作者的肯定和厚爱。有的出版社在向我表达合作意向时，因为我受制于诸多客观因素，未能一一满足它们的殷切期待，我愿在此表达歉意。我不能答应一些合作意愿，是为了给手里正在翻译的作品留出足够的翻译和审校时间。我不会在匆忙之中处理一部译著，也不会向出版社提交一部毛糙的译稿，为的是对得起出版社和各位读者的信任。

我会继续从事非虚构作品的翻译工作，力争向各位读者奉上我自己感到满意的翻译作品。

2020年3月；4月修改

Jessica Mitford
THE AMERICAN WAY OF DEATH REVISITED

图字：09－2020－817号

图书在版编目(CIP)数据

美国式死亡 / (英) 杰西卡·米特福德
(Jessica Mitford)著；李雪顺译. —修订本. —上
海：上海译文出版社，2022.9
(译文纪实)
书名原文：THE AMERICAN WAY OF DEATH REVISITED
ISBN 978－7－5327－8951－1

Ⅰ.①美… Ⅱ.①杰… ②李… Ⅲ.①纪实文学—作
品集—英国—现代 Ⅳ.①I561.55

中国版本图书馆CIP数据核字(2022)第106240号

美国式死亡(修订版)
[英]杰西卡·米特福德 著 李雪顺 译
责任编辑/张吉人 装帧设计/邵旻 观止堂_未氓

上海译文出版社有限公司出版、发行
网址：www.yiwen.com.cn
201101 上海市闵行区号景路159弄B座
上海市崇明县裕安印刷厂印刷

开本 890×1240 1/32 印张 10.25 插页 2 字数 198,000
2022年9月第1版 2022年9月第1次印刷
印数：0,001—8,000册

ISBN 978－7－5327－8951－1/I·5553
定价：58.00元